DER GRALSKONVENT

VON VERLORENEN TRÄUMERN

DAVID NIALL WILSON

Der Gralskonvent•Buch Drei

Von verlorenen Träumern

Deutsch von: Björn Lippold und Oliver Hoffmann

Lektorat: Tanja Vetesnik

Satz: Friederike Gühler

Art Direction: Oliver Graute

1. Auflage 1999

ISBN 3-931612-78-3

Originaltitel:

To dream of dreamers lost

Feder & Schwert im Internet: http://www.feder-und-schwert.com

WHITE WOLF GAME STUDIO

WELT DER DUNKELHEIT

FEDER & SCHWERT

TEIL EINS

EINS

"Ihr enttäuscht mich, Antonio," sagte Montrovant und plazierte den leeren Cognacschwenker auf dem polierten Holz seines Schreibtischs. Er lehnte sich zurück und faltete die Hände. Während er über den kleinen Tempel hinwegblickte, den er mit seinen Händen geformt hatte, fügte er ein "wirklich" hinzu.

Bischof Antonio Santorinis Gesicht nahm die Farbe einer reifen Tomate an, und sein gewaltiger Körper zitterte vor Wut, aber trotzdem blieb er ruhig. Es mochte wohl sein, daß er den Mann, der im gegenüber saß, mit jedem Schlag seines Herzens haßte, aber genauso sehr fürchtete er ihn. Antonio Santorini hatte vor, ein reifes, hohes Alter zu erreichen und sich in ein Kloster zurückzuziehen...ein schöner Traum. Es war Antonios Traum, Montrovant hatte nur mit Alpträumen zu tun.

„Ich spreche in dieser Angelegenheit für die Kirche," knirschte Bischof Santorini schließlich. „Die Bedingungen wurden nicht eingehalten - die Allianz ist aufgekündigt. Sicherlich versteht Ihr unsere Haltung in dieser Sache."

„Aufgekündigt - ist sie das tatsächlich?" Montrovants Augen funkelten böse. „Ich hoffe, daß Ihr und ich uns immer noch als Verbündete sehen, Antonio, das hoffe ich wirklich."

„Natürlich", unterbrach ihn Santorini schnell, „das ist der Grund, warum ich hier bin. Ihr und ich müssen eine neue Allianz schmieden, und zwar ganz schnell. Es ist offensichtlich, daß der Orden Euer Vertrauen gebrochen hat. Wir müssen einen Weg finden, das zurückzubringen, was er mitgenommen hat, bevor Rom mit uns beiden ungeduldig wird."

Montrovant lachte humorlos, griff nach der Karaffe auf dem Tisch und füllte ihre beiden Gläser nach. „Ihr denkt, ich scherte mich um Rom, Antonio? Nein. Eure Kirche und Euer Papst können morgen verrotten und zu Staub zerfallen, und nichts ändert sich für mich. Ihr habt das doch von Anfang an gewußt. Unsere Allianz hat nichts mit dem Glauben zu tun. Die, die meiner Bruderschaft angehören, mögen Euren Glauben teilen, aber seid gewiß, daß ich nur an die Dunkelheit und an mich selbst glaube."

„Es wird eine Zeit kommen, in der Ihr das bereuen werdet," antwortete Bischof Santorini mit einer Stimme, die kaum mehr als ein Flüstern war. „Alle, die auf Erden wandeln, werden gerichtet werden."

„Wenn und falls über mich Gericht gehalten wird, mein Freund," lachte Montrovant, „werdet Ihr nicht mehr existieren, nicht einmal als Erinnerung. Aber jetzt haben wir uns um wichtigere Angelegenheiten zu kümmern, und ich schlage vor, daß wir beginnen. Ich habe meinen Teil unserer Vereinbarung eingehalten. Ich habe Euch einen Beweis geliefert. Die Schatzkammer ist leer, was sie, wie ich vermute, schon lange war, und der Orden ist fort. Ich habe einen Zeugen mitgebracht."

Montrovants Blick wanderte zu einer versiegelten Kiste, die aus demselben polierten Holz wie der Tisch bestand. Dort stand er, den hochgewachsenen, schlanken Körper dramatisch in eine lange, wallende Robe und eine pechschwarze Rüstung gehüllt. Das Kreuz der Templer war in das Material eingestickt und brach hypnotisch glitzernd das Licht. Die Templer waren offiziell aufgelöst worden, doch Montrovant fürchtete weder den Zorn der Könige noch den Gottes. Er hätte ein Schatten sein können, aber irgend etwas an ihm ließ den simplen Akt des Dastehens elegant und faszinierend erscheinen. Santorini schüttelte den Kopf, um den momentanen Aussetzer in seiner Konzentration loszuwerden, aber alles, was er erreichte, war, den pochenden Druck seiner Kopfschmerzen zu verstärken.

Montrovant trat hinter die Truhe und preßte die Hände sanft auf ihren Deckel. Sie war groß, von der Länge eines ausgewachsenen Mannes und gut doppelt so breit. Der Bischof wurde das Bild eines fein gearbeiteten Sarkophags nicht mehr los.

Die Kiste wurde von Bändern aus polierten Metall zusammengehalten, die schmückend, aber zugleich funktionell waren. Keine Bronze, kein Kupfer, sondern starker Stahl, der gut verarbeitet war. Die Seiten der Kiste schienen keine Fugen zu haben, aber der Bischof wußte, daß sie bereits mindestens einmal geöffnet worden war.

„Legt Euer Ohr auf die Oberfläche, mein Freund," sagte Montrovant mit einem gehässigem Seitenblick, und seine Augen leuchteten noch heller. „Ihr könnt etwas interessantes hören."

Santorinis Kehle wurde trocken, und er versuchte, nicht zu antworten. Er hielt Abstand von der Kiste und von Montrovant. In all den Jahren war er der Verbindungsmann Roms zu Montrovants Sekte gewesen, aber nie hatte er solch eine Bedrohung gespürt wie in diesem Moment. Es ging schnell vorbei, aber es blieb eine kalte, große und leere Erinnerung zurück.

„Soll ich ihn herauslassen, Euer Exzellenz?“ flüsterte Montrovant mit unglaublicher Klarheit, obwohl sich seine Lippen kaum bewegten. „Soll ich Euch ihm vorstellen? Eine kleine Erfahrung aus erster Hand? Vielleicht wollt Ihr ihn ja für sein Versagen, für das Versagen seines Ordens züchtigen? Er war zwar keiner von ihnen, aber er diente ihnen. Nicht? Schade. Es hätte eine interessante Abwechslung werden können!“

Der Mann kam näher und hielt wie eine Viper, die ihre Beute vor dem Angriff hypnotisiert, Santorinis Blick mit dem seinem gefangen. „Ihr wißt ja gar nicht, Antonio, wie ich von diesen Ablenkungen zehre. Ich fürchte, ich komme nicht mehr so oft raus wie früher.“

Plötzlich hatte er die Kontrolle über seinen Körper wieder, und der Bischof trat schwer atmend einen Schritt zurück. Montrovant lachte wieder, und die Nähe dieses Mannes war mehr, als Bischof Santorini verkraften konnte.

„Ich werde Euch in dieser Sache vertrauen“, sagte der Bischof schnell und stolperte beinahe über seine eigenen Füße, als er sich zur Tür zurückzog. „Die Kirche hat mich autorisiert, mit Euch zu verhandeln, und ich sehe diesen Handel als abgeschlossen an. Findet das Relikt, bringt es zurück zur Kirche, und wir werden Euch jede Entschädigung geben, die Ihr verlangt.“

„Ich bezweifle das, Antonio, wirklich,” sagte Montrovant, der immer noch rauh lachte. „Ich bezweifle, daß Ihr meine Bedürfnisse überhaupt versteht. Vielleicht bietet sich eines Tages eine Gelegenheit, Euch das zu - erklären.“

Bischof Santorini schauderte. Schnell drehte er sich um, hielt aber den Blick auf Montrovants große, dunkle Gestalt gerichtet, als er sich zur Tür bewegte. Irgendwie wußte er, daß die Gefahr, in eine Wand zu laufen oder zu stolpern im Vergleich dazu, Montrovant den Rücken zuzudrehen, bedeutungslos war. Manche Fehler waren nicht wieder gutzumachen.

Montrovant stand da und beobachtete, wie dieser behäbige, anmaßende Idiot von Bischof durch die Tür hastete. Vielleicht war es unüberlegt gewesen, ihn so weit zu treiben, aber dieser Mann war verabscheuungswürdig, und Montrovant war niemand, der seinen Abscheu zurückhielt. Er wandte seine Aufmerksamkeit wieder der Kiste auf dem Boden zu, während sein Lächeln tiefer und düsterer wurde. Er schlug einmal kurz und hart auf die Oberfläche und kehrte dann zu seinem Schreibtisch zurück, um zu warten. Die anderen würden bald kommen, und er mußte seine Gedanken ordnen. Es würde eine interessante Nacht werden, und allein das rechtfertigte schon seine Mühen.

In der Kiste fraß der Hunger an Abraham wie Säure, erzwang sich seinen Weg durch trockene, leere Venen und ließ seinen Willen schrumpfen. Wie lange war es her, daß er frische Luft auf der Haut gespürt hatte? Wie lange war es her, daß er sich bewegt hatte? Tage? Wochen? Was von seinem Verstand übrig war, sagte ihm, daß es Tage waren, aber sein Hunger schrie von Ewigkeit.

Er fingerte matt an dem Draht herum, der ihn fesselte, aber es war hoffnungslos. Seine volle Stärke hatte nicht ausgereicht, um ihn zu befreien; jetzt waren seine Bemühungen nur noch eine Beschäftigung für seinen Verstand, die einzige Ablenkung, die er noch hatte. Bald, so wußte er, würde er anfangen, am Holz seines Gefängnisses zu nagen und sich ohne Sinn und Verstand in Richtung Blut kämpfen.

Er hörte Montrovants Klopfen auf dem Holz und spürte die Präsenz des anderen, aber er konnte nichts tun. Er schrie laut auf, hieb mit Klauen aus Haß und Verzweiflung nach seinem Peiniger, aber es gab keinen antwortenden Gedanken, nichts außer einem widerhallenden Lachen, das Echos in seinem Verstand erzeugte.

Er konzentrierte sich auf die Ereignisse, die zu seiner Gefangennahme geführt hatten, durchforstete seine Erinnerungen, als seien sie die verblichenen Seiten eines Buchs oder einer heiligen Schriftrolle, und suchte nach einer Antwort, die ihn befreien konnte. Er war diese Erinnerungen seit seiner Gefangennahme schon so oft durchgegangen, daß sie zu einem surrealen Nebel verschwommen waren, hatte aber keinen Ausweg gefunden. Er war durch diese Ereignisse genau so unentrinnbar gefangen wie durch Montrovants Verrat.

Die anderen waren schon lange weggewesen, als Montrovant eintraf. Der Orden war im Staub der Straße und dem Nebel über den Bergen verschwunden. Sie hatten nicht nur den Gral mitgenommen. Die Versprechungen, die sie Abraham gemacht hatten, hatten sich ebenfalls in Luft aufgelöst, der Preis für seine Dienste, die er angeboten und vollendet hatte. Nun war es der Preis für seine Gefangenschaft. Der Orden war spurlos verschwunden, sein Hunger aber blieb.

Montrovant hatte sich noch in der Nacht von Abrahams Verrat unbemerkt in den Berg hineingeschlichen. Als die Sonne hinter dem Horizont versunken und Abraham in der Dunkelheit erwacht war, hatte er sofort bemerkt, daß etwas anders war. Der Fels und das Labyrinth von Gängen und Schatzkammern waren üblicherweise mit dem Geruch der Bruderschaft erfüllt - den Wundern ihrer Magie, der Magie ihrer Aura, alles so intensiv, daß Abraham von ihrem plötzlichen Ansturm benommen gewesen wäre. Doch in jener Nacht war er umgeben von Leere erwacht. Sie waren verschwunden, und mit ihnen die Aussicht, ihr wundersames Blut zu teilen, und die Verheißungen des Grals.

Er hatte den Weg in die Schatzkammer genommen - tief drinnen hatte er gewußt, was er finden würde, doch er war nicht gewillt gewesen, diesen letzten Moment der Hoffnung zu opfern. Die Tür zur Schatzkammer hatte offengestanden, die Höhle hatte leer und verlassen vor ihm aufgeragt. Der Gral war fort gewesen. Und er hatte ihn nicht ein einziges Mal gesehen. Tatsächlich hatte keiner außer den Mitgliedern des Ordens ihn gesehen. Nur die Legenden hatten ihn in dieser Schatzkammer verortet. Trotzdem herrschte in der Schatzkammer eine Leere, die von einem unschätzbaren Verlust kündete. Es war unmöglich, daran zu zweifeln, daß er dagewesen war, so nah und doch so völlig außerhalb seiner Reichweite.

Dann war Montrovant über ihn hergefallen, und er konnte sich an wenig mehr erinnern. Sein Gegner war alt, vielleicht so alt wie die Leute des Ordens, und er war sicher stärker als Abraham selbst. Seine Gefangenschaft war dafür Beweis genug. Er war wie ein Kind gefangengenommen, gefesselt und eingesperrt worden, ohne auch nur die Gelegenheit zu bekommen, für seine Freiheit zu kämpfen.

Nun schien diese Freiheit eine unwahrscheinliche Zukunftsaussicht zu sein. Das beste, worauf er hoffen konnte, waren eine schnelle Vernichtung und der endgültige Tod mit dem Urteil, das darauf folgen würde. Montrovant war für viele Dinge bekannt, war legendär für seine Grausamkeit, aber Gnade war kein Charakterzug, den man ihm zuschrieb. Daß dieser Mann Abrahams Verstand und Willen brechen würde, um zu bekommen, was er wollte, stand völlig außer Frage.

Abraham konnte nur warten. Er hatte nicht das Blut des Ordens gekostet, und dieser Umstand konnte ihn vielleicht retten. Er wäre viel zu wertvoll gewesen, wenn er es getan hätte, aber die Tatsache, daß sie ihn betrogen und zurückgelassen hatten, um die Folgen für ihren Vertrauensbruch mit Montrovant und der Kirche auf sich zu nehmen, konnte ihm vielleicht aus dieser Sache heraushelfen. Doch noch während sein Verstand sich an diese schwache Hoffnung klammerte, lehnte sein Herz sie hohnlächelnd ab. Seine letzte Erinnerung würde der Hunger sein.

Die ersten anderen kamen innerhalb einer Stunde nach Santorinis Weggang an. Montrovant war bereit für sie und hatte den dunklen Mantel und die bestickte Tunika gegen eine bodenlange Robe aus Samt eingetauscht. Er trug immer noch das Kreuz der Templer auf der Brust, aber die zeremonielle Kleidung gab ihm den Anschein eines Priesters oder Adligen. Dieses Ornat überschattete seine Ausstrahlung nicht, sondern ergänzte die Stärke seiner Züge, die Schönheit seiner Gestalt und die Kraft seiner Erscheinung. Er hätte ein Prophet sein können.

Die anderen waren in ihrer Zahl nicht weniger beeindruckend, auch wenn keiner von ihnen Montrovants Präsenz oder dunkle Energie hatte. Da war du Puy, mit langem Bart, der seine Wangen bedeckte und fast bis auf seine Brust hing, und dem dazu passenden Haar - seine Augen waren eisblau und uralt. Da war Jean Le Duc, der rebellische Sohn eines Herzogs, der den Gedanken, von einer Burg und einem

Titel eingepfercht zu sein, nicht ertragen konnte und dessen Augen einen eigenen dunklen Hunger ausstrahlten. Auch wenn er inzwischen allein reiste, gab es eine Verbindung zwischen Le Duc und Montrovant, die zu begreifen der Rest nie in der Lage gewesen wäre.

Sie alle waren Männer ohne Wurzeln, Männer mit Geheimnissen und eigenen Zielen, aber ihr Herz schlug in einem einzigen Rhythmus. Die Templer hatten eine Aufgabe gehabt, für die sich wenige wahrhaft berufen fühlten, doch für die Männer zu sterben bereit gewesen waren. Obwohl sie aufgelöst worden waren, lebte ihr Geist in dieser Gruppe weiter. Montrovants Lächeln wurde breiter, als sie nach und nach eintrafen.

Montrovant war der schlimmste und beste ihrer Runde. Keiner von ihnen wußte auch nur einen Teil dessen, was es über ihn zu wissen gab, auch wenn Le Duc diesem Anspruch am nächsten kam. Sie wollten es gar nicht wissen. Es war genug, daß er eine starke Führungspersönlichkeit und sein Wille hart wie Stahl war. Es reichte, daß er die Kirche und Rom auf der einen Seite und seine Leute auf der anderen durch die Macht seiner Ausstrahlung im Zaum hielt. Es war genug, daß er sie führte und sie ihm folgten und daß der Weg mit Blut und Abenteuer gepflastert war.

Es spielte keine Rolle und beunruhigte sie nicht, daß er tot war. Darüber wurde nicht gesprochen, es wurde gar nicht zur Kenntnis genommen. Es war eine Tatsache, die allen Anwesenden bekannt war. Er war das Geschenk Gottes an sie, er war ihre Stärke.

Als sie ankamen, blieben sie neben der großen hölzernen Truhe stehen, in der Abraham kratzte und dahinwelkte. Jeder sah das hölzerne Gefängnis, das wie ein Sarg geformt war, mit einer Mischung aus Verehrung und Ehrfurcht an. Nicht einer zeigte Angst. Wenn sie das Geschöpf, das in der Kiste gefangen war, gefürchtet hätten, wären sie Montrovant nicht gefolgt. Sie behandelten den Gefangenen wie eine heilige Reliquie, mit Vorsicht und Aufmerksamkeit.

Als die meisten von ihnen ihren Platz gefunden hatten, erhob sich Montrovant, hob eine Hand, um für Ruhe zu sorgen, und hub an:

"Wir alle müssen uns einem Dilemma und einer Aufgabe stellen. Unser bisheriger Pakt mit dem Heiligen Vater scheint verwirkt zu sein, auch wenn die Priester sich nie so verhalten werden. Die Höhlen sind leer, der Orden ist fort. Uns bleibt nur, die Überbleibsel zu durchstöbern und zu bergen, was wir können. Dies," er zeigte auf die Truhe vor ihm, "ist der einzige Anhaltspunkt, den wir haben. Dies ist der einzige Zeuge für den Verrat des Ordens. Ich bringe ihn Euch als Zeugen und als Zeichen für die Hingabe, die wir alle in Anbetracht der kommenden Prüfungen unseres Geistes schwören müssen."

Montrovant ließ seinen Blick durch den Raum schweifen und für einen kurzen Moment auf jedem der anwesenden Männer ruhen, wartete auf eine Reaktion auf seine Worte. Es gab nur wenige Bewegungen, aber das Licht, das in jedem Auge tanzte, war alles, was er an Antwort brauchte. Sie würden ihm bis zu den Toren der Hölle folgen. Wenn er ihnen erzählte, die Hierarchie der Templer sei der Korruption anheimgefallen und es sei ihre Aufgabe, den Orden auszumerzen, dann würden sie ihm auch in dieser Hinsicht folgen. Er und sie waren eine Einheit, eine Waffe des gerechten Zorns. Ihnen fehlte es an nichts, ihm mangelte es nur an Glauben. Diese Ironie entging Montrovant nicht.

Sie glaubten an ihn, denn er gab ihnen Kraft. Er glaubtenur an sich selbst, und doch stärkte er sich im Gegenzug an ihnen.

"Wir müssen ihnen nach. Ich weiß nicht wie oder wohin, aber wir müssen uns auf eine Reise vorbereiten, die vielleicht in Tod und Leid endet. Wir haben eine Verpflichtung der Kirche gegenüber, einen Bund, der mit dem Blute unserer Brüder und dem Glauben unserer Väter besiegelt wurde. Wie haben einst geschworen, den Gral und alle anderen heiligen Reliquien zu schützen. Der Gral ist fort."

Er erwähnte nicht, daß er nie daran geglaubt hatte, der verdammte Kelch sei überhaupt je in den Schatzkammern gewesen. Er erwähnte auch nicht, daß die Suche nach dem Orden der Bitteren Asche so alt wie der Orden selbst war und daß bisher nie jemand Erfolg gehabt hatte. Er erwähnte auch nicht, daß, wenn sie ihre Reise beenden würden, es nicht der Gral war, den er suchte, sondern das Blut derer, die ihn bewahrten. Montrovant hatte mehrere Lebensalter damit verbracht, den Gral zu suchen, und eine Vielzahl von Wahrheiten auf diesem Weg gelernt, ebenso wie die Wahrheit hinter allerlei Lügen.

Du Puy stand da und blickte sich im Raum um. Dann drehte er sich würdevoll um und sah Montrovant mit leuchtenden Augen an.

"Wir werden diesen Orden der Bitteren Asche finden. Unser Arm reicht weit. Die Augen und Ohren unserer Festungen kennen in der bekannten Welt keine Grenzen. Keine Gruppe, die einen solchen Schatz bewachen muß, kann sich lange verborgen halten."

Montrovant nickte.

"Das ist noch nicht alles," sagte er schließlich. "Wir müssen diesen Zeugen befragen, und dann müssen wir ihn bestrafen. Er gehört nicht zum Orden, aber er hat ihm gedient. Auch wenn es Gott obliegt zu richten, ist es an den Händen Gottes, ihn zu strafen, und auch wenn die Armen Ritter des Tempels Salomos nun in den Schatten wandern müssen, sind wir immer noch diese Hände."

Alle nickten. Jeder beugte sich weiter vor, alle Augen ruhten auf Montrovants Händen. Er griff nach dem Stahlband, das die Mitte des hölzernen Kastens umspannte. Er hatte keinen Hammer, keine Brechstange. Er hatte überhaupt kein Werkzeug, und trotzdem zweifelte niemand im Raum daran, daß der Stahl nachgeben würde. Sie alle waren schon einmal Zeuge der Stärke ihres Anführers gewesen wäre. Die Ritter glaubten, Montrovants Glaube läge jenseits ihrer Vorstellungskraft, er sei die fleischgewordene Macht Gottes. Zumindest war es das, was sie ihren Herzen einflüsterten, wenn diese Fragen aufkamen. Ob Engel oder Dämon, sie folgten ihm bis in den Tod und darüber hinaus.

Das erste der Metallbänder zerbarst fast widerstandslos, und somit lagen nur noch zwei um die Enden der Truhe. Plötzlich ertönte von innen ein lautes Pochen und ein hysterisches, kratzendes Geräusch. Er ging zuerst zu einem Ende der Kiste, dann zum anderen und zerriß beide Bänder, als seien sie aus Papier.

"Betrachtet Euren Feind," zischte er. Er ergriff den Rand der Kiste, trat zurück, und der Deckel wurde in einer schnellen Bewegung weggeschleudert, um den Blick auf einen Mann - eine Kreatur -, die darin lag, freizugeben.

Abraham zitterte krampfhaftin den Fängen des Hungers. Er kämpfte, um denen, die ihn anstarrten, entgegenzuspringen, sich den Weg zu dem Blut zu erkämpfen, das in ihren Adern pochte, aber seine Bemühungen waren vergeblich und sinnlos. Die Stahlfesseln hielten ihn immer noch unnachgiebig fest, und nun trat Montrovant vor, um ihn mit seinen kraftvollen Händen an diesen Fesseln zu packen und Abraham hochzuheben, als wäre er ein Kind.

Während er in die wilden, wahnsinnigen Augen seines Gefangenen starrte, verwandelte sich Montrovants Lächeln in ein spöttisches Grinsen voller Abscheu.

"Du hast zwei gewaltige Fehler gemacht, mein Freund Abraham. Du hast den falschen Herren gedient und hast mir erlaubt, dich dabei zu erwischen. Hast du mir irgendwas zu sagen, oder soll ich dich wieder in diese kleine Kiste packen - für immer?"

Abraham zuckte und wand sich, schluchzend vor Hunger und aus Scham über seine Gefangenschaft.

"Ich... ich weiß nichts. Sie... haben mich zurückgelassen. Sie... versprachen..."

Montrovant, dessen Grinsen ein Knurren wurde, zerrte wild an den Fesseln. Die Bänder schnitten tief in Abrahams geschwächtes Fleisch, und er schrie vor Schmerzen.

"Mir ist *verdammt* egal, was sie Dir versprachen. Ich will wissen, wohin sie *verschwunden* sind."

"Ich weiß es nicht," keuchte Abraham. "Ich weiß es wirklich nicht. Die Nacht kam, und sie waren fort. Ich fand die Schatzkammer offen und leer vor, dann wart Ihr da und habt mich gefangengenommen. Ich weiß nicht mehr als Ihr... bitte glaubt mir. Bitte... "

Abraham schüttelte den Kopf, und sein Blick blieb an du Puy hängen, der die nächste Quelle von Wärme und Blut war. Er fing an, sinnlos vor sich hinzubrabbeln und fletschte die Zähne, um seine Fänge zu zeigen. Auch wenn Montrovant ihn immer noch mit der gleichen Leichtigkeit wie zuvor festhielt, ließ die Verwandlung vom gefaßten Mann zur sabbernden Bestie du Puy einen Schritt zurücktreten. Der hochgewachsene Ritter murmelte leise eine Verwünschung.

Montrovant warf den Kopf in den Nacken und lachte schallend.

"Abraham wird Euch nichts tun, mein Freund. Er wird von diesem Moment an keinem von Gottes Kindern mehr schaden. Dessen dürft Ihr Euch sicher sein. Es mag sein, daß er mir nicht die notwendigen Informationen geben kann, aber er kann mir ein wenig *Unterhaltung* bieten, und Ihr habt keine Ahnung, wie wertvoll ein solches Geschenk für jemanden wie mich ist."

Jean Le Duc trat mit einem frostigen Lächeln vor und ignorierte Abrahms sich windenden, krümmenden Körper.

"Gebieter, wir müssen handeln. Dieses... Kind... es weiß nichts. Wir müssen die Spur aufnehmen, ehe die Witterung in den Schatten verschwindet."

"Und genau das werden wir tun", antwortete Montrovant und warf Abrahm verachtungsvoll in die hölzerne Kiste, um sich dann, ohne ihn eines weiteren Blickes zu würdigen, abzuwenden. "Wir werden aufbrechen, sobald es dämmert. Ihr müßt Eure Angelegenheiten ordnen und für diesen Ritt bereit sein, jeder von Euch.

Unsere Ehre und unsere Stellung bei der Mutter Kirche stehen auf dem Spiel. Der Orden muß ausgerottet und die Schätze müsen zur Kirche zurück geschafft werden, wo wir sie entsprechend schützen können, außerdem müssen wir diesem Fehlschlag zur ewigen Ruhe verhelfen."

Einen Augenblick lang war kein Geräusch zu hören, nachdem Montrovant geendet hatte, aber alle Augen leuchteten vor Erwartung. Keiner unter ihnen fühlte sich in einer Burg lange wohl, und dies alles verhieß ein langes und gefährliches Abenteuer zu werden.

"Geht," sagte Montrovant schließlich und schickte sie fort, "ich werde mich um diesen hier kümmern, und ich werde Euch an den Toren zum Tempel vor dem Morgengrauen treffen. Reitet, und möge Gott an Eurer Seite sein."

"Und auch an Eurer", intonierten sie wie ein Mann, bevor sie sich zur Tür umwandten.

Montrovant sah ihnen lange nach. Hinter ihm wand sich Abraham hilflos in der sargähnlichen Truhe. Er lag mit dem Gesicht nach unten, und sein Hals und Rücken waren durch die Position, in die er gefallen war, sonderbar verdreht.

Montrovant wandte sich zu ihm um.

"So, mein Freund, dein Geist ist genauso schwach, wie du ungeschickt bei der Wahl deiner Gefährten bist. Ich hätte genau das erwartet sollen. Wie konntest du nach all den Jahren, in denen sie ihr kostbares „Gralsblut“ gehortet haben, glauben, daß sie es mit einem wie dir teilen würden? Du kannst ja nicht einmal deinen eigenen Hunger anständig kontrollieren."

Abraham stöhnte, aber er sagte nichts.

"Ich habe eine besondere Behandlung für das, was dich schmerzt. Es ist mehr, als du verdienst. Was ich tun sollte, wäre, dich selbst leer zu trinken, um das bißchen Stärke, das in dir ist, zu nutzen und deinen Staub zu den Füßen der Bauern ausstreuen. Das wäre deiner angemessen, und die Erinnerung daran würde mich amüsieren.

Doch leider wird mir dieses Vergnügen vorenthalten bleiben. Ich brauche dich, damit du eine Aufgabe für mich erledigen kannst, eine Aufgabe, die für meine weitere Mission unerläßlich sein wird. Du wirst mein Bote für eine Nachricht an diesen wichtigtuerischen Narren Santorini sein. Die Botschaft an den Bischof kann ich nicht von einem der meinen überbringen lassen. Sie würden es nicht verstehen."

Mit enormer Kraftanstrengung hob Abraham den Kopf vom Boden der Holzkiste und drehte sein Gesicht zur Seite. Er sprach langsam und kaum zusammenhängend - eine eisige Ruhe durchdrang seine Stimme.

"Ihr werdet sie niemals finden. Sie haben mich verlassen, und sie werden Euch entwischen." Er machte eine Pause und sammelte seine verebbende Stärke, um fortzufahren. "Ihr seid ein Narr, Montrovant."

Montrovant starrte Abraham lange an, dann warf er seinen Kopf in den Nacken und lachte schallend. Er bebte vor Lachen, bis er beinahe auf der polierten Oberfläche des Tisches zusammengebrochen wäre.

"Oh, wahrhaftig, wahrhaftig, ich habe dich falsch eingeschätzt", brachte er hervor. "Dein Wille ist stärker, als ich gedacht hätte.

Aber eines solltest du wissen." Montrovant gewann die Kontrolle über sich selbst zurück. "Du weißt nichts von meinen Motiven, meinen Träumen. Doch, ich *werde* sie finden, aber nicht für die Kirche und nicht für die, die mir folgen, was auch immer sie glauben mögen. Ich werde sie finden, und ich werde den Gral finden. Ich habe mehr als genug Zeit, wie du siehst, und es ist eine würdige Herausforderung.

Vorerst trage ich den Mantel der Tempelritter und der Kirche. Aber morgen? Wer vermag das schon zu sagen. Die Templer sind aufgetaucht und verschwunden, doch ich war immer da. Wenn ich sie verlasse, dann werden sie vielleicht verschwinden, aber ich werde weitermachen."

Montrovant ergriff wieder die Stahlfesseln und zog Abrahm empor.

"Aber genug davon. Es ist fast Morgen, und ich muß bald gehen, genauso wie du mir bald den Dienst erweisen mußt, von dem ich gesprochen habe. Komm jetzt."

Er ging, Abraham wie einen Hund an der Leine halb hinter sich her zerrend, halb führend. Abraham konnte mit Mühe und Not verhindern, daß er hinfiel und weggeschleift wurde. Montrovant drehte sich nicht ein einziges Mal zu ihm um.

Langsam gelangten sie in die oberen Stockwerke von Montrovants Festung und traten schließlich durch eine große Holztür auf den Wehrgang hinaus.

Eine Welle der Übelkeit schlug über Abraham zusammen, als er nach unten blickte und nicht in der Lage war, seine Arme zum Balancieren zu nutzen. Er lehnte sich so weit von der steilen Kante weg, wie er konnte.

"Da", rief Montrovant und deutete auf den Horizont. "Dort liegt dein Schicksal. Dir wird die Chance gegeben, die du nicht verdienst, die Chance zu leben. Es wird eine große Schlacht für deine Seele werden, wenn du ein Gläubiger bist."

Er suchte etwas in Abrahams Augen, wartete auf irgendeine Reaktion. Mit einem zufriedenenen Nicken wandte er sich zu den Bergen um, die in einiger Entfernung lagen. "Nun denn, auch ohne Glauben wird es dich läutern. Eine Läuterung. Eine Wiedergeburt der Kraft und des Geistes.

Falls du natürlich bei dieser Prüfung versagst, und ich erwarte, daß du genau das tust, wird es eine gleißende, brennende Welt des Schmerzes sein, die deinen Verstand auslöscht und nur einen Haufen bitterer Asche zurückläßt, um denen, denen du gedient hast, Tribut zu zollen."

Montrovant plötzlich den Arm und schwang seinen Gefangenen hilflos durch die Luft, als hielte er nur ein Glas Ale.

"Du wirst an dieser Wand hängen und dem Sonnenaufgang entgegensehen. Wenn du einen Weg findest, dich zu befreien, während deine Fähigkeit, Gevatter Tod zu entrinnen, deinem bemitleidenswerten Körper entweicht, dann kannst du damit beginnen, deinen Verstand und deine Seele zu erneuern. Du wirst die größte aller Motivationen und Ziele haben - Dinge, die du jetzt noch nicht besitzt. Du wirst nach

Rache dürsten. Mein Gesicht und meine Stimme werden dich weiter vorwärts treiben.

Ich glaube nicht, daß wir uns jemals wieder treffen, aber bete, daß wir das tun. Manche Männer gelüstet es nach Frauen, andere nach Wein und Gesang. Mich gelüstet es nach Ablenkung."

Er ließ Abraham über die Seite der Wand hinab und die Fessel auf eine große Metallspitze gleiten, die aus dem Stein hervorragte. Sobald der Gefangene hing, ließ Montrovant die Fesseln los und trat einen Schritt zurück.

Abraham schwang wie ein Pendel, die stählernen Fesseln schnitten durch die Schwerkraft, die ihn nach unten zog, tief in seine Haut. Er kämpfte vergebens gegen die Schmerzen an, die drohten, seinen Verstand auszulöschen. Am Horizont erschien ein rötliches Glühen, das langsam aufstieg, um die morgendlichen Wolken zu färben. Es würde weniger als eine Stunde dauern, bis die Sonne über den Bergen aufging.

"Stirb wohl, mein Freund." sprach Montrovant und wandte sich langsam ab, "Wenn du überleben solltest, bis dieser Narr Santorini ankommt, dann erzähle ihm, daß ich verschwunden bin. Sag ihm, was ich dir gesagt habe. Seine Ritter sind fort. Sie waren niemals die seinen. Die Schätze sind auch weg, sie waren immer mein. Sag ihm, daß er sich bis zu meiner Rückkehr um meine Festung kümmern kann, auch wenn ich vielleicht nicht mehr zu seinen Lebzeiten zurückkehre.

Wenn er dir zu nahe kommt, dann saug seinen nutzlosen Körper aus und nutze seine Stärke, mir zu folgen. Das würde mir ausgesprochen gefallen."

Dann herrschte Stille. Abraham versuchte, seine Gedanken zu kontrollieren, bemühte sich, an der Wand Halt zu finden, aber die Finger des Tagesanbruchs krochen bereits über den Horizont. Er spürte schon die sengende Berührung der Strahlen der Sonne. Er fing an zu schreien; laute, abgehackte Schreie, die die Stille der Morgenluft durchschnitten und über die Ebenen hallten.

Momente später ritt Montrovant, in dunkle Roben und einen großen schwarzen Hut gehüllt, das Kreuz der Templer leuchtend auf dem Rücken, durch die Tore der Festung. Nur für einen Moment lang, auf dem ersten Hügel hinter diesen Toren, verhielt er sein Pferd, um ihn zu betrachten und Abrahrams geschundenem Körper zu salutieren. Dann riß er es herum und war verschwunden, flog über das Land dahin.

Die Zeit, seine ewige Verbündete, was dieses Mal gegen ihn. Die Spur des Ordens wurde mit jeder Sekunde kälter. Er peitschte sein Pferd unbarmherzig an, lehnte sich nach vorn und drückte sich an das Fleisch des Tieres. Er konnte seine Panik spüren, doch er kontrollierte es, zwang es über seine Grenzen hinaus und machte sich auf den Weg zu den Toren des Tempels.

Irgendwo in einiger Entfernung rief das Blut der Ahnen nach ihm, und er beantwortete den Ruf. Abrahams Schrei, der in seinem Rükken verhallte, schien ihm eine gute Reise zu wünschen.

DAVID NIALL WILSON

ZWEI

Santorinis Pferd mühte sich unter der schweren Last ab, aber der Bischof trieb es trotzdem weiter an. Santorini kannte Montrovants Zeiten und wußte, daß ihm nur wenige, wertvolle Stunden blieben, den Dunklen zu erreichen, bevor es eine Angelegenheit des nächsten Tages und nicht einer weiteren Stunde wäre. Montrovant war während des Tages „nicht verfügbar", und Santorini wollte zum einen diese Grenze nicht testen - andererseits wollte er auch die Gründe dafür nicht wissen.

Bilder rasten durch seine Gedanken, einige von der letzten Nacht, andere von Schatten, die in der Zeit weiter zurücklagen. Bischof Santorini hatte Montrovant jeden Tag, jede Stunde, jede Minute und jede Sekunde ihrer Bekanntschaft gefürchte. Sobald der Dunkle ertsmals in denselben Raum mit ihm geführt worden war, war Santorinis Herz erkaltet, gestorben. Montrovants Augen hatten den Bischof an seinen Platz gefesselt, seine Füße waren so fest mit dem Boden verwurzelt gewesen, daß er bezweifelte, daß ein starker Mann ihn selbst aus vollem Lauf heraus aus dieser Position hätte bringen können.

Und es war noch schlimmer geworden. Auch wenn Santorini wahrhaftig an Gott und an die Kirche glaubte, so glaubte er auch an das Böse. Montrovant war ein mächtiger Agent des Bösen, und Santorini selbst war nur mittelmäßig gut. Sein Herz war willig, aber sein Fleisch war so schwach wie das seines Nächsten, solange sein Nächster nicht Montrovant hieß. Der Dunkle hatte dies alles Santorini von Anfang an angesehen und gewußt, wie er die Unsicherheit des Bischofs ausnutzen konnte. Es war dieser kurze Moment der Einsicht gewesen, der Montrovant dazu bewegt hatte, den Bischof für seine eigenen Geschäfte als Botschafter der Kirche zu fordern.

Montrovants Festung tauchte am Horizont auf, und die ersten Spuren des Tageslichts krochen rötlich über die Bergkuppen. Santorini sah den um sich schlagenden und sich wild bewegenden Schatten, der von der steinernen Front des Gebäudes baumelte, erst, als er erheblich näher gekommen war, und selbst dann schien es nicht mehr als ein sonderbares Banner zu sein, daß sich von seiner Befestigung gelöst hatte. Er beachtete es nicht und konzentrierte sich auf die bevorstehende Konfrontation.

Montrovant würde der Mutter Kirche nie erlauben, die Bedingungen zu diktieren. Der Bischof wußte das nur zu allzu gut. Es war Santorinis undankbare Aufgabe zu versuchen, seine Vorgesetzten davon zu überzeugen, daß sie für diesen Ärger verantwortlich waren, während er sich um Montrovants Ego kümmerte. Als er die roten Strahlen des Sonnenlichts sah, die ihren Weg immer deutlicher über den Horizont verfolgten, grub Santorini seine Hacken tiefer in die Flanke seines Pferdes. Er hatte in dieser Nacht lange und hart gearbeitet, um die Vollmachten und Unterschriften zu bekommen, um das Bündnis mit Montrovant neu zu schmieden. Er hatte nicht die Absicht, Montrovants Festung mit leeren Händen zu verlassen.

Als er unter der Burgmauer vorbeiritt, hörte er Abrahams wahnsinnige Schreie und sah im selben Moment die sich wild windende Gestalt, von der Rauch aufstieg. Obwohl Santorini kein Genie auf dem Gebiet der Beobachtung war, erfaßte er die Situation augenblicklich.

Nachdem er vom Pferd abgesprungen war, ohne sich die Mühe zu machen, es anzubinden, rannte er die Treppe zu der großen, verzierten Doppeltür hinauf und klopfte. Dann nahm er all sein Gottvertrauen zusammen, drehte den Türgriff und zog. Die Tür schwang gut geschmiert und mechanisch perfekt mit Leichtigkeit auf, wobei sie in ihrer reibungslosen Handhabung genauso unheimlich war wie Montrovant in seiner unerschütterlichen Kontrolle. Santorini schlüpfte vorsichtig hinein und huschte direkt auf die Treppe zu. Wer auch immer dort oben war brauchte seine Hilfe, und es war offensichtlich, daß, falls Montrovant in seiner Festung war, er keinen Gedanken daran verschwendete, seinem Gast zu helfen.

Wenn er Glück hatte, so überlegte der Bischof, war Montrovant sogar schon länge fort, auch wenn das einen weiteren Stapel von Problemen nach sich zöge, die diskutiert werden müßten. Die Kirchenväter waren ohnehin schon unglücklich über Santorinis Handel mit den "Rittern". Dies würde den Rest an Vertrauen, das sie in ihn setzten, die Situation unter Kontrolle zu bekommen, hinwegwischen.

Er passierte die Tür zum Studierzimmer, in dem er die Nacht zuvor gestanden hatte, und ein Schauer fuhr ihm über den Rücken. Seine schnellen Schritte wurden noch rascher, und er schaffte den Weg auf die obere Mauer der Festung in wenigen Augenblicken. Schon lange bevor er die Mauer erreichte hörte er die Schreie.

Keine menschliche Stimme konnte solche Laute hervorbringen, wie sie ihm entgegenschlugen. Kein Mensch konnte solchen Schmerz, solche Stärke in sich tragen. Diese Erkenntnis ließ den Bischof beinahe auf der Stelle stehenbleiben. Wenn kein Mensch, was dann? Etwa Montrovant?

Bischof Santorini versuchte, sich eine Kreatur oder einen Mann vorzustellen, die stark genug wären, den Dunklen in eine solche Position zu bringen. Dann versuchte er sich auszumalen, wie er selbst Montrovant von der Mauer und vor dem Tageslicht rettete. Aber er versagte. Wenn es Montrovant war, der von der Mauer hing, dann wußte er, daß er sich umdrehen und wegrennen würde, egal, ob seine ewige Seele dann verdammt sein würde. Falls es andererseits ein Feind des Dunklen war, dann konnte er vielleicht einen Verbündeten finden.

Er bewegte sich so schnell, daß sein feiges Herz ihn nicht im Stich lassen konnte, und murmelte leise Gebet um Gebet. Er wußte, daß das Schlagen seines Herzens seine Worte übertönen mußte, als er die Zinne erreichte und hinunterblickte.

Der Blick, der den seinen erwiderte, ließ ihn wie ein Mantel aus Eis gefrieren. Augen, tief, leer und gleichzeitig schrecklich und verlokkend, packten seine. Geräusche strömten unaufhörlich aus dem Mund dieses Wesens; und auch wenn es die Gestalt eines Mannes hatte, wußte Santorini, daß er einem Dämon gegenüberstand. Kein Mensch hätte den Qualen in diesem Ausdruck widerstehen können. Die Haut eines Menschen hätte nicht geraucht, wo das Licht der Morgensonne sie berührte, und kein Mensch außer Montrovant hatte den Bischof so leicht allein mit der Kraft seiner Augen in den Bann schlagen können.

Das Wesen versuchte, sich die Mauer hochzuarbeiten, die Finger, die nur noch von dünnem, zerrissenem Fleisch überzogen waren, in die Steine der Festung zu schlagen, doch die Hände waren mit etwas gebunden, das wie Stahldraht aussah. Weitere Metallbänder banden die Arme der Kreatur an ihre Seiten, und an diesen Fesseln hing sie.

Santorini bemerkte, daß er mit etwas Mühe sich weit genug hinüberlehnen konnte, um die Fesseln zu erreichen, und er wußte, daß er trotz seiner behäbigen, unbeholfenen Erscheinung die nötige Stärke aufbringen würde, um dieses Ding über die Mauer zu heben und aus dem Sonnenlicht herauszuziehen. Er begann sich vorzulehnen, streckte einen Arm über die Mauer und geriet beinahe in die greifende, klauenartige Hand, die nach ihm krallte. Seine Gedanken schweiften ab, und eine Welle der Übelkeit überkam ihn, teils von der schwindelerregenden Höhe und der Art, wie er sich über den Abgrund lehnte, teils von der Angst und der Verachtung, von dem Gestank des Atems dieser Kreatur und der schrecklichen Kraft ihrer sterbenden Augen. Er verfluchte die Schuld in seinem Herzen, die verhindern würde, daß er dieses Ding verbrennen ließ.

Er hing über den Sims und lehnte sich nicht weiter vor, zog sich aber auch nicht zurück, schwebend in der Zeit, genauso wie er sich in einem prekären Gleichgewicht befand, während er den Sonnenaufgang beobachtete und das Drama unter sich übersah.

Plötzlich gellte ein scheußlicher Schrei durch die Luft, und der Rükken der Kreatur ging in Flammen auf. Santorini handelte ohne nachzudenken. Er griff über die Mauer, packte die Metallbänder und zog. Zuerst schien er sich überschätzt zu haben, als wäre es zuviel für ihn, doch dann plötzlich, angetrieben durch seinen Haß auf Montrovant und den Adrenalinrausch, der vor Angst durch seine Adern brannte, gewann er seine Balance zurück, und das Seil glitt nach oben über die Mauer und zog die Kreatur mit sich, die gegen die Steine hinter ihm prallte.

Die Fesseln hielten ihn/es immer noch, als er sich in den Schatten wand und mit nur geringem Erfolg versuchte, die schrecklichen Flammen zu löschen, aber sie konnten den Hunger und den Wahnsinn nicht verstecken, die über das Gesicht dieses Wesen fluteten. Santorini trat zurück und dann wieder etwas näher, während er mit morbider Faszination zusah. Die Flammen waren verschwunden, aber die Strahlen der aufgehenden Sonne waren noch nicht über die Zinnen gekrochen.

Es war eine Sache, die Fessel zu greifen und die Kreatur in die relative Sicherheit auf der Mauer zu ziehen, aber nun mußte sich der Bischof einer schwierigeren Aufgabe stellen. Wie konnte er nah genug kommen, um dieses sich windende Wesen wegzuziehen, ohne gebissen, angegriffen oder gar überwältigt zu werde? Trotz der Fesseln zweifelte Santorini nicht daran, wie es ausgehen würde, wenn es ihn in seine Klauen bekäme.

Während er sich vorsichtig nach vorne bewegte und direkten Augenkontakt vermied, sprach der Bischof:

"Ich weiß nicht alles, was es darüber zu wissen gibt, was dir widerfahren ist, aber ich weiß, daß es deinen Tod bedeuten würde, wenn man dich der vollen Sonneneinstrahlung aussetzt...oder einen zweiten Tod... " Der Bischof zögerte für eine Sekunde und fuhr dann fort: "Ich muß dich nach drinnen, in den Schatten bekommen, und du wirst mir erklären müssen, was du brauchst, um dich zu heilen. Wenn du mich angreifst, dann wirst du nicht überleben. Dir bleibt keine Zeit mehr. Du mußt mir wohl oder übel vertrauen."

Ein kurzes Schimmern - Verstehen?- flackerte in den Augen des Wesens auf, aber es sprach nicht. Santorini trat weiter vor, und obwohl diese dunklen, glühenden Augen jede seiner Bewegungen beobachteten und ihn hypnotisierten wie eine Schlange das Kaninchen, gab es keine Bewegung, die auf einen Angriff hingedeutet hätte.

Santorini konnte erkennen, daß dieses Unterdrücken von Aggressionen für die Kreatur äußerst anstrengend war, und in diesem Moment glaubte er den Mann zu erkennen, der sich hinter den schrecklichen Zügen und wahnsinnigen Augen verbarg. Auch wenn er nicht der Beste von Gottes Dienern war, so war der Bischof auch nicht der schlechteste. Er trat rasch vor, ergriff das Stahlseil und begann sofort schnell, fast rasend den liegenden Körper dieser Mensch-Kreatur in Richtung der Tür, die ins Innere der Festung führte, zu schleifen.

Dabei betete er. Es war lange Zeit her, daß Antonio wirklich mit Inbrunst gebetet hatte, aber in diesem Augenblick wurden sein Glaube oder die Hoffnung gegenüber diesem Glauben erneuert. Die Kraft, die ihn trieb, fühlte sich nicht wie seine eigene an. Er benutzte die Worte, die so vertraut aus seinem Gedächtnis und seinem Herzen flossen, um die Bilder abzuschirmen, die seinen Verstand überfluteten. Die sich windende Kreatur, die sich befreite, ihn in Stücke riß oder schlimmer noch Montrovant, der zurückkam, plötzlich hinter ihm auftauchte und einfach nur fragte, was er sich dabei dächte, einen Gefangenen von den Zinnen einer Festung zu entfernen, die nicht die seine war.

Egal. Sein Gefangener war fest verschnürt... und auch wenn dieses Etwas bemerkenswerte Kraft und Wildheit bewiesen hatte, während es an der Mauer gehangen hatte, so schien es sehr geschwächt zu sein. Als sie sich auf den Torbogen zubewegten, wurde es notwendig, einen weiteren Flecken hellen Sonnenlichts zu durchqueren. Die plötzliche Berührung des Sonnenlichts ließ das Wesen am ganzen Körper wieder in Flammen aufgehen, und Antonio rannte in die Schatten hinter der ersten Tür, die er erreichte, ohne sich umzudrehen, so daß sie beinahe beide die lange gewundene Treppe hinunterstürzten.

Indem sie sich panisch an die Wand preßte, gelang es der Kreatur, die Flammen zu ersticken, aber die unverständlichen, hilflosen Laute hörten nicht auf. Es waren nicht länger Schreie, aber die Intensität der Schmerzen, die darin lag, die Qualen, die in den toten Höhlen flakkerten, die einmal Augen gewesen waren, zerrten an Santorinis Seele. Er machte beinahe einen Schritt nach vorn, so stark war die Anziehungskraft. Aber nur beinahe.

"Blut", stieß das Wesen hervor. Antonio hörte es kaum - er konnte die Worte kaum von dem harten, krächzenden Husten unterscheiden, der die Stimme der Kreatur kennzeichnete.

"Wie bitte?" Er trat vorsichtig näher und beugte sich so weit vor, wie er es wagte. "Was hast du gesagt?"

"Blut", wiederholte Abraham.. "Bring mir Blut... bitte."

Santorini sprang zurück und starrte ihn an. Was tat er da eigentlich? Hier war ein Wesen, halb Mensch, halb Gott-weiß-was, lag verkrümmt am Boden, war beinahe verbrannt, und Antonio hatte genau das verhindert. Nun verlangte es das Unmögliche, es flehte um Blut, und der Bischof machte sich selbst dafür verantwortlich.

Als sie den Ausdruck der Abscheu und der Panik sah, der in Bischof Santorinis Gesicht aufblitzte, sprach die Kreatur, die einmal Abraham gewesen war, wieder. "Tierblut", krächzte sie, "wäre ausreichend. Bitte."

Antonio drehte sich um und rannte davon. Er warf keinen Blick zurück, und wenn er es geschafft hätte, ohne seine Balance zu verlieren und die Treppe hinunterzustolpern, dann hätte er sich die Ohren zugehalten, die Augen fest geschlossen und geschrien.

All die Jahre, all die geheimen nächtlichen Gespräche mit Montrovant, die boshaften Anspielungen und Bedrohungen - all das wurde zu nichts gegenüber der Wirkung dieser endgültigen Wahrheit, die da weiter oben auf dem Boden lag. Diese Kreatur war wie der Dunkle, wie Montrovant, und sie trank Blut. Sein Herz hämmerte, und der Bischof rannte in den Hof auf sein Pferd zu und hieltnicht eher inne, als bis er die Zügel in Händen hielt und sein Fuß fest im Steigbügel saß.

Dann sah er wieder die Festung und erinnerte sich, wer und was er war und warum er gekommen war. Er stieg nicht auf. Er starrte zu der Festung hinauf, zu den Mauern über ihm, wo vor einigen kurzen Momenten noch die Mensch-Kreatur gehangen und in der Sonne gebrannt hatte. Dann drehte er sich um, machte sich auf den Weg zu den Ställen und begann ein langes Gebet um Vergebung, das nicht enden würde, bevor ihn später in der Nacht der Schlaf überwältigte. Es mußte hier irgendwelche Tiere geben. Er betete, es möchten keine Pferde sein.

Wie sich herausstellte, waren viele Schweine im Stall; mehrere davon waren jung und nicht besonders schwer zu handhaben. Es war einige Jahre her, daß Antonio ein Schwein geschlachtet hatte, aber solche Lektionen aus der Kindheit vergaß man nicht so schnell. Er bewahrte das Blut auf, das immer noch warm war, wobei er das einzige Gefäß benutzte, das er finden konnte, nämlich einen Futtereimer. Der durchdringende, widerliche Geruch des frischen Blutes ließ ihm übel werden, während er die Treppen emporstieg, aber er zwang sich weiterzugehen, zu dem Etwas, das sich schwach am Boden wälzte, und kippte dann den Eimer, um eine kleine Menge Blut auf seine Lippen zu tropfen.

Die Reaktion kam sofort und unvermittelt. Es setzte sich auf und kippte beinahe den Eimer um, der Mund war weit geöffnet und unmöglich groß, und schien sich auszudehnen und dem Blut entgegenzustreben. Antonio zog sich zurück, beruhigte sich, hielt den Eimer weit von sich weg und kippte ihn vorsichtig, so daß das Blut den Mund des Etwas füllte, dann wartete er und füllte ihn wieder.

Die hektischen Bewegungen hörten langsam auf, als das Etwas das dargebotene Blut in gleichmäßigen Schlucken trank. Es war,als würde er einem Trinker dabei zuzusehen, wie er Bier in sich hineinschüttete, ohne Luft zu holen. Der ganze Eimer war in wenig mehr Zeit geleert, als man gebraucht hätte, ihn auf den Boden auszuschütten, und plötzlich hob das Etwas sein Gesicht zu ihm empor... nur das es nicht länger ein Etwas zu sein schien.

Der junge Mann hatte tiefliegende, ernste Augen, und das Blut, das sein Gesicht verschmierte, ließ ihn nicht länger als sabbernde Bestie, sondern als verwundeten, hilfsbedürftigen Jungen erscheinen, dem jemand übel mitgespielt hatte. Santorini trat ein Stück vor, zögerte aber. Schließlich sagte der Junge unendlich schwach: "Bringt mich an einen Ort der Dunkelheit und laßt mich dort. Wenn ich erwache und die Sonne uns verlassen hat, können wir reden."

Antonio zögerte, immer noch unentschlossen.

"Wer bist du?" fragte er sanft.

"Mein Name ist Abraham", stöhnte der junge Mann.

Antonio Santorini traf in diesem Moment eine Entscheidung. Es war ein Zeichen, es gab keine andere Möglichkeit, das zu deuten. Abraham - aber in diesem Fall war es nicht Isaak, den man als Opfer ausersehen hatte, sondern Abraham selbst; und es lag an Antonio, dafür zu sorgen, daß dieses Opfer dort dargebracht wurde, wo es am meisten bedeutete: im Herzen. Eine Kreatur des Teufels und des Blutes schien Abrahm zu sein, aber er war auch ein Geschöpf Gottes. Man konnte diese Wahrheit nicht verneinen, wenn man an die heilige Schrift und Christus glaubte, und sich von ihm abzuwenden wäre genauso Sünde gewesen, wie wenn er sich von einem sterbenden Kind oder einer Frau in Not abgewandt hätte.

Der Bischof griff erneut die Fesseln, wobei er vorsichtig darauf achtete, hinter dem liegenden Körper seines immer noch gefesselten Gefangenen zu bleiben, und zog ihn die Treppe entlang zu den dunkleren Räumen weiter unten. Es gab ein Lager nahe der Haupthalle, und die Dunkelheit dort würde ausreichen.

Der überhastete, wilde Abstieg mußte schmerzhaft gewesen sein, doch Abraham gab keinen Laut von sich. Die Augen des jungen Mannes waren geschlossen, sein Haar von Schweineblut verklebt und seine Kleidung hing in Fetzen. Antonios Atem ging schwer, aber mehr konnte er nicht tun, um diese Anstrengung zu ertragen. Er hatte weder die Energie noch die Motivation, ihren Weg angenehm zu gestalten.

Sie erreichten schweigend den Fuß der Treppe, und nach nur kurzem Zögern, um wieder zu Atem zu kommen, schob Antonio Abraham durch die Tür in den Keller, ohne sich die Mühe zu machen, ihn die Treppe hinunter zu ziehen, und drehte sich um, um zu gehen.

"Warte... " Abrahams Worte waren nun klarer, aber immer noch schwach. Antonio lehnte sich so weit vor, wie er es wagte, und wartete.

"Wenn Du zurückkehrst", ächzte Abraham, "dann bring mehr Blut mit."

Antonio zuckte zurück. Das war endgültig zuviel.

"Du mußt es tun." Abraham rang um die Worte, und seine Augen schlossen sich, während er in eine Dunkelheit sank, die sich Bischof Santorini nicht vorstellen konnte. "Du mußt es tun, schon zu deinem eigenen Schutz."

Antonio drehte sich schließlich um, riß seine Augen von dem leidgeprüften Gesicht des Jungen los und eilte durch die Tür und in die Halle, die dahinter lag. Er schlug die Tür hinter sich zu, aber selbst die Endgültigkeit einer geschlossenen Tür konnte seine Furcht nicht beruhigen.

"Blut", sagte er. "Um der Liebe zu allem, was mir heilig ist, willen - ich bin ein Dieb geworden, der Blut stiehlt."

Er taumelte in Richtung des Innenhofs zu seinem Pferd, bestieg es ungeschickt und brach beinahe über dem Rücken des Tiers zusammen, während er gen Rom ritt. Er schloß die Augen, hielt sich an den Zügeln fest und flüsterte immer wieder: "Lieber Gott, ich muß stark sein. Ich muß ihm mehr Blut bringen." Seine Gedanken waren voller Bilder von Bestrafung und Erlösung. Er mußte seinem Herzen folgen, und sein Herzen sagte ihm eindeutig, daß er dieses Etwas nicht sterben lassen durfte.

Während er ritt, fühlte er die schreckliche Last von Montrovants dunklen Augen, die sich in seinen Rücken bohrten und seine Seele suchten.

DAVID NIALL WILSON

DREI

So stark die Emotion, die von der Erinnerung und der Verheißung von Schrecken hervorgerufen wurde, auch sein mochte, eine direkte Gefahr stand bei den Gedanken immer im Vordergrund. Bischof Santorini war schon lange vor Einbruch der Dunkelheit in Montrovants Festung zurückgekehrt und hatte ein großes Feuer im Kamin der Wohnhalle entfacht. Er konnte sich trotz des größeren Komforts nicht dazu überwinden, Montrovants Gemach zu benutzen, auch wenn er sich sicher war, daß der Dunkle verschwunden war. Die Wohnhalle schien der von Montrovant am wenigsten genutzte Raum zu sein... ein Ort, der um des Scheines willen unterhalten, aber in Wirklichkeit gemieden wurde... und das paßte Antonio gut. Je weniger der Ort nach Montrovant und seinen Rittern stank, desto mehr gefiel er momentan dem Bischof.

In der Ecke stand ein Korb, aus dem die Hälse eines halben Dutzends Weinflaschen herausragten. Jede war mit dem frischen Blut einer Kuh gefüllt und sorgsam verkorkt. Er hatte eine ansehnliche Summe allein für das Blut aufwenden müssen, und die Anonymität dreier Zwischenhändler stand zwischen ihm und dieser Sache. Die Idee, der Papst könne darüber informiert werden, daß einer seiner Bischöfe einen *Vampyr* mit Blut versorgte, war keine, bei der ihm wohl war.

Die Worte *Im Haus meines Vaters gibt es viele Wohnungen* hatte eine tiefere und düsterere Bedeutung für jemanden, der einige Zeit in diesen Räumen verbracht hatte. Es gab jene im Dienste der Mutter Kirche, die zu den Klängen ihrer eigenen Trommeln marschierten, von denen manche tiefer in den Schatten schlugen als andere. Erschaudernd warf er einen weiteren Scheit ins Feuer.

Die Sonne war vor einiger Zeit untergegangen, und Santorini wußte, daß er es nicht mehr hinauszögern konnte. Er nahm eine Flasche zur Hand - die er erst öffnen wollte, wenn er seinem Ziel näher war - und ging in Richtung der Treppen und seines Schicksals. In der anderen Hand hatte er eine Flasche schweren, samtigen Rotweins.

Er klemmte sich den Wein unter den Arm und griff nach dem Türknauf. Er wußte, daß Abraham immer noch gefesselt war und daß diese Fesseln stark genug waren, die Kreatur an die Mauern der Festung zu fesseln, aber das konnte seine Angst nicht lindern. Er wollte sie schließlich befreien. Er wollte einen Handel mit dieser Kreatur schließen, die unzweifelhaft aus den Tiefen der Hölle kam, und er wollte es nur aus dem einen Grund tun, um seinen eigenen kläglichen Ruf und sein Leben zu erhalten. Er mußte Montrovant oder den Orden finden und das zurückbekommen, was gestohlen worden oder verloren gegangen war. Wenn er dabei den Tod oder schlimmeres von der Hand Abrahams riskieren mußte, dann hatte er keine andere Wahl.

Er stieß die Tür weit auf und ließ das schwache Licht des flackernden Feuers in der Halle in die Dunkelheit des Raumes fallen. Zuerst dachte er, er sei allein. Dann sah er ein Bein wie einen Schatten aus der Dunkelheit ragen, und als er seine Augen dem Bein folgen ließ, gewöhnten sie sich an das schwache Licht. Ein leises Geräusch, das Rascheln von Kleidung auf Stein, nicht mehr. Antonios Herz hämmerte, und er konnte sich nicht erklären warum... bis ihm die sonderbare Stille auffiel. Kein Atem.

Er betrat schnell den Raum... besorgt, daß alles umsonst gewesen, daß sein Gefangener tot sein könnte. Er riß die Tür weit auf, trat vorsichtig über die Schwelle, und in diesem Moment sah er die Augen, die ihn aus der Dunkelheit heraus anstarrten. Er ruhte unten an der Steinwand, die Schultern leicht gegen die Steine gelehnt, die Haare ein bißchen weniger wild als beim letzten Mal, als sie sich getroffen hatten.

"Du bist zurückgekommen?" Abrahams Worte waren als Frage formuliert, aber etwas an seinem Tonfall ließ Antonio glauben, daß er niemals daran gezweifelt hatte.

"Ich habe Blut gebracht", stotterte der Bischof, ohne näherzukommen.

Abraham nickte zufrieden.

"Zuerst", fügte Antonio hinzu, "müssen wir reden."

Als er feststellte, daß der Vampir sich nicht aus der Dunkelheit auf ihn stürzen würde, trat er ein wenig näher und ging in die Hocke, um die Gesichtszüge seines Gefangenen im Dämmerlicht besser erkennen zu können.

"Ich muß wissen, daß du mir zuhören wirst. Ich muß einen Weg finden zu glauben, daß du, wenn ich dich frei lasse, mich nicht tötest oder mir schlimmeres antust."

"Du hast mich gerettet... " sagte Abraham langsam. "Allein dafür würde ich dich verschonen. Was ist es, was du von mir verlangst?"

Der Zittern in Antonios Schultern verschwand nicht, aber er fand seine Stimme wieder.

"Ich suche den, der dich an der Mauer hängen ließ. Montrovant, verdammt sei sein finsteres Herz. Allein habe ich keine Chance, ihn zu finden, oder, falls mir das gelingen würde, keine Hoffnung, daß es mit mir besser enden würde als jetzt."

"Ich soll Montrovant jagen?" Abrahams Augen leuchteten kurz auf, dann begann er zu lachen. Es begann als leises Kichern, nahm dann mehr und mehr zu, bis das Geräusch den Raum füllte, und doch hörte es nicht auf.

Antonio trat einen Schritt zurück... seine Augen weiteten sich. Während die Lautstärke zunahm, bedeckte er seine Ohren, aber er konnte diese spottende, halb wahnsinnige Geräusch nicht aus seinem Kopf bekommen. Mit einem Schrei machte er auf dem Absatz kehrt und stürzte sich erneut durch die Tür, in Richtung des Feuers, während die quälenden Laute von Abrahams Gelächter ihn verfolgten.

Dann, so plötzlich wie es angefangen hatte, hörte das Lachen auf, und in der Stille gab es nur ein Wort.

"Einverstanden."

Antonio hielt mitten im Lauf inne, die Hände immer noch auf die Ohren gepreßt, während er sich fragte, ob er richtig gehört hatte. Dann wurde das Wort wiederholt, und all seine Zweifel schwanden.

"Einverstanden", wiederholte Abraham. "Komm zurück, Mann Gottes, und bring mir das Blut... alles."

Dann setzte das Lachen wieder ein, aber nicht so laut, nicht so gefühlskalt. Antonio huschte zu den Weinflaschen, nahm rasch den Korb, warf ihn in seiner Eile beinahe um und rannte dann den Weg durch die Halle zurück.

Abraham sprach nicht, als er den kleinen Raum betrat, sondern betrachtete ihn nur mit einem düsteren, undurchschaubaren Gesichtsausdruck. Der Bischof öffnete die erste Flasche, trat näher und führte sie an die Lippen seines Gefangenen. Der Vampir trank wie ein Säugling aus der Flasche und schluckte begierig das Blut. Der Behälter war in wenigen Augenblicken leer, und Antonio griff nach dem zweiten, als Abraham wieder sprach.

"Es wäre leichter, wenn du mich losbändest und mir erlaubtest, die Flaschen selbst zu öffnen."

Antonio ergriff die zweite Flasche und ignorierte dabei die Worte, dann zögerte er, als er näher kam. Sein Blick fand den des Vampirs und fand darin nichts, was er fürchtete. Seine Züge waren voller und jünger, die Augen ehrlich. Er wußte, daß er vielleicht einen entscheidenden Fehler beging, aber wenn dem so war, würde sein Ende schnell kommen. Wenn er zur Kirche mit der Nachricht zurückkehren müßte, daß er ihre wichtigsten Schätze verloren, und keine Ahnung hatte, was zu tun sei, würde sein Tod lang und qualvoll sein.

Er stelle die Flasche weg, trat er näher und untersuchte die Stahlbänder, die Abraham gefangen hielten. Es würde selbst mit seiner Bewegungsfreiheit keine leichte Aufgabe werden, sie zu entfernen. Er würde Zeit und Werkzeug brauchen.

"Ich werde es versuchen... mein Freund", fügte er zögerlich hinzu, "ich muß irgendwas finden, um diese Fesseln durchzuschneiden, und einen Weg finden, das zu tun, ohne deine Glieder abzutrennen."

"Mach dir nicht zu viele Sorgen darüber, mich zu verletzen", antwortete Abraham sanft. "Ich habe erstaunliche Heilungsfähigkeiten."

Antonio sah Abraham direkt in die Augen. Er erblickte nicht länger eine welke, ausgezehrte Kreatur, die um ihre Existenz kämpfte. Seine Blick erwiderte ein gutaussehender, junger Mann, vielleicht ein bißchen verbrannt und vernarbt von den Qualen des Sonnenlichts und der Flammen. Langsam nickend kehrte der Bischof in die Halle zurück und bewegte sich in Richtung des Feuers. Als er den Wohnraum betrat, blieben seine Augen am Kamin hängen. Dort hingen mit gekreuzten Griffen ein Morgenstern und eine schwere Axt. Die Schneiden glitzerten hell im flackernden Feuerschein.

Antonio trat herzu und wuchtete die Axt aus ihrer Halterung, wobei er beinahe einen Fuß verlor, weil ihn das volle Gewicht des schweren Blattes überrascht hatte. Als es auf den Steinboden prallte, hob er die Axt erneut an und schätzte ihr Gewicht ab. Er konnte sie anheben, aber er wußte, daß er, um die Metallbänder zu treffen, die Abraham hielten, eine wirklich sichere Hand brauchen würde.

Er schleifte die Axt die Halle hinunter und durch die Tür, wobei er sich auf sie stützte.

Abraham musterte die behäbige Gestalt des Bischofs und die Axt abschätzend, und seine Augen flackerten dunkel.

"Kannst du diese Klinge überhaupt heben, Mann Gottes? Hast du mich nur gerettet, um meinen Kopf mit einem fehlgeleiteten Schlag einer Axt vom Körper zu trennen?"

"Ich weiß nicht, was ich sonst tun könnte", keuchte Antonio. "Ich bin kein Schmied."

Plötzlich fühlte sich der Bischof schwach, obwohl der Weg durch die Halle ihn nicht so erschöpft haben konnte, nicht einmal mit der so ungewohnten Last einer schweren Axt. Er wollte sich hinsetzen, um sich für einen Moment auszuruhen.

Abrahams Blick fand den seinen und hielt ihn mit Leichtigkeit fest. Antonio empfand für einen kurzen Moment eine sonderbare Intensität im Blick des jungen Mannes. Er wollte sich abwenden oder aufstehen und sich in Richtung Halle bewegen, um ein neues Werkzeug zu suchen, eine andere Möglichkeit, den Stahl zu durchtrennen, aber er konnte sich nicht zu einer Bewegung zwingen.

"Ich... "

Seine Worte verhallten, die Dunkelheit schluckte ihn, der Boden begann zu schwanken und kam auf sonderbare Weise näher. Die Klinge fiel ihm aus der Hand und schepperte auf die Steine. Er versuchte mit einem letzten klaren Gedanken, seinen Fall mit den Händen abzufangen, aber sie bewegten sich nicht. Dann war da nur noch Schwärze.

Abraham konzentrierte sich. Er war immer noch schwach und wußte nicht, wie lange er die Kontrolle über den Körper des Bischofs aufrechterhalten konnte oder bis zu welchem Grad er in der Lage war, den Körper des anderen zu kontrollieren. Er wußte jedoch, daß die Chancen, seine Befreiung zu überleben, minimal waren, wenn dieser ungeschickte Narr von einem Geistlichen es war, der diese Axt führte.

Er schloß die Augen, um den Schmerz seiner Fesseln zu ignorieren, die wieder in sein Fleisch schnitten, als seine Kräfte zurückkehrten und sich sein Fleisch wieder straffte. Es gab eine Stelle, an der das Metall in cinem einzelnen dicken Schloß zusammenlief. Dort mußte die Klinge treffen, und es mußt ein einzelner, harter Schlag sein ... mit dem Stein als Unterlage, oder es würde umsonst sein.

Er ließ seinen Geist schweifen... an den Fäden ziehen, die den Körper des bewußtlosen Bischofs mit seinem Geist verbanden, und sie mit seinen Gedanken verschmelzen. Er wollte sich zur Seite rollen, um sich in eine bessere Position zu bringen, aber es gelang ihm nicht. Während er den Bischof kontrollierte, blieb sein Körper reglos. Er konnte ihn nicht sehen, aber er spürte den rauhen Metallverschluß an den kühlen Steinen.

Der Körper des Bischofs regte sich... dann drehte er sich ein wenig. Lautlos erhob sich Antonio Santorinis Körper, aber seine Augen blieben dunkel und leer. Abraham konzentrierte sich stark... und wie eine große Puppe hob Antonio die Axt erneut auf. Doch es gab einen Unterschied. Ohne das Hindernis seines eigenen Verstandes schwang die Axt viel leichter nach oben und kam auf den Schultern zur Ruhe.

Einen Schlag, sagte Abraham sich selbst. *Du hast nur einen Schlag, und das war es.*

Er hielt die Bilder einfach und präzise, übertrug sie von seinem eigenen Kopf in die Glieder des Bischofs. Die Axt hob sich und wurde sicher über dem Kopf des Bischofs gehalten. Einen Schritt näher, dann noch einen, konzentrieren, das Schloß, die Axt, diese Bilder eins werden lassen... und... jetzt!

Die Axt pfiff durch die Luft und fuhr in einem sicheren Bogen nach unten. Abraham schloß seine Augen... sah in seinem Geist, wie das Schloß getroffen wurde. Die Zeit gefror in diesem Moment, und dann blitzte ein zweites Leben durch seinen Kopf wie ein alptraumhafter Wust aus Emotionen und Bedauern.

Dann gab es ein hartes Klirren von Metall auf Metall auf Stein. Er ließ den Bischof los und rollte sich sofort zur Seite, als ein qualvoller Schmerz durch seinen Körper brannte. Die Axt schepperte auf den Boden, Antonios Körper fiel daneben und blieb als regloser Haufen liegen.

Abraham öffnete die Augen, wahnsinnig vor Schmerz, aber frei. Er brachte seine Arme nach vorne und starrte sie an. Da waren tiefe Linien, wo das Metall in seine Haut geschnitten hatte, und die Haut auf einem Handrücken war durch den Schlag der Axt bis zum Knochen abgeschabt worden. Er fluchte, griff nach unten und fand das Schloß auf der Rückseite der Bänder, die seine Beine festhielten. Er wußte, daß das Schloß der Schwachpunkt war, packte es fest mit seiner Hand und verdrehte es hart.

Zunächst passierte nichts. Dann erklang Montrovants Hohngelächter in Abrahams Erinnerungen, und er griff erneut zu. Das Schloß brach, seine Fesseln lösten sich plötzlich, und Abraham fiel zurück gegen die Wand.

Als sich seine Gedanken klärten, erinnerte er sich an die Flaschen voller Blut, und mit einem leisen Stöhnen begann er, langsam darauf zu zu kriechen, dann immer schneller, als der Hunger ihn packte und vorwärts zog. Da er wußte, daß seine Beherrschung nur unzulänglich war, umrundete er die bewußtlose Gestalt des Bischofs vorsichtig. Er hatte keine weiteren Verbündeten auf der Welt, und es wäre seinen Zwecken nicht dienlich gewesen, Santorini zur Mahlzeit zu machen.

Die erste Flasche trank er in einem einzigen großen Schluck, ebenso die zweite. Seine Gedanken kreisten nur um Blut. Seine Hand begann zu heilen, und die Abdrücke der Metallbänder verschwanden langsam, aber er schenkte dem keine Beachtung. Es war so lange her, daß er sich sattgetrunken hatte, und selbst wenn das Tierblut schwach war und ihn mit der Aussicht auf Stärke quälte, die es ihm nicht geben konnte, war es wie süßer Nektar. Es war lange her, daß er sich bewegt hatte, außer um zu schreien oder mit seinen gefesselten, hilflosen Händen an der Kiste, die sein Gefängnis gewesen war, zu kratzen, daher war die Freiheit berauschend.

Die Verheerungen der Sonne würde niemals ganz verschwinden. Eine Narbe verunzierte eine Seite seines Gesichts, die er für den Rest seiner Nächte tragen würde. Er kümmerte sich um all das nicht, bis er spürte, wie der letzte Tropfen seine Kehle hinunterrann, als er die letzte Flasche erhoben und an seine Lippen gesetzt hatte.

Seine Augen gewannen langsam wieder an Schärfe, und er erinnerte sich des Priesters. Es wäre schlecht, seinen neuen Verbündeten als Bündel auf dem Boden aufwachen zu lassen. Während er zum ersten Mal, seit der Dunkle ihn gepackt und weggeschafft hatte, aufstand, streckte er seine Glieder... dann beugte er sich vor und hob Santorinis bewußtlosen Körper mit Leichtigkeit auf, schaffte ihn in die äußere Halle und dann dorthin, wo das Feuer brannte. Abraham brauchte kein Feuer, keine Wärme, aber er wußte, daß es für seinen Gefährten angenehm sein würde, und nachdem, was er gerade getan hatte, würde es einiger Anstrengungen bedürfen, dieses Gefühl von Geborgenheit oder jegliche Art von Vertrauen aufzubauen. Das einzige, was für Abraham sprach, war, daß er diesem Narren nicht das Leben genommen hatte.

Nachdem er den Bischof auf einen kleinen Diwan gelegt hattee, wobei er vorsichtig darauf achtete, keine blauen Flecken oder Prellungen zu hinterlassen, oder die zu verschlimmern, die sich bereits bildeten, setzte er sich auf einen Stuhl in den Schatten, um zu warten. Wenn es etwas gab, das er durch diese Zerreißprobe gelernt hatte, dann war es, mit seinen Gedanken allein zu sein.

Antonio Santorini wurde durch einen dumpfen Trommelschlag, der immer klarer und klarer wurde, aus der Dunkelheit gerissen, während seine Gedanken langsam deutlicher wurden. Erst als er die Augen öffnete und der tanzende Schein des Feuers die Dunkelheit durchbrach, wußte er, daß es das Pochen sein eigenen Pulses war, und er bemerkte das Dröhnen seines Kopfs, der sich anfühlte, als sei er zu Brei geschlagen worden.

Er versuchte aufzustehen, bewegte sich aber dabei zu schnell und fiel zurück... die Bewegung und der sanfte Aufprall auf dem Diwan sorgten dafür, daß sich das Hämmern verdoppelte, und er schloß seine Augen für eine weitere Sekunde, um seine Gedanken neu zu sortieren. Dann flutete die Erinnerung über ihn hinweg, und er riß erneut die Augen auf. Mit einem plötzlich Ausbruch von Energie, die für jemanden, der gerade noch bewußtlos gewesen war, bemerkenswert war, setzte Antonio sich auf und suchte die Schatten in panischer Angst ab.

"Beruhige dich, mein Freund." Abraham Stimme raschelte wie Seide aus den Schatten. "Wenn ich deinen Tod gewollt hätte, dann, vertraue mir, wärst du tot."

Antonio wirbelte zu der Stimme herum... und war gerade eben in der Lage, die schattenhafte Gestalt des Vampirs auf einem Stuhl seitlich des Feuers in einem kleinen Alkoven auszumachen. Der Drang, aufzustehen und zu rennen, ohne zurückzusehen, den Versuch zu machen, den Hof draußen und sein Pferd zu erreichen, war stark, aber der beruhigende Einfluß des gesunden Menschenverstands erwies sich als stärker. Antonio lehnte sich zurück.

"Für jemanden, der so wild darauf war, mich zu befreien, bist du erstaunlich ungerührt von deinem Erfolg", sagte Abraham mit einem leisen Lachen.

Antonios Hand griff nach der Beule an seinem Kopf und rieb sie behutsam. Er sah sich verblüfft im Raum um. "Wie... "

"Du mußt mir verzeihen, aber ich habe dir den Umgang mit der Axt nicht zugetraut. Ich habe... Schritte unternommen... um sicherzugehen, daß ich so wenig Fleisch wie möglich bei meiner Befreiung verlieren würde. Und selbst so war es nicht risikolos... oder ohne Schmerzen. Ich denke, du hast mich zweimal gerettet... einmal, als du meinen Körper gerettet hast, und das zweite Mal, als du mich deinen benutzen ließest. Ich danke dir, mein Freund... aber ich frage mich, was du dadurch gewinnen kannst, daß du mich am Leben hältst? Du hast gesehen, was der Dunkle mit mir gemacht hat, als wir uns das letzte Mal getroffen haben... was läßt dich glauben, daß ein weiteres Treffen anders ausginge?"

Antonio kämpfte darum, seine Gedanken zu ordnen. Er wußte, daß er nur deshalb am Leben war, weil der andere es erlaubte, und wollte absolut sicherstellen, daß sich diese Situation nicht änderte.

"Allein habe ich keine Chance, Montrovant jemals wieder zu sehen", sagte er schließlich. "Nicht, wenn er es nicht wünscht, und wenn ein solches Treffen auf sein Bestreben zustande kommt, wird er triumphieren. Die Kirche hat Mittel, um mit dem Dunklen besser fertig zu werden als ich selbst, aber ich will ihre Aufmerksamkeit nicht auf meine Fehler und Unzulänglichkeiten lenken.

Ich will, daß du ihn für mich und für dich selbst aufspürst. Ich will, daß du mit mir zusammenarbeitest, um einen Weg zu finden, ihn entweder zurückzubringen, zusammen mit dem, wonach er sucht und beides zurück in den Einflußbereich der Mutter Kirche zu holen... oder ich will ihn tot sehen, und ich werde dich zum neuen Wächter ernennen. Für mich bedeutet das keinen Unterschied."

Abraham saß einige Zeit schweigend da. Er saß so lange, daß Bischof Santorini beinahe schon wieder sprechen wollte, weil er befürchtete, beim Vortragen seines Anliegens versagt zu haben.

"Du bist ein Narr", sagte der Vampir schließlich. "Du glaubst, Montrovant habe mit dir zusammengearbeitet, glaubst, ihr hätte einen Pakt gehabt. Der Dunkle ist dem Orden, dem ich diene, wohlbekannt, und ich habe vieles über seine Geschichte gehört. Er hatte nie einen "Pakt" in seinem Leben, außer mit seinen eigenen Wünschen. Wenn er dich - oder die Kirche - glauben machen muß, er sei dein Verbündeter, um das zu bekommen, was er wollte, dann würde er nicht zögern. Genauso wenig würde er zögern, den Vatikan zu ruinieren oder deinen plumpen Körper von einem Baum baumeln zu lassen und darunter zu liegen, um sich an deinem Blut zu laben.

Was ich in deinem Namen oder im Namen deiner Kirche, die nicht einmal wissen darf, daß ich existiere, tun soll", fuhr Abraham fort, "um deine unsichere Position zu schützen, ist eine Aufgabe für einen Narren. Du weißt es nicht, aber es gibt im Vatikan Kleriker, die von meiner Art wissen, und sogar von Montrovant. Wie willst du mich vor ihnen schützen? Wie soll ich denn deiner Meinung nach vorgehen? Du würdest die Beute den Jäger quer durch das Land jagen lassen, nur indirekt unterstützt von denen, die ihn nicht anerkennen würden. Du willst mich einen nahezu sicheren zweiten Tod von dr Hand desjenigen suchen lassen, dem ich dieses Mal so knapp entkommen bin. Ich frage dich jetzt, was bringt mir das? Eine Allianz mit der Kirche ist für jemanden wie mich bestenfalls eine prekäre Situation und kaum wert, meine Existenz zu riskieren."

Antonio Santorini dachte schnell nach. Er dachte an Montrovant und ging das wenige durch, das er über ihn wußte.

"Wenn Montrovant der Hüter des Grals sein will", begann er, seine Antwort vorsichtig formulierend, "dann muß er einen persönlichen Nutzen haben, dieses Relikt zu besitzen... etwas, was er mit mir nicht teilen würde. Wenn du mir diesen Schatz zur Kirche zurückbringst, kannst du zu seinem Hüter werden. Du kannst deinen eigenen Orden aufbauen, deine eigenen dunklen Ritter um dich versammeln. Ich kann dir eine gute Bezahlung in Gold und Schätzen anbieten, aber etwas sagt mir, daß, wenn das dein Ziel wäre, du sehr leicht selbst genug beschaffen könntest. Ich kann dir Blut anbieten - einen willigen, jungfräulichen Vorrat davon, aber auch hier bezweifle ich, daß du meine Hilfe brauchst, denn wenn du sie bräuchtest, dann hättest du nicht lange genug gelebt, um dieses Mal gerettet zu werden. Die schönste Sache, die ich dir anbieten kann, ist Rache.

Ich werde nicht soweit gehen zu sagen, du schuldetest es mir, selbst wenn ich dich von der Mauer und der brennenden Sonne weggeschafft habe. Ich werde dir sagen, daß du es dir selbst schuldig bist. Du schuldest dir eine Gelegenheit zur Rache. Ich habe den Dunklen bei vielen Gelegenheiten sagen hören, die eine Sache, die in seinem Dasein immer seltener wird, sei Unterhaltung. Kannst du dir eine solche Chance ernsthaft verwehren?"

Abraham lachte wieder leise. Langsam stand er auf und trat aus den Schatten ins flackernde Licht des Feuers. Seine Haut war zum größten Teil geheilt, bis auf eine einzelne Narbe, sein Haar war sauber und üppig... seine Augen hell und sie spiegelten das Lachen auf seinen Lippen wider, wie es Montrovants nie getan hatten.

Sein Haar war nun blond, und wo es zuvor strähnig und graumeliert gewesen war, wallte es jetzt über seine Schultern. Er war einen halben Kopf größer als Bischof Santorini, aber schlanker und mit jugendlicher Stärke ausgestattet. Da war jedoch ein Schimmer von Erfahrenheit und Alter in seinen Augen, der diesem ersten Eindruck widersprach.

"Wohl gesprochen, wie man es von einem Mann deines Standes erwartet, aber deine Worte sind unnötig. Montrovant selbst hat sichergestellt, daß ich ihm folgen würde, falls ich überleben sollte... er hat mich darum gebeten, und du selbst hast den Grund für diese Verrücktheit genannt. Er langweilt sich. Er hat mich eingeladen, Rache zu nehmen, auch wenn ich daran zweifle, daß er erwartet hätte, daß ich die Gelegenheit dazu bekommen würde, oder die Mittel hätte, eine solche Rache zu nehmen, wenn sich die Gelegenheit böte.

Er folgt dem Orden, und ich selbst muß ihn auch wiederfinden. Er hat seine Mission, ich habe meine, und nun wird meine durch das Wissen versüßt, daß ich vielleicht finde, was ich suche und im gleichen Moment Rache nehmen kann. Da ich dieses Abenteuer bereits plane", die Augen des Vampirs flackerten hell, als sei er amüsiert, "wäre ich ein Narr, nicht die Hilfe von jemanden anzunehmen, der sich als Hindernis erweisen könnte, wenn ich sie ablehne."

"Ich bin keine Bedrohung für dich", brabbelte Antonio. Er hätte weitergeredet, aber Abraham gebot ihm zu schweigen.

"Ich weiß, du denkst, das sei wahr ist, aber es stimmt nicht. Wenn ich ablehnte und ginge, würdest du einen anderen suchen, eine andere Möglichkeit, das alles ohne mich durchzuführen. Dieser andere wäre eine Behinderung - vielleicht sogar eine echte Gefahr - für meine eigenen Bemühungen. Es ist in meinem eigenen Interesse, dich als Verbündeten zu sehen, mein Freund, und ich bin nicht undankbar für meine Rettung."

Antonio stand daraufhin auf, und Abraham trat näher und hielt ihm die Hand hin, die der Bischof unsicher nahm.

"Dann sei es abgemacht", beschloß der Vampir mit einem Lächeln. "Es gibt Dinge, die ich brauche, bevor ich abreisen kann, und ich muß meine Stärke ein bißchen aufbauen... aber es ist keine Zeit zu verlieren."

"Was immer du brauchst, wenn es in meiner Macht liegt, werde ich es beschaffen", antwortete Antonio schnell.

"In diesem Fall habe ich eine Forderung, die zeigen wird, wie weit du bereit bist zu gehen. Es ist keine gute Idee, wenn ich in dieser Umgebung jage. Ich könnte gesehen werden, und sollte ich von meiner Mission erfolgreich zurückkehren, dann möchte ich nicht, daß die Leute hier sich mit Haß oder Angst an mich erinnern."

Antonio schauderte, da er wußte, was jetzt kommen würde und es fürchtete.

Abraham betrachtete den Bischof eingehend, ein grimmiges Lächeln verzerrte seine Lippen. "Versage in dieser Sache nicht, Antonio. Ich will es als Zeichen sehen, wie eng unsere... Freundschaft... werden wird. Wähle sie jung... schön... süß. Bring mir etwas, das mich für die Tage und Stunden, die ich hoffnungslos in der Dunkelheit dieser Kiste geschrien habe, entschädigt. Ich bin sehr hungrig, Antonio." Abrahams Augen flackerten plötzlich und gähnten vor dem Bischof wie endlose Höhlen, die ihn einluden, in ihre Tiefen zu springen. "Ich bin am *Verhungern*, Antonio."

Der Bischof drehte sich um und floh. Er spürte Abrahms Augen, die sich in seinen Rücken bohrten, hörte, wie das höhnende Lachen des Vampirs ihn die Halle hinunter verfolgte. In diesem Moment wußte er, daß er einen dunklen Meister gegen einen anderen eingetauscht hatte und außer seinen Verstand nur wenig gewonnen hatte. Sein Herz schrie danach, sich davon abzuwenden, aber sein Geist arbeitete bereits an den Details, wie er das Mädchen bekommen würde.

Die Lachen umschwebte ihn wie eine Wolke, heraufbeschworen von seinem Verstand, um ihn während seines schnellen Ritts nach Rom zu quälen. Seine Lippen fingen an, aus Gewohnheit Gebete zu formen, aber dann biß er sich plötzlich darauf, beschämt und zugleich gespannt.

Während er ritt, schien ihn die Dunkelheit völlig zu verschlingen.

VIER

Montrovant und seine Gefolgsleute waren noch nicht lange unterwegs, da zwang das anbrechende Tageslicht sie zu einem ersten Halt. Seine Männer stellten keine Fragen, denn sie waren mit seinen Eigenheiten vertraut. Es gab Orte, die sie alle kannten, sichere, versteckte Orte, die ihnen Diskretion und Geheimhaltung erlaubten. Montrovant wollte außerhalb der lästigen, erdrückenden Reichweite Bischof Santorinis und dem längeren, heimtückischen Griff der Kirche selbst sein. Er hätte mit Leichtigkeit die Nacht in seiner Festung verbringen, seinen Abschied auf den nächsten Tag verschieben und mit dem nächsten Sonnenuntergang verschwinden können, aber sobald er die Witterung aufgenommen hatte, mußte er einfach handeln. Selbst die wenigen Meilen, die sie in der ersten Nacht gutgemacht hatten, waren mehr, als er hätte widerstehen können.

Als er in der nächsten Nacht aufstand und den Tag und die bemitleidenswerte, ärgerliche Existenz dieses Schwächlings Abraham hinter sich gelassen hatte, fühlte er eine Freiheit, die er lange Zeit nicht erlebt hatte: die, auf der Straße zu sein. Es war zu lange her, daß er die Zeit mit den besten seiner Gefährten verbracht hatte, und es juckte ihn, weit weg zu sein, weit weg von Rom, weit weg von all denen, die ihn kannten. Sein alter Hunger erfüllte seine Sinne.

Er war mehr als einmal kurz davor gewesen, den Schatz, den er suchte, zu ergreifen, und der schwache Geruch, der davon zurückgeblieben war, hatte ihn über die Jahre hin erregt. Nun merkte er, daß dieser Geruch wieder deutlich stärker wurde. Er hatte zu lange in dieser Festung gesessen und die leeren Worte des Ordens und das "Bündnis" mit der Kirche seine Sinne abstumpfen lassen. Er war dem Gral nicht so viele Jahre gefolgt, um abzuwarten und zuzusehen, wie andere ihn besaßen: Die Zeit für solche Spielereien war vorbei.

Seine Gefolgsleute spürten wie er die Freiheit, begehrten sie. Besonders Le Duc glühte vor neu erwachter Vitalität. Die Augen des Kindes

des Dunklen glitzerten, und sein Verstand erlangte wieder die bestechend scharfe Qualität, an die sich Montrovant von ihren früheren Abenteuern erinnerte. Die beiden verstanden sich auf eine Art und Weise, die die anderen niemals begreifen würden. Als dunkle Männer, die sie alle waren, mit Geheimnissen und Gelüsten, die sie nicht teilen wollten, und einer Vergangenheit, die sie an ein Dutzend Galgen bringen konnte, war keiner von ihnen geboren worden, um dazusitzen und dem Lauf der Welt zuzusehen.

Den ersten Tag verbrachten sie in den Ruinen einer uralten Abtei; Montrovant und Le Duc ruhten in den Kellern darunter, während die anderen den wenigen Komfort suchten, den sie zwischen verrotteten Kirchenbänken und farbigem Glas finden konnten. Viele Jahre waren vergangen, seit jemand eine Messe in diesen Mauern gelesen hatte. Die einzigen Gläubigen, die hier geblieben waren, waren unter den von Gräsern und Ranken überwucherten Steinmonumenten auf dem Friedhof hinter dem Gebäude begraben und zu dem Staub zerfallen, der sie hervorgebracht hatte.

In der Dämmerung brach Montrovant mit den anderen zusammen auf und mied die Hauptstraßen, wobei er sich parallel zur Straße bewegte, die von Rom wegführte. In einiger Entfernung waren die Palmen, die die Straße säumten, gut zu sehen, und markierten ihren Weg, während sie durch das Land zogen.

Ohne konkreten Hinweis orientierte Montrovant sich nach Frankreich. Dort war er zuletzt auf den Orden getroffen, dort, wo er sie gestellt hatte, gesehen hatte, wie die alte Kreatur Santos zerfiel, seinen eigenen Erzeuger Eugenio gesehen hatte, wie er mit Kli Kodesh aneinandergeriet. Vielleicht gab es keine Antworten in Frankreich, aber es war seine Heimat, und dort gab es Leute, die Weisheit, Einfluß und Kontakte hatten, um ihn bei seiner Suche zu unterstützen.

Sie trugen die Farben der Templer nicht offen. Der Orden war durch König Philip verboten, sein Anführer Jaques de Molay vor Montrovants Augen an einen Pfahl gebunden und vebrannt worden. Die Templer waren untergetaucht, hatten ihre Treffen im Geheimen abgehalten und ihre Riten eifersüchtig vor Außenstehenden gehütet. Ihr Einfluß hatte nur leicht nachgelassen, und Montrovant hatte seine eigenen Verbindungen zum Orden so eng wie möglich gehalten, ohne sich wirklich selbst in seine Angelegenheiten einzumischen.

Man hielt ihn für einen direkten Nachfahren eines anderen Montrovant, desjenigen, der bei der Gründung des Ritterordens geholfen und der ihn mehr als einmal vor der sicheren Vernichtung durch mythische Kräfte des Bösen geschützt hatte. Er war nie hinterfragt worden, und nur sehr wenige vermuteten die Wahrheit, nämlich daß er und der andere Montrovant ein und derselbe waren und daß der Ritter, der an seiner Seite kämpfte, Jean Le Duc war, einer der ersten Templer, die das Kreuz getragen hatten.

Ihr Weg führte schnell von der geraden Route der Römer ab durch einen kleinen Gebirgszug. Es würde ihnen einen beträchtlichen Teil der Reise ersparen, auch wenn der Weg schwieriger sein würde. Montrovant war das egal. Beide Wege waren für ihn gleich, nur daß die Berge ihn schneller zu seinem Ziel bringen würden.

In der zweite Nacht der Reise fanden sie einen Weg, der hinauf führte, und sie begannen mit ihrem Aufstieg, wobei sie dem Pfad langsamer und einer nach dem anderen folgten, als er schnell immer steiler wurde.

"Ein einsamer Weg," kommentierte Le Duc, der neben ihm ritt. Das Mondlicht warf lange Schatten auf den Pfad vor ihnen, der Nachthimmel war grau und leer und die Berge, die über ihnen aufragten, waren von einem silbernen Schein gesäumt.

"Unser Weg war immer einsam," antwortete Montrovant leise. "Ob andere dabei sind oder nicht macht keinen Unterschied, es sei denn, man ist hungrig,."

Le Duc mußte grinsen, aber er schüttelte den Kopf. "Ich kenne dich besser, Dunkler. Die Langeweile würde dich in ein Versteck treiben, und du würdest nie wieder auftauchen."

Montrovant lächelte leise. "Soviel ist sicher, es hat zu lang gedauert, bis ich aus dieser Festung heraus wieder auf die Straße gekommen bin. Es ist eine Sache, sich nach der Gesellschaft und ihren Intrigen zu sehnen, aber sicher eine andere, trostlose Nächte in der Gesellschaft immer wieder der wenigen selben Leute zu verbringen."

Sie ritten noch einige Zeit still weiter, während die anderen ihnen leise folgten. Keiner fand die Kraft, die lethargische Stille zu durchbrechen. Die Last ihrer Reise lag auf ihren Schultern, wie es am Anfang immer war. Alles lag noch vor ihnen, nichts hinter ihnen, und das ließ jeden auf einsame und introvertierte Gedanken kommen.

Schließlich sprach Jean Le Duc erneut.

"Kennst du diesen Pfad? Ich bin nie selbst auf ihm gereist und frage mich, ob wir vor dem Sonnenaufgang eine Unterkunft suchen oder ob du einen Halt im Sinn hast."

"Ich bin auch noch nie auf diesem Weg gewesen," antwortete ihm Montrovant. "Ich habe ihn lediglich als die kürzeste Route gewählt. Es gibt Gerüchte über ein Kloster oben in den Bergen, sonderbare Gerüchte, um genau zu sein. Wir werden es als Zuflucht benutzen, und wenn das fehlschlägt, dann müssen wir uns eben etwas anderes suchen. Ich will morgen nacht über diese Berge hinweg und auf der Straße nach Frankreich sein."

Jean Le Duc nickte. "Ich werde zwei Männer vorausschicken," sagte er leise. Er drehte sich daraufhin zur Seite, verhielt sein Reittier und ließ sich zurückfallen, während Montrovant seinen Weg fortsetzte, wobei er sich mit beständiger Geschwindigkeit bewegte, sein Reittier weder antrieb noch sich wirklich darum kümmerte.

Der Anschein von Sterblichkeit stand Montrovant sehr gut zu Gesicht. Er war ein großer, kräftiger, beeindruckender Mann... hochgewachsen, schlank und imposant. Langes dunkles Haar flutete über seine Schultern wie ein Cape. Er ritt mit der erfahrenen Leichtigkeit eines Kriegers, aber er brauchte kein Pferd, um dorthin zu kommen, wo er hin wollte... tatsächlich bremste es ihn. Die anderen bremsten ihn ebenfalls, aber in einer Welt, die immer gefährlicher für seine Art wurde, war es am besten, so "menschlich" wie möglich zu erscheinen.

Zwei dunkle Gestalten trotteten an ihm vorbei und entfernten sich im leichten Galopp den Pfad entlang. Die beiden Kundschafter. Er sah ihnen nach, als sie ihn passierten... fühlte das gleichmäßige Pochen ihrer Herzen... vertraut, angenehm. Seine Männer arbeiteten als eine Einheit, mit der Präzision, die er von ihnen verlangte. Unter allen Menschen waren sie diejenigen, die vor seinem Hunger am sichersten waren. Er brauchte sie mehr wegen ihrer Stärken, ihres Gehorsams und ihres unbeirrbaren Glaubens an sein eigenes Urteilsvermögen, als daß er sie als Nahrung brauchte. Es gab genügend Mahlzeiten, die durch die Straßen der Städte wandelten und ohne Verstand die Felder pflügten.

Der Pfad wand sich nach oben zwischen zwei aufragenden Gipfeln hindurch. Er war nicht stark benutzt, aber es gab Hinweise, daß andere diesen Weg in letzter Zeit gegangen waren. Tiefe Abdrücke von durchfahrenden Rädern, die kalte Asche von Lagerfeuern und die gelegentlichen Überreste von Tieren waren hier und dort zu sehen. Keine dieser Spuren war frisch.

Es dauerte fast eine Stunde, bis die Kundschafter zurückkehrten, und der Mond hatte stieg bereits langsam von seinem nächtlichen Thron herab. Die beiden kamen in schnellem Galopp näher. Sie zügelten ihre Pferde neben Montrovant. Es war du Puy, der schließlich sprach.

"Wir haben das alte Kloster gefunden. Es liegt nicht am Hauptpfad, sondern an einem gewundenen Seitenweg, der zwei Meilen vor uns abzweigt. Wie sind nah genug heran geritten, um die Mauern zu sehen und um festzustellen, daß dort scheinbar keine Wachen sind."

Montrovant Augen leuchteten auf. Nur zwei Meilen. Dann hatten sie genug Zeit, anzukommen und Arrangements zu treffen, bevor es zu spät war und sie gezwungen waren... direkter zu sein.

Während er du Puy zunickte, pfiff er Le Duc heran und wiederholte, was der Kundschafter gesagt hatte. "Wir werden jetzt schneller reiten, bis wir das Kloster erreichen, und dort Unterschlupf suchen. Denk immer daran, daß es Gerüchte über sonderbare Dinge an diesem Ort gibt. Dir und mir, uns ist das sonderbare oder unheimliche nicht fremd", hierbei mußte er lächeln, "und wir sind es, die auf die anderen aufpassen müssen."

Jean Le Duc nickte. "Vielleicht ist es nur die Abgeschiedenheit des Klosters, die diesen Ruf bewirkt hat?"

"Vielleicht", antwortete Montrovant, "aber wir können es uns nicht leisten, ein Risiko einzugehen."

Le Duc ließ sich schweigend wieder zurückfallen und gab die Befehle weiter, während Montrovant seinem Pferd die Sporen gab und den Pfad entlangeilte, wobei er du Puy und dem anderen Späher folgte.

Es schien nur wenige Momente zu dauern, bis die Abzweigung des Pfades auftauchte, und du Puy wandte sich ohne zu zögern dem Weg zu. Der Pfad, den sie nun betraten, war breiter, mehr wie eine Straße. Montrovant nahm an, die Brüder des Klosters brächten Karren über diese Straße zu dem anderen Pfad hinunterbringen würden, um dort Handel zu treiben, anstatt zu versuchen, den engeren, gefährlicheren Weg bis zum Fuße des Passes zu nehmen.

Für einen Moment wunderte Montrovant sich über die völlige Abgeschiedenheit dieses Ortes. Er hatte Jean Le Duc nicht alle s über die Gerüchte erzählt. Es wurde viel über Reisende geredet, die nicht zurückgekehrt waren, über Botschafter der Kirche, die diesen Weg entlang gereist waren und entweder nie wieder gesehen wurden oder mit Geschichten zurückkehrten, daß man sie für verrückt hielt. Irgend etwas an den Geschichten weckte in Montrovant eine unbestimmte Erinnerung. Etwas vertrautes, etwas, das zur gleichen Zeit sehr seltsam war.

Auf jeden Fall gab es wenig, was er fürchtete, und sicher keine Gruppe zurückgezogener Mönche auf einem Berg. Er würde bei ihnen Unterschlupf und Nahrung suchen, und sich anschließend wieder auf den Weg machen. Es war keine Zeit zu verlieren, wenn er die Spur des Ordens noch warm vorfinden wollte, und dieses Mal wollte er ein und für alle mal die Frage beantworten, welche Schätze sie genau besaßen und bewachten. Und er würde ihr Blut schmecken.

Das Kloster ragte am Fuße des höchsten Berges auf, als sie die letzte Kurve der Straße umrundeten. Es war kein hohes Gebäude, sondern erstreckte sich weiter, als Montrovant erwartet hatte, und bedeckte ein Gebiet am Fuß des Berges, das Tiefe und Größe vermuten ließ. Das war kaum das, was man gemeinhin von einem kleinen klösterlichen Orden erwartete.

Er ritt mutig zur Haupttür der Festung, ignorierte die Gefahr eines möglichen Hinterhalts und stieg ab, wobei er die Zügel fallenließ. Es gab kein Anzeichen dafür, daß ihre Ankunft bemerkt worden war. Die Mauern waren dunkel und still, durch die Flanke des Berges vor den sanften Strahlen des Mondes in Schatten gehüllt. Es war unheimlich, daß es keine Wachen gab... kein Zeichen eines Wächters. Selbst ein so entlegenes Gebiet wie dieser Gipfel war nicht ohne Banditen, und die Kirche hatte auch ihre Feinde.

Es gab einen großen, verzierten Türklopfer aus Eisen, und er hob ihn mit der schnellen Bewegung seines Handgelenks an und knallte ihn mit einem hallenden Pochen auf das massive Holz. Er wartete ungeduldig, und Augenblicke später klopfte er erneut. Er hatte den Türklopfer eben ein drittes Mal gehoben und wollte ihn gerade loslassen, als ein lautes, kratzendes Geräusch von innen erklang, und er zögerte. Augenblicke später schwang die Holztür weit auf.

Sie waren auf Ärger eingestellt gewesen, aber nicht auf den Anblick, der sich ihnen bot. Der Mann war klein, vielleicht einen Meter sechzig, und von seiner Kutte bedeckt, so daß nur seine Augen das Mondlicht widerspiegelten. Eines davon schien unnatürlich groß zu sein, aber bei näherer Betrachtung stellte Montrovant fest, daß das zweite Auge zusammengekniffen, beinahe geschlossen war. Zog man die unregelmäßige Wölbung seines Rückens in Betracht, dann schienen sie eher einem Gnom als einem Mann gegenüberzustehen.

"Seid gegrüßt", sagte der kleine Mönch, "ich bin Maison."

Seine Stimme war tief, voll und sonor.

Montrovant trat ohne auch nur eine Sekunde zu zögern vor.

"Wir sind Reisende auf dem Wege nach Frankreich, im Dienste der Kirche. Ich suche für mich und meine Männer einen Rastplatz. Wir reisen nur bei Nacht, um nicht entdeckt zu werden."

Maison blickte ihn mit seinem einen offenen Auge an und legte den Kopf beinahe lächerlich zur Seite, um Montrovants große, schlanke Gestalt zu betrachten. Dann sah er die anderen an... sein Kopf wakkelte, als er zählte, bevor er sich mit einem Lächeln umdrehte.

"Wir wären hoch erfreut, Euch Zuflucht und Nahrung zu bieten. Es geschieht nicht oft, daß wir Gäste haben, und noch seltener so bemerkenswerte Reisende, wie Ihr es seid... mit einem so dunklen, mysteriösem Auftrag... "

Der Mann lächelte, und das offene Auge zwinkerte sonderbar im Mondlicht.

"Die anderen sind bei der Mette", fuhr er fort und drehte sich um, um Montrovant zu zeigen, daß er ihm hinein folgen sollte.

"In diesem Fall", antwortete Montrovant, "werden sich meine Männer um die Pferde kümmern, bevor sie zu mir stoßen."

Maison nickte zustimmend. "Ich werden einen der Brüder schicken, um sie später hereinzuholen. Die Ställe sind am Fuß des Berges. Sie werden dort alles finden, was sie brauchen. Wir haben selbst wenige Tiere, aber wir haben genau für solche Gelegenheiten vorgesorgt."

Du Puy und ein anderer Mann, St. Fond, lenkten ihre Pferde um die Seite des Gebäudes herum, und Montrovant führte die anderen hinein. Ihr Gastgeber hatte sich umgedreht und war einen langen, steinernen Gang entlang geeilt, der in der Dunkelheit verschwand.

Le Duc blieb an Montrovants Seite, und Montrovant wußte, daß sein Kind genau wie er irgend etwas spürte. Es war nichts, was er näher hätte benennen oder beschreiben können, es war mehr das Gefühl bevorstehender Gefahr. Eine kribbelnde Erinnerung tanzte unmittelbar außerhalb seiner Reichweite. Es steckte mehr hinter diesem Ort als ein Kloster, vielleicht war auch hinter Maison, als es den Anschein hatte, auch wenn der Mann sicherlich keiner der Verdammten war.

Das war Montrovants erster Gedanke gewesen, als er damals die Gerüchte über das Kloster gehört hatte. Sein eigener Erzeuger, Euginio, hatte über Jahre in einem Kloster direkt unter der Nase der Kirche residiert. Ein solcher Ort schrie gerade zu danach, "sicher" zu sein. Das einzige Problem wäre das Fehlen von... Nahrung.

Der Gang setzte sich tiefer in das Gebäude fort und endete an einer Doppeltür, die fast die Größe der Türen an der Frontseite des Gebäudes erreichte. Hier hielt Maison inne und drehte sich mit einem breiten Grinsen um. "Ihr müßt leider Euer eigenes Feuer im Speisesaal entfachen. Wir haben unser Mahl lange beendet, und die Sachen sindschon für morgen gereinigt und vorbereitet worden."

Montrovant nickte ihm ungeduldig zu. Die Nacht war immer noch jung, aber nicht endlos, und er mußte sicherstellen, daß die Arrangements, die sie trafen, ihnen Sicherheit und Ungestörtheit garantierten.

Maison schien keine große Gefahr darzustellen, und wenn die anderen Mitglieder des Orden ihm in jeder Hinsicht ähnelten, dann würde es sich nicht als schrecklich schwere Aufgabe erweisen, sich zu verstecken, aufzustehen, Nahrung zu beschaffen und zu verschwinden. Die anderen waren allerdings eine offene Frage. Wie viele waren es? Wie geistesgegenwärtig waren sie? Und am wichtigsten von allem... was war diese nagende, störende Warnglocke, die in seinem Kopf hallte?

Maison drückte die Tür zum Speisesaal auf, und sie traten gemeinsam ein. Es war ein großer Raum, dessen Decke ein wenig höher als die der Halle war, aber nicht viel. Sie wurde von einem Geflecht schwerer Balken durchzogen, und diese wurden von großen Steinsäulen getragen, die die Mitte des Raums säumten.

Zwischen den Säulen standen lange Tische und Reihen um Reihen von Stühlen, und hinter den Tischen, nahe der Tür, die am anderen

Ende des Raumes hinaus führte, befand sich eine große Feuerstelle. Ein Kessel hing über der Feuerstelle, und ein Metallgestell hielt einen Spieß und andere Utensilien, sowie ein großes flaches Stück Metall, das einmal ein Schild gewesen sein konnte, das jetzt offensichtlich als Fläche zum Erhitzen von Wasser und Warmhalten von Mahlzeiten benutzt wurde.

Die Halle war einfach, aber zweckdienlich eingerichtet, und nichts an dem Aufbau oder der Einrichtung gab einen Hinweis auf Montrovants Gefühl einer bevorstehenden Gefahr. Alles war genauso wie es in einem Haus Gottes sein sollte... einfach und ordentlich.

Le Duc begann sofort, durch den Raum zu wandern, und zwei der anderen machten sich auf den Weg zum Herd, nahmen Holz von einem Haufen direkt an der Tür und stapelten es vorsichtig in der Feuerstelle auf. Maison betrachtete ihre Aktivitäten mit mäßigem Interesse, sein eines Auge blickte neugierig durch den Raum, dann drehte er sich schließlich zu Montrovant um und sprach:

"Alles, was wir haben, ist Euer, Herr. Ich muß vorerst zu meinen Brüdern zurückkehren, aber wenn die Gebete für die Sicherheit und den Erfolg Eurer Reise und Eurer Zeit bei uns gesprochen sind, dann werden wir zu Euch stoßen."

Montrovant nickte ihm zu." Wir werden ganz sicher finden, was wir brauchen, und wenn Ihr meine Männer von den Ställen hierher führt, werden wir uns schon wohl fühlen."

Maison nickte zustimmend. "Aber natürlich. Ich werde sie direkt herbringen lassen, und sobald Ihr eine Mahlzeit für Euch bereitet habt, werde ich Euch persönlich Eure Quartiere zeigen. Ich denke, wenn Ihr sagt, daß Ihr bei Nacht reist, dann werdet Ihr nicht lange warten wollen, um zur Ruhe zu kommen."

"Danke", antwortete Montrovant. Seine Augen verengten sich ein wenig, und er betrachtete den kleinen Mann ganz genau. Diese bereitwillige Vertrautheit mit ihren nächtlichen Aktivitäten beschäftigte seinen Verstand. Dann richtete sich sein Blick auf die Tür, die der Doppeltür gegenüber lag, durch die sie eingetreten waren. Der größte Teil des gedrungenen Gebäudes lag hinter diesem hölzernen Portal. Die Antworten auf seine Fragen lagen auch dort.

Maison flitzte an ihm vorbei und begab sich zu dieser Tür. Montrovant sah, wie der kleine Mann das Tor weit aufzog, durchschlüpfte und es hinter sich schloß. Hinter der Tür glaubte der Dunkle nur für einen Moment das Flackern einer Kerzenflamme gesehen zu haben, und im selben Augenblick vermeinte er das Geräusch singender Stimmen gehört zu haben... doch dann war die Tür wieder geschlossen, und er war allein mit seinen Männern und seinen Gedanken.

Das Feuer brannte, die Flammen knisterten und züngelten lebhaft, und die anderen bewegten sich durch die kleine Küche, fanden eine Vorratskammer und suchten in ihren eigenen Taschen, um eine Mahlzeit zusammenzukratzen. Was sie fanden, waren überraschend dürftige Vorräte für einen solch entlegenen Ort.

Und wieder war da diese nagende Warnung. Montrovant ging zu Le Duc hinüber, der an einer kahlen Wand entlang lief und nervös die Decke und dann den Boden betrachtete, die Wand abschritt und wieder von vorn begann. Er streckte seinen Arm aus, um Jeans Schulter zu berühren, aber bevor er einen Kontakt herstellen konnte, wurde die Tür wieder geöffnet, und er drehte sich um.

Sie standen alle da, erstarrt vor Schock, als eine Frau eintrat. Sie war vom Gesicht und ihrem dunklen Haar her jung, aber irgendwie schien das falsch. Das tiefe Glitzern in ihren Augen und die schnellen, sicheren Schritte sprachen von Alter, Macht und Weisheit. Sie trug eine Robe, wie Maison es getan hatte, doch ihre war besser geschnitten und schimmerte von vielen bunten Fäden, die tief in das Material eingewoben waren. Sie war größer als Maison, aber nicht viel. Ihre schlanken Beine und weichen Brüste zeichneten sich unter der Robe ab, was in einem Kloster blasphemisch fehl am Platze wirkte.

Montrovant trat vor, begann zu sprechen und hielt inne.

Mit lebhaften Augen brach sie die Stille für den Dunklen.

"Seid gegrüßt", sagte sie mit einer weichen Stimme. "Ich bin Rachel. Ich vermute, Ihr habt meinen Bruder schon getroffen?"

Montrovant und Le Duc tauschten verwirrte Blicke aus, dann wandten sie sich wieder ihr zu, als seien ihre Köpfe mit einem Faden verbunden, als sich die Tür erneut öffnete. Gebückte Gestalt um gebückte Gestalt trat in den Raum und reihten sich hinter und neben der schmalen Gestalt der Frau auf. Maison erschien an ihrer Seite und grinste breit, aber keiner der anderen hob den Kopf, um ihnen einen Blick in seine Augen zu erlauben.

Das Gefühl, das er vorher gespürt hatte, intensivierte sich in der Sekunde, als die Stimme der Frau die Stille durchbrach, aber es war immer noch nicht klar... nicht das, woran er sich erinnerte.

"Wer bist du?" fragte er leise.

Sie zog eine Augenbraue hoch, und ihr Lächeln wurde noch breiter.

"Ich bin Eure Gastgeberin, wie mir scheint. Ist das denn so seltsam? Mein Bruder dient in diesem Kloster seit Jahren. Ich bin nur zu Besuch."

Montrovant beobachtete, wie die Mönche Schulter an Schulter enge Reihen bildeten. Seine Augen wandten sich wieder Rachel zu. "Du wirst mir vergeben, wenn ich nicht glaube, daß das alles ist. Es war ein langer Ritt, und vielleicht sind meine Sinne abgestumpft, aber ich habe viel Nächte in den Häuser der Brüder Gottes verbracht... und du bist die erste Frau, die ich in all diesen Jahren getroffen habe."

"Ihr werdet eine ganze Menge von Dingen an mir feststellen, die von eurer Erfahrung abweichen, Herr", antwortete sie sanft. "Ich versichere Euch, daß ich hier so sicher bin, wie ich es im Haus meiner Eltern wäre."

Le Duc bewegte sich, als wollte er auf die Frau zutreten... dann hielt er inne, wobei er langsam seinen Kopf schüttelte.

"Jean", fragte Montrovant leise, "was ist los?"

"Santos." Le Duc trat vorsichtig zu seinem Erzeuger zurück und hielt seine Augen fest auf die Frau, Rachel, gerichtet. "Ich spüre Santos irgendwo."

Montrovants Verstand wirbelte, und in diesem Moment wußte er, daß es sowohl wahr als auch nicht wahr war. Santos und nicht Santos - also was?

Während er sich erneut zu der Frau umdrehte, fragte er wieder: "Wer bist Du... oder *was*?"

Als die Mönche langsam und beständig vorrückten, die Augen immer noch auf den Boden gerichtet, trat Le Duc näher zu Montrovant, und die anderen Ritter glitten schnell vom Herd und der Vorratskammer hinter ihn weg, die Augen voller Argwohn.

Die Frau schien antworten zu wollen, aber nur ihr Lachen erscholl laut, lang und bar jeder Emotion. Dann stürzten du Puy und die anderen hinter den Mönchen herein, und Chaos erfaßte den Raum.

FÜNF

Mehrere Dinge ereigneten sich gleichzeitig, als du Puy und St. Fond in den Speisesaal des Klosters stürmten. Sie brachen laut brüllend und fluchend durch die hinteren Reihen der versammelten Mönche hindurch. Montrovant wartete nicht erst ab, bis ihre Möchtegern-Häschger reagierten, sondern zog wie immer direktes Handeln vor. Er sprang in die erste Reihe der Mönche und wirbelte die Männer auseinander wie Zweige im Wind. Nur die Frau, Rachel, wich nicht... in ihren Augen tanzte wütendes Feuer, aber keine Angst. Die Alarmglokken klangen noch lauter, aber es gab nichts, was Montrovant tun konnte. Er hatte jedenfalls nicht die Absicht, sich einfach zurückzulehnen und irgend jemandem zu erlauben, die Kontrolle über seine Leute zu übernehmen.

Er zögerte nicht, Mönche zu töten. Die ersten beiden unglücklichen Gegner, die auf seinen Angriff trafen, fielen sofort mit gebrochenem Genick, der Dritte flog gegen eine Steinwand, wobei sein Kopf beim Aufprall zerschmetert wurde. Erst als er dem Vierten von Angesicht zu Angesicht gegenüberstand und nach der Kehle des Mannes griff, erkannte er die Wahrheit. Die erste Reihe war eine Ablenkung gewesen. Die zweite bestand aus Verdammten, und sie waren nicht mehr jung. Die Kutten wurden zurückgeworfen, und dunkle, verzerrte Züge, lange, krallenartige Nägel und scharfe, glitzernde Fänge kamen zum Vorschein.

Mit einem lauten Schrei rief Montrovant den anderen eine Warnung zu: "Nosferatu!"

Der Schock seiner Entdeckung wäre beinahe sein letztes Gefühl gewesen, als der "Mönch" direkt vor ihm zuschlug und unmöglich lange Nägel nur wenige Zentimeter an Montrovant Kehle vorbeifuhren. Im Wegrollen wich er mit knapper Not dem Schlag aus, wirbelte geduckt herum und drehte sein Bein in einem langen Schwung, um so seinen Angreifer hart zu Boden stürzen zu lassen. Montrovant ließ sich neben dem Nacken des fauchenden Wesens fallen, sein Knie traf hart auf, brach durch den Knochen... und dann war er bereits wieder oben, drehte sich weg, bewegte sich unbeirrt in die Richtung, wo Le Duc mit zwei anderen kämpfte.

Jean schaffte es gerade rechtzeitig, sein Klinge freizubekommen, um sie zu benutzen, und es gab kein Zeichen von Zittern an seinem starken Arm. Montrovant bewegte sich schnell an die Seite seines Kindes und rief den anderen zu, dasselbe zu tun. Sie waren in der Unterzahl, und jetzt, wo unsicher war, wem sie gegenüberstanden oder in welcher Gefahr sie steckten, wollte er seine Leute geordnet und konzentriert sehen.

Am Ende standen sie mit dem Rücken zur Tür, durch die sie hereingekommen waren, und auch wenn einer seiner Ritter, ein junger Mann namens Louis, der zweiten Welle von Kainiten zum Opfer gefallen war, hielten sich die anderen gut. Sie hatten lange, dunkle Wege an seiner Seite beschritten, und die Idee, einen Feind zum zweiten Mal zu töten, war weder neu noch erschreckend für sie.

Sie bildeten grob einen Halbkreis, alle mit gezogenen Klingen, außer Montrovant, dessen Augen in einem dunklen Licht strahlten. Er wirbelte herum, um dem Blick der Frau zu begegnen und zum dritten Mal zu fragen: "Wer bist du?"

Diesmal gab es kein Gelächter, als Rachel seinen Blick mit ihrem eigenen, emotionslosen Starren begegnete. Dann drehte sie sich zu Maison um und schlug den kleinen Mann so brutal, daß er beinahe durch den Raum flog. Diese Zurschaustellung von Stärke traf Montrovant unvorbereitet. Er wußte, daß sie keine Verdammte war, und daher war ein solcher Schlag unmöglich für eine so schmale Frau. Ihre Stimme dröhnte laut, und alle Bewegung in dem Raum erstarb.

"Du Narr!" schrie sie, während Wut ihr Gesicht verzerrte und in ihrer Stimme mitschwang, die Augenblicke zuvor um soviel sanfter gewesen war. "Du sagtest, sie seien nur fahrende Ritter. Du sagtest „sterblich“." Sie bebte vor Wut.

Maison erhob sich langsam und schüttelte benommen den Kopf. Er konnte nicht antworten, aber in Wirklichkeit erwartete sie auch keine Antwort. Als sie ihr Gesicht wieder Montrovant zuwandte, beruhigte sie sich sofort.

"Ich könnte Euch dieselbe Frage stellen, wie mir scheint. Es scheint so etwas wie ein Mißverständnis vorzuliegen."

"Ein Mißverständnis?" Jean sprach es schnell aus, der rote Schleier, der seine Augen und seinen Verstand im Kampf bedeckte, verzog sich nur langsam und sehr zögerlich. "*Ein Mißverständnis?*" Sein Blick fiel auf den jungen Louis, der tot am Boden lag, und auf den kleinen Haufen toter Mönche neben ihnen und um sie herum. Er ließ die Klinge seines Schwertes nicht sinken.

Montrovant war wesentlich ruhiger, aber die Wut leuchtete hell in seinen Augen. "Ich denke, *Fehler* ist das richtige Wort. Ich denke, daß du einen schweren Fehler gemacht hast."

"Ich stimme Euch zu." Sie nickte und wandte sich wieder Maison zu. "Ich habe genau das getan, als ich meinem „Bruder" hier vertraut habe, er könne eine so simple Aufgabe erledigen wie Euch zu begrüßen. Er ist keiner der Verdammten, genauso wenig wie ich." Sie wandte ihren kühlen Blick wieder ihm zu. "Aber er hatte Möglichkeiten zu erfahren, daß ihr welche seid. Aus irgendeinem Grund hat er leider nicht daran gedacht, sie anzuwenden."

Maison ließ seinen Kopf hängen und schauderte, wobei kein Zweifel blieb, daß die Strafe für seine Verfehlung alles andere als ausgestanden war. Rachel begegnete weiterhin Montrovants Blick und betrachtete seine große, muskulöse Gestalt. Dann lächelte die Frau langsam.

"Wenn es möglich ist, glaube ich, daß es für uns alle das beste wäre, wenn wir noch einmal von vorn anfangen."

Montrovant zögerte kaum merklich. Sie waren in der Unterzahl, aber er spürte, daß nicht alle, die ihnen gegenüberstanden, Verdammte waren. Es waren Sterbliche darunter, was die Chancen etwas ausglich. Und da war auch noch seine Wut. Nur Rachels Augen, die in seinem eigenen Blick gefangen waren, alt und jung, schön und irgendwie verdorben, hielten ihn davon ab, höhnisch zu grinsen und zum Angriff überzugehen.

"Ich bin nicht sicher, ob das so einfach ist, meine Dame, nun, da Ihr uns gezeigt habt, das euer erster Akt der Gastfreundschaft Mord war."

Sie lächelte ihn wieder an, offensichtlich unbesorgt über die Situation. "Ich kann Eure Gefühle verstehen, mein Freund, aber gerade Ihr solltet verstehen, wie selten... Nahrung... für meine Gefolgsleute ist. Wenn ich ihnen nicht erlaube, sich hier zu ernähren, dann müssen sie in den Dörfern am Fuße des Berges jagen, und ich will nicht noch mehr Aufmerksamkeit auf diesen Platz lenken, als wir ohnehin schon erregt haben."

"Ihr tötet einfach jeden, der hierher kommt und denkt, das würde keine Aufmerksamkeit erregen?" Jean Le Duc konnte seinen Zorn nicht länger zurückhalten. "Ihr müßt uns für vollkommene Narren halten."

"Nein", sagte sie ruhig, "aber ich hielt Euch für Sterbliche. Und nein, ich lasse sie nicht alle töten, die hierher kommen, aber es ist eine lange Zeit vergangen, seit andere uns besucht haben, und Maison brachte mich dazu zu glauben, Ihr wärt eine einzelne Gruppe von Rittern in Angelegenheiten der Kirche, aber in privaten Angelegenheiten der Kirche. Das bedeutete für mich, man würde nicht erwarten, daß Ihr öffentlich in Erscheinung tretet, nicht, bevor Ihr das erreicht habt, was Ihr tun oder holen solltet. Bis dahin wäre die Spur kalt gewesen, und das Kloster wäre, auch wenn es möglicherweise kurzzeitig das Interesse derer, die in der Nähe leben, auf sich gezogen hätte, nicht als Ursache Eures Verschwindens in Erwägung gezogen worden."

Montrovant lachte plötzlich auf. "Die Kirche würde uns im Moment nicht so sehr vermissen. Wir hatten in der Vergangenheit schon einmal eine besserer Beziehung zu Seiner Eminenz."

Des Dunklen Augen verfinsterten sich erneut. "Ihr habt mir nicht erzählt, wer Ihr seid, meine Dame, und wenn wir diese Diskussion weiterführen wollen, werde ich darauf bestehen. Ihr seid kein Kainskind, aber Ihr wißt, was ich bin. Ihr habt Nosferatu und Menschen gleichzeitig in Euren Diensten. Ihr lebt ganz allein auf einem Berg, umgeben von Stein, wie in einem großen Grabmal, und doch lebt Ihr."

Ihr sanftes Lachen brach sich wieder Bahn. "Sagen wir einfach, ich bin nicht lebendiger oder sterblicher als Ihr selbst und nicht so jung, wie ich scheine. Bitte", sie bewegte sich vorwärts auf Montrovant zu, während ihre Augen tanzten, "akzeptiert meine Erklärung und meine Entschuldigung."

Montrovant betrachtete ihre Annäherung argwöhnisch, und Le Duc starrte sie mit kaum verhohlener Wut an. Keiner sah ihr in die Augen, aber als sie näher kam, hauchte Jean einen Namen, den beide nur allzu gut kannten und außerdem absolut haßten.

"Santos."

Sie blieb für einen Moment still stehen, ihre Augen verdunkelten sich und verengten sich dann in Mißtrauen.

"Woher kennst du Santos?" fragte sie schnell.

"Du bist genauso wie er", behauptete Le Duc und ignorierte ihre Frage.

"Wir 'kennen' Santos nicht," schloß sich Montrovant dem Gespräch wieder an, "aber ich war dabei, als sein Kopf vom Hals getrennt wurde und er zu dem Staub zerfiel, der ihn hervorgebracht hatte."

Rachel trat einen halben Schritt zurück. "Santos ist also tot?"

"Es sei denn, er kann seinen Körper aus einem Haufen Staub wieder erstehen lassen", antwortete Montrovant und beobachtete ihre Reaktion mit Neugier und Vorsicht, "ansonsten ist er es, ja. Er hätte dasselbe für uns getan, daß kann ich Euch versichern."

Sie starrte ihn nun offen an, und die Bedrohung, die sie bei ihrer Annäherung gefühlt hatten, verwandelte sich in einen Schock und ein wenig Anerkennung. Sie schüttelte den Kopf in einer stillen Verneinung und sammelte sich dann noch einmal.

"Sagt mir, wie das passiert ist. Ich entschuldige mich für meine Reaktion, aber ich kenne Santos seit... sehr langer Zeit beziehungsweise oder weiß von ihm. Er war als Wächter für heilige Objekte auserwählt worden, die schon lange jenseits meines Wissens liegen. Wißt ihr, ob diese Objekte durch Sterbliche geborgen oder zerstört wurden?"

"Wir haben eine Menge zu diskutieren", sagte Montrovant ruhig, "bevor ich irgendwelches Wissen oder Geheimnisse mit Euch teile. Zu wissen, daß Ihr so seid, wie er war, bringt mir wenig, da ich nie ganz verstanden habe, was Santos war. Ich finde mich selbst erneut in dieser Position, und ich muß Euch sagen, daß ich kein sehr vertrauensseliger... Mann bin."

"Laßt meine Gefolgsleute das hier aufräumen", sie wies mit einer ungeduldigen Geste ihres Arms auf die toten Körper hinter ihr, "und wir werden uns hinsetzen und reden. Ich kann sie sich alle zurückziehen lassen, wenn Ihr es wünscht, und passende Quartiere für Euch bereitstellen."

"Ihr werdet entschuldigen", unterbrach Le Duc, "wenn ich nur wenig enthusiastisch bei der Aussicht bin, in Quartieren zu rasten, die von jemanden vorbereitet wurden, der mich vor einigen Augenblicken noch umbringen wollte."

Sie lenkte ihren Blick für einen langen Moment mit kalten Augen auf Jean, dann zurück zu Montrovant und wartete. Ihre Schultern hatten sich bei Le Ducs sarkastischem Ton etwas gestrafft. Montrovant suchte vorsichtig nach einer Reaktion, die die Intentionen der Frau verriet. Wenn sie sie immer noch tot sehen wollte, dann hatte sie zwei Optionen, und er wägte beide vorsichtig ab.

Er erinnerte sich nur zu gut an die beeindruckenden Kräfte, die Santos besessen hatte, aber diese Kräfte schienen Zeit und Konzentration gebraucht zu haben. Es lag nicht diese dunkle, schwere Aura der Gefahr in der Luft, die Santos' Ritualgesänge begleitet hatte, und diese Frau, was auch immer sie war, hatte nicht die Zeit oder Gelegenheit, solche Kräfte heraufzubeschwören. Dies gab ihm allerdings wenig Sicherheit, daß sie nicht einige ebenso mächtige Waffen zur Verfügung hatte, so daß die Gefahr eines Frontalangriffes, um ihn zu überraschen, immer noch ein echtes Problem darstellte.

Die zweite Möglichkeit war, daß Rachel ihre "Gastfreundschaft" anbieten und dann den Versuch unternehmen würde, sie im Schlaf zu töten oder gefangenzunehmen. Montrovant fürchtete niemanden, aber die Stunden vor dem Tageslicht schwanden beständig, genauso wie ihre Handlungsmöglichkeiten.

"Ich werde mit Euch sprechen, und wir werden diesen Tag über hier bleiben", sagte er schließlich. Als er sich zu seinen Männern umwandte, nickte er St. Fond und du Puy zu. Die Sterblichen, die ihm folgten, starrten die Frau mit offenem Mißtrauen an und gruppierten sich in der Nähe Le Ducs, obwohl sie sonderbare Begebenheiten und noch sonderbarere Treffen gewohnt waren.

"Meine Männer", fuhr er fort, "werden sich allerdings um die Sicherheit der Quartiere, die Ihr uns zur Verfügung stellt, kümmern. Nicht, daß ich Euch nicht traue, nur vertraue ich meine Sicherheit niemand anderem an."

"Natürlich", antwortete sie sanft. "Ich bin genausowenig begeistert vom Tageslicht wie Ihr, auch wenn es mich nicht auf dieselbe Weise beeinflußt. Meine... stärkeren Gefolgsleute werden genauso untergebracht wie Ihr selbst, und nur diejenigen, die völlig sterblich sind, werden sich noch umher bewegen. Ich werde Euch eine Kammer, ohne Licht zuteilen, die gut gegen einen Angriff zu sichern ist. Das ist das Mindeste, was ich tun kann, um Euch meiner besten Absichten zu versichern."

"Wir sind nicht in der Position, mit Euch zu diskutieren, meine Dame", antwortete Montrovant. "Wir haben die Möglichkeit, Euch zu trauen oder Euch zu töten. Letzteres würde uns dem nahenden Tageslicht bedrohlich nahe bringen. Außerdem hätte ich gerne von Euch Antwort auf ein paar Fragen, wenn sich die Gelegenheit dazu bietet. Ich habe mich beispielsweise schon zu lange über Santos gewundert."

Sie nickte wieder, ehe sie sich umdrehte, um zu einer Reihe ihrer Gefolgsleute zu sprechen, und schnelle Instruktionen gab. Die Leichen waren bereits in Vorbereitung auf ihren Abtransport leergesaugt worden, und die Effizienz beim Einsammeln des Blutes zeigte, wie oft sich diese Szene schon abgespielt haben mußte, wenn auch mit wesentlich geringerem Widerstand von Seiten der Opfer.

"Da einer meiner Männer gestorben ist", sagte Montrovant leise, "erwarte ich, daß Eure 'Gefolgsleute' das Blut mit uns teilen."

"Natürlich", sagte sie lächelnd. Sie schnippte mit den Fingern, ohne sich umzusehen, und Maison trat an ihre Seite. "Bring unseren Gästen Nahrung und Getränke, und für diese beiden", sie zeigte auf Montrovant und Le Duc, "etwas reichhaltigeres."

Der kleine Mann nickte, während er den blauen Fleck an seinem Kopf, wo er vorher gegen die Wand geprallt war, rieb. Er sprach nicht, entweder aus Respekt vor Rachel oder weil die rote, anschwellende Quetschung an seiner Lippe es schmerzhaft machte. Von den anderen schien ihm ebensoviel Respekt entgegengebracht zu werden wie Rachel, und Nahrung, Wein und Silberkelche mit reichhaltigem, noch warmen Blut wurden gebracht und schweigend serviert.

St. Fond, du Puy und die anderen beobachteten all das still. Dinge, die für sehr lange Zeit still und unausgesprochen geruht hatten, waren offenbart worden, und ihre Augen wichen nicht von Montrovant, als er den Kelch anhob, den berauschenden Geruch des frischen Blutes einatmete und ihn ansetzte, um ihn in einem Zug auszutrinken. Montrovant spürte das Gewicht ihrer Blicke, aber er zögerte nicht. Die Zeit für solche Spielchen war endgültig vorbei. Dies sollte seine letzte Reise sein, die ihn endlich an sein endgültiges Ziel brachte, ihm den Gral und all das, was er für ihn bedeuten würde, verschaffte.

Sie konnten ihm folgen und im Augenblick des Triumphs und der Magie dabeisein, oder er würde sie töten, sich an ihnen nähren und weiterziehen. Es war auf dem Weg besser mit denen bedient, die seine Variante der Wahrheit verstanden.

Kein Wort wurde gesprochen oder geflüstert, und als Montrovant schließlich seinen Kelch sanft auf einem der Tische abstellte und die letzten Überbleibsel des Blutes von seinen Lippen leckte, hoben die anderen ihre Gläser im stillen Salut. Keiner von ihnen senkte den Blick, und Montrovant lächelte sie an.

Nachdem er sich selbst ans Ende eines der Tische gesetzt hatte, wobei er es vorzog, mit seiner Gastgeberin auf Augenniveau oder höher zu bleiben, begann er leise zu sprechen.

"Ich habe Santos in Jerusalem getroffen, als ich nach dem Heiligen Gral suchte. Er hatte einige Schatzkammern und labyrinthartige Gänge unter der Stadt angelegt oder benutzte welche, die bereits da gewesen waren, und irgendwie hatte er die Zustimmung der Kirche in Rom.

Ich wußte, daß er etwas wichtiges bewachte. Die Situation war zu eindeutig, um das zu verbergen, und meine Nachforschungen ließen vermuten, daß der Gral sehr wahrscheinlich unter den Objekten war, die er bewahrte. Leider entkam er mir damals, und ich war gezwungen, ihn aufzuspüren, nur um zu sehen, wie er in eine Richtung verschwand, mit dem sonderbaren 'Kopf' in seinem Besitz, und wie ein anderer, noch älterer und verschlagenerer sich mit den fraglichen Schätzen und Artefakten hinter meinem Rücken aus dem Staub machte.

Ich traf Santos später noch einmal, in den Tunneln und Kammern unter der Festung Jaques de Molays, des Großmeisters des inzwischen sehr geheimen Ordens der Tempelritter. Dort wurde er enthauptet und zum Schweigen gebracht, aber diese Sache hat mich dem nicht näher gebracht, was ich suche."

Rachel hatte ihm still und mit glitzernden Augen zugehört. Sie öffnete mehrmals den Mund, als wollte sie eine Frage einwerfen oder einen Kommentar machen, aber letztendlich blieb sie still, bis Montrovant geendet hatte.

"Es ist also möglich", flüsterte sie. "Es ist möglich, daß Ihr seine lange, lange Existenz beendet habt. Es ist allerdings sehr schwer vorstellbar."

Dann schaute Rachel zur Seite und fuhr sanfter fort: "Euch ist bereits aufgefallen, daß Santos und ich einige Dinge gemein haben." Ihr Blick huschte wieder zu Montrovant zurück. "Es gibt eine Ähnlichkeit zwischen uns, aber sie ist nur oberflächlich. Es wäre so, als würde ich Euch anschauen, andere... Eurer Art... hassen und diesen Haß dann auf Euch zu übertragen. Es wäre einfach ungerecht.

Sowohl Santos als auch ich wurden vor langer Zeit erschaffen, aber mit verschiedenen Kräften und aus unterschiedlichen Gründen. Santos ist der Wächter. Er existiert, weil es Dinge gibt, Artefakte und Talismane, die von Menschen oder Umständen über Jahrhunderte, die als Zivilisation gelten, geschaffen wurden, die nicht von irgendwelchen Sterblichen benutzt werden sollten. Die meisten glauben, diese Objekte sollten zerstört, vom Angesicht der Erde getilgt und damit die von ihnen ausgehende Bedrohung ausgelöscht werden, bevor sie Fuß fassen kann.

Das ist nicht der Gedanke von Santos' Schöpfern. Sie hatten das Gefühl, es werde eine Zeit kommen, in der diese Dinge für sie einen Nutzen haben könnten, oder wenn die Menschheit bereit wäre, sie zu verstehen und weise zu benutzen. Und so wurde Santos ersonnen.

Was sie nicht voraussahen, war sein Fanatismus. Sie konnten auch nicht seinen unersättlichen Durst nach Wissen... oder Macht ahnen. Er war mit einem bestimmten Arsenal von Fähigkeiten erschaffen worden, aber schon in den frühen Jahren seines Auftrags als Wächter hat er gelernt und ist gewachsen. Jahrhunderte, wie ihr sicher wißt, können das mit einem Mann... oder einer Frau machen."

Montrovant nickte, und ein kleines Lächeln umspielte seine Mundwinkel. Seine Augen aber blieben dunkel und unlesbar.

"Ihr wollt wissen, was das für Artefakte waren? Ich weiß nur dies", fuhr sie fort. "Viele wollten es wissen... Männer sind in all den Jahren für dieses Wissen gestorben. Ich wünschte wirklich, ich könnte es Euch erzählen.

Einige dieser Gegenstände kamen aus Santos' Heimat Ägypten. Es gab Talismane, die von großen Magiern erschaffen wurden, Knochen von Pharaonen und Königen, Zepter und Juwelen sowohl mit tödlichen Flüchen als auch mit Heilkräften. Das wußte ich schon vor seiner Erschaffung. Der Rest, die Dinge, die die Gefolgsleute Christi am meisten interessierten? Sie sind zu einem wesentlich späteren Zeitpunkt hinzugefügt worden, und auch wenn der, den Ihr als Santos kennt, sie selbstsüchtig und eifersüchtig wie jedes der ursprünglichen Stücke, die ihm anvertraut wurden, bewachte, wurden sie der Welt nicht bekanntgemacht."

Sie wandte sich Montrovant ein letztes Mal zu. "Er war da, als diese Tunnel gegraben wurden, mein Freund; als Jerusalem jung war, war er schon der Wächter. Als die Stadt eingenommen wurde, die Moscheen errichtet wurden, wo die Tempel einmal gestanden hatten, war Santos immer noch da. Die Schätze sowohl des Gottes der Hebräer als auch der Moslems säumten seine Wände.

Ich habe die Antwort nicht, die ihr wollt, aber ich will Euch etwas sagen. Wenn irgend jemand auf dem Antlitz der Erde weiß, wo sich der Gral befindet, dann wäre es Santos gewesen. Wenn er existiert hat, dann hat er ihn von dem Moment an verfolgt, als er Christi Hände verlassen hat.

Ich habe meine eigenen Aufgaben... meine eigene Suche, und ich bin frustriert über die Nachricht, die Ihr mir bringt. Ich habe einen Gefährten - vielleicht habt Ihr seinen Namen schon einmal gehört - Owain ap Ieuan? Er sucht, wie Ihr sucht, allerdings nach anderem Wissen, anderen Gegenständen und Kräften. Trotzdem ist das Ziel dasselbe... er sucht, weil das brennende Verlangen zu wissen und zu besitzen ihn nicht losläßt, und weil er es muß oder aufgrund von Langeweile und Nutzlosigkeit stirbt."

Montrovant hörte auf jedes Wort, ging es im Geiste durch und suchte nach Lücken, Beweisen dafür, daß sie log oder Informationen zurückhielt, die er brauchte. Die Stille, die ihren Worten folgte, war lang und mit der Last der Spannung erfüllt, die allerdings langsam wich.

"Eure Worte ergeben Sinn", sagte Montrovant schließlich. "Ich kann nichts finden, was sich von dem unterscheidet, was ich schon weiß und was ich gehört habe." Er wandte sich Jean zu, aber auch Le Duc blieb still. Es war deutlich zu sehen, daß der Ritter glaubte, was er soeben gehört hatte.

"Santos war sowohl der Anfang meiner Queste als auch deren Plage. Als ich seine Aktivitäten unter der Moschee von Al Aqsa entdeckte, wußte ich, daß er dort etwas wichtiges bewachte. Als ich feststellte, daß die Kirche ihm erlaubte, zu existieren und seine offensichtlich dunklen Praktiken weiterzuführen, wurde mein Verdacht bestätigt.

Aber es gelang ihm, mir zu entfliehen, und ein anderer, Kli Kodesh, ein alter Vampir, machte sich mit den Schätzen, die wir suchten, aus dem Staube. Er beendete meine eigene Existenz mehr als einmal beinahe und ich die seine, aber solange er existierte, gab es eine Spur, der man folgen konnte. Seit seiner Vernichtung wird die Spur kälter.

Kli Kodesh vertraute die Schätze schließlich einem Orden an, den er gegründet hatte. Sie wurden von jemandem, der einst wie deine eigenen Gefolgsleute Nosferatu war, geführt, der aber seitdem irgendwie verwandelt wurde, vielleicht durch den Geschmack von Kodeshs eigenem Blut. Sie wurden von einigen Orden der Bitteren Asche genannt, und auch wenn sie bemerkenswerte Eigenschaften für Untote haben, sind sie nicht unbesiegbar.

Ich war der Agent der Kirche, der über sie wachen sollte. Rom wußte, daß sie die Schätze hatten, wußte es, als Santos sie bewachte, war aber zufrieden damit zu wissen, daß diese Gegenstände da waren und von den Händen anderer ferngehalten wurden. Vielleicht gibt es darunter verborgene Geheimnisse, die ihrem Glauben schaden würden. Ich weiß es nicht. Ich weiß aber, daß sie ganz plötzlich und sehr vollständig von der Bildfläche verschwanden.

Ich habe zu lange gewartet. Sie hatten die Artefakte, unter denen Gerüchten zu Folge der Gral war, in einer Schatzkammer in einem Berg nahe Rom aufbewahrt. Als ich bemerkte, was passierte, waren sie fort. Ohne Vorwarnung. Spurlos... verschwunden. Ich konnte einen fangen, der ihnen Gefolgschaft leistete, einen Verdammten, jedoch keinen des Ordens, aber er wußte nicht mehr, als ich Euch bereits sagte. Er kam zu ihnen, und sie waren verschwunden."

"Wo ist er jetzt" fragte Rachel plötzlich. Ihre Augen leuchteten.

"Wenn Gott keinen Sinn für Humor hat", antwortete Montrovant leise, "ist er ein kleiner Haufen Staub, der von der Morgenbrise von den Mauern meiner Festung geweht wurde, ein Opfer an Vater Sonne."

"Ein Opfer an Ra", hauchte sie.

Montrovant drehte sich zu ihr um. "Ein Opfer an die Enttäuschung. Er wäre irgendwann einer der ihren geworden, und sie sind meine Feinde. Ich habe ein Hindernis beseitigt, mehr nicht."

"Ich werde mich bemühen, kein solches Hindernis zu werden", antwortete sie mit dunklen Augen, aber ohne Angst. "Ich habe weder die Zeit noch die Energie für einen solchen Konflikt."

Montrovant erwiderte ihren Blick ein letztes Mal und lachte dann plötzlich so laut, daß das Geräusch den Raum erfüllte und von den Steinwänden widerhallte. "Genausowenig wie ich, meine Dame. Genausowenig wie ich."

In diesem Moment erschien Maison wieder im Raum. Er schlurfte langsam hinter Rachel und blieb außerhalb ihrer Reichweite stehen. "Die Quartiere sind vorbereitet", sagte er leise. "Sehr sicher... sehr dunkel."

Rachel nickte ihm zu, drehte sich aber nicht von Montrovant weg, um ihren 'Bruder' zur Kenntnis zu nehmen. "Ihr werdet bei uns sicher sein", sagte sie. "Ich weiß, daß Ihr keinen Grund habt, das zu glauben, aber es ist wahr. Ich habe mehr dadurch gewonnen, Euch nicht ein zweites Mal zu töten, als wenn ich Euch vernichtet hätte, und es ist wenig sinnvoll, meine Gefolgsleute bei einem Versuch zu riskieren, ein wenig Nahrung durch Euch zu gewinnen."

"Ich verstehe, und doch werden wir auf der Hut sein, meine Dame, und wir werden verschwunden sein, wenn die Sonne wieder untergeht."

Montrovant erhob sich, und Rachel folgte seinem Beispiel.

"Maison wird Euch zu Euren Räumen führen", sagte sie und hielt ihm eine schlanke, wohlgeformte Hand entgegen.

Montrovant nahm die Hand, hielt sie lange fest und studierte ihre Augen, dann drehte er sich ohne einen weiteren Gedanken um und folgte Maisons schlurfender Gestalt durch den rückwärtigen Gang in die Stille der Tiefen des Kloster.

Rachel sah Montrovant verschwinden, seine Leute reihten sich hinter und neben ihm ein und sahen vorsichtig über ihre Schultern. Die Schatten schluckten sie, und immer noch schaute sie, aber sie machte keine Anstalten, ihnen zu folgen oder zu ihren eigenen Gefolgsleuten zu sprechen. Rachels Augen waren leer und weit weg.

Jenseits der dicken Steinmauern setzte eine schweigsame, einzelne Gestalt den Weg den Berg hinauf fort, während ihr Reittier sich langsam vorwärts bewegte. Sie sah das Gebäude vor sich aufragen, und ihre Augen suchten die Mauern aber, huschten über jeden schattenverhangenen Alkoven und fanden nichts. Der Tagesanbruch war nicht mehr weit weg, und sie passierte die Frontseite des Klosters, so schnell er konnte, und setzte ihren Weg zu einer Reihe Bäume am Fuß des Berges fort, wobei sie schnell den leeren Platz überquerte. Sie ritt weiter, bis sie einen kleinen Friedhof erreichte, und ein Lachen huschte über ihre Züge... und erstarb dann.

Abraham stieg ab und sicherte sein Pferd, das er zum Grasen zurückließ, während er den steinernen Eingang eines alten Grabmals beiseiteschob und hineinhuschte. Er wußte, daß sein Pferd tagsüber entdeckt werden konnte, aber die Chancen standen gut, daß niemand es mit dem Grabmal in Verbindung bringen würde. Alles, was er bei sich trug, hatte er dabei, als er eintrat, um den Tag über zu rasten. Er konnte sich auch noch in der folgenden Nacht bemerkbar machen. Er hatte Briefe Bischof Santorinis, die ihn auswiesen, aber sie würden ihm nicht gegen das Licht der Sonne helfen.

Er schloß das Grab hinter sich und legte sich auf die kühle Erde neben den Knochen der längst Toten. Der Wind draußen flüsterte um ihn herum wie die Stimme Gottes... und lachte leise.

SECHS

Trotz der offensichtlichen Möglichkeit des Verrats erlebten und überlebten Montrovant und Le Duc die Stunden des Tageslichts ohne besondere Vorkommnisse. Die anderen hatten in diesen Stunden Wache gehalten - zwei hatten jeweils gewacht und drei geschlafen -, aber es war bei Montrovants Erwachen offensichtlich, daß keiner von ihnen viel Schlaf bekommen hatte. Er war von Rachels Ehrlichkeit überzeugt gewesen, aber es schien, als seien die anderen weniger beeindruckt gewesen.

Auf jeden Fall standen sie auf und verließen die Kammer, schlugen schweigend den Weg zum Speisesaal ein. Das leise Singen vieler Stimmen erscholl aus den Tiefen des Klosters, drang über irgendeinen Geheimgang oder eine in den Schatten verborgene Treppe zu ihnen empor. Die Kadenz war gleichmäßig und rhythmisch, fraß sich in die Konzentration. Montrovant erkannte ihre Essenz sofort, aber weder zog sie ihn an, wie sie es getan hatte, als er sie in der Vergangenheit gehört hatte, noch schien die Kraft dahinter so bösartig zu sein.

Dies verhinderte nicht den plötzlichen geschockten Blick Le Ducs oder die murmelnden, murrenden Flüche seiner Männer. Noch waren sie nicht bereit, den Tod des jungen Louis so einfach zu verzeihen, und mehr als einmal hörte er Worte der Rache oder abergläubische Schutzformeln. Stirnrunzelnd ging er schneller und stieß die Türen zum Speiseraum weit auf. Es brannte ein kleines Feuer im Herd, und der Tisch, der dem Feuer am nächsten war, war mit Nahrung und Wein gedeckt. Es gab kein Zeichen von den anderen, und Montrovant gab seinen Männern ein Zeichen, schnell einzutreten. Er wußte, daß sie Nahrung brauchten, und nutzte den Moment, um zu überlegen, was als nächstes kommen würde.

"Eßt schnell", sagte er und lehnte sich an eine Mauer. "Wir müssen weg von hier. Die Spur wird mit jedem Moment, der vergeht, kälter und schwerer zu verfolgen."

Le Duc trat an seine Seite, hielt aber Abstand, um sein Schweigen zu respektieren. Beide wußten, daß sie bald eine andere Form der Nahrung brauchen würden, was ein weiterer Grund für Montrovants Drängen war, auf die Straße zu kommen.

Sie hatten einiges von Rachel erfahren, aber nicht genug, als daß es eine echte Hilfe bei ihrer Mission gewesen wäre. Teile eines uralten Rätsels hatten sich zusammengefügt, aber die Spur, die Jagd war nicht anders als zuvor. Der Orden der Bitteren Asche war diesen Weg nicht entlanggekommen, hatte das Kloster nicht passiert. Dies bedeutete entweder, daß die Brüder auf der Hauptstraße geblieben waren, den Berg umrundet hatten oder sich nicht in Richtung Frankreich bewegten. Keine dieser Möglichkeiten machte Montrovants froh.

"Sie hätten es gewußt", sagte Jean leise hinter ihm. Montrovant drehte sich um und fing Le Ducs Blick auf.

"Der Orden bestand aus Nosferatu, bevor sie Kodesh verließen. Sie sind auch jetzt noch hauptsächlich Nosferatu, wenn auch verändert. Sie hätten die in diesen Mauern gespürt... vielleicht haben sie die ganze Zeit von ihnen gewußt. Sie hätten sicher auch gewußt, daß wir hier halt machen würden. Es gibt keinen Hinweis, daß sie nicht hier entlanggekommen sind... wenn überhaupt ist es ein Zeichen, daß sie vermuten, daß du ihnen folgen könnest."

Montrovant überdachte die Worte seines Kindes. Es war sicherlich möglich, daß der Orden ihn im Gedächtnis behalten hatte und nach Frankreich fuhrte, aber die Wahrheit war, daß es lediglich sein Instinkt war, der ihn in diese Richtung führte. Jedesmal, wenn er dem nahegekommen war, was er suchte, hatte ihn die Straße nach Hause geführt, nach Frankreich.

"Du könntest recht haben, mein Freund", sagte er leise, "aber irgendwie frage ich mich, ob ich für sie so wichtig bin? Ich kann nicht begreifen, warum sie von mir verfolgt werden wollen sollten. Kli Kodesh fand mich unterhaltsam, aber der ist uralt und verrückt. Der Orden ist nicht so alt, nicht so mächtig. Ich bin ihm nur ein Stachel im Fleisch. Und warum sollte er dann wollen, daß ich ihm folge, es sei denn, es wäre eine Falle?"

Le Duc lächelte leise. "Eine Falle, in die wir natürlich tappen?"

"Natürlich", Montrovants Lächeln wurde breiter und ein flackerndes Licht tanzte in seinen Augen. "Wie könnte ich dem widerstehen?"

Sie wandten sich wieder dem Tisch zu, um festzustellen, daß die anderen mit Fleisch und Wein kurzen Prozeß gemacht und die Reste für den Weg eingepackt hatten. Es schien, als hätten Rachel und ihre Gefolgsleute entschieden, nicht anwesend zu sein, um ihren Gästen Lebewohl zu sagen, und das paßte Montrovant gut. Er schickte du Puy und St. Fond nach den Pferden und führte die anderen vorn hinaus, wobei er die schweren Holztüren mit einem Gefühl der Endgültigkeit schloß. Ohne Wände, die ihn umschlossen, sog er die Freiheit der Nacht und der Straße in sich auf.

Sie stiegen auf, ritten schnell den Berg hinunter und waren verschwunden; zwei Späher bewegten sich voraus, um ihre Position zu bestimmen, und die anderen bildeten einen festen Knoten um ihn herum. Sie waren einer weniger, und so früh auf der Reise war das ein schlechtes Omen, aber Montrovant ließ sich dadurch nicht beeindrukken. Zu viele Leichen lagen hinter ihm, die ihn stärker und frei gemacht hatten, als daß eine weitere einen Unterschied machen würde. Selbst wenn er der einzige wäre, der sein Ziel erreichte, wäre dieser Preis gering.

Er gab seinem Pferd die Sporen und folgte dem gewundenen Pfad auf den Hauptweg und dann zum Gipfel des Gebirgspasses hinauf.

Als sie vom Hof verschwanden, erschien eine Gestalt am Waldrand. Abraham stand lange da und sah zu, wie sie den Pfad hinunterritten. In seinem Kopf wirbelten Gedanken an Rache, Wut und Schmerz. Sein erster Instinkt war, den Berg heinunterzueilen, um sie zu verfolgen.

Sein Pferd hatte dort gegrast, wo er es zurückgelassen hatte. Niemand war der Stelle nahegekommen, wo er geruht hatte, und sein Vorbeiziehen war von Montrovant und denjenigen, die vielleicht, vielleicht aber auch nicht mehr in den Mauern des Klosters lebten, unbemerkt geblieben. Abraham zögerte einen Augenblick. Er mußte trinken, und zwar bald, aber wenn der Dunkle bereits in das steinernen Gebäude eingetreten war und es wieder verlassen hatte, dann waren die Chancen groß, daß niemand mehr dort war, der seinen Namen in seinen Alpträumen hauchen konnte. Die andere Möglichkeit war, daß Montrovant Verbündete hatte, und das war genauso gefährlich.

Er öffnete sein Bündel, überflog das Schreiben, das ihm freies Geleit zusicherte, und die anderen Dokumente, mit denen Bischof Santorini ihn ausgestattet hatte, dann schloß er den Beutel und bewegte sich zu seinem Reittier. Es würden noch andere auf dem Berg sein, und es war nicht die erste Gelegenheit, bei der er mit der Möglichkeit konfrontiert war, sich nur von Tieren zu ernähren. Er würden ihnen folgen und so nahe wie möglich auf ihren Fersen bleiben, ohne sich dem Risiko der Entdeckung auszusetzen.

Während er sich den Berg hinunter bewegte, blickte er über seine Schulter und sah schattenhafte Gestalten über eine Mauer nahe der Rückseite huschen. Gleichmäßige, schlangengleiche Bewegungen und die Geschwindigkeit, mit denen die Schatten mit Windeseile vorbeiglitten, markierten das Vorbeiziehen dieser Erscheinungen, und seine Augen blieben auf dem Panorama hängen, während sie in den tieferen Schatten der Nacht untergingen und verschwunden waren.

"Verdammte", hauchte er.

Er wandte sich ab, bewegte er sich noch schneller den Berg hinunter und verschwand. Es gab keine Möglichkeit zu wissen, was Montrovant mit den oder gegen die Insassen des Klosters getan hatte, aber wenn es dort Blut gab, würde es eifersüchtig bewacht. Es gab nichts zu gewinnen und viel zuviel zu verlieren, als daß Abraham einen Besuch riskiert hätte.

Seine Pläne waren von Anfang an nebulös und unvollständig gewesen. Bischof Santorini hatte ihn aus der Tür von Montrovants Festung hinausgeführt und auf seine Mission geschickt, ohne darüber nachzudenken, wie sie genau erfüllt werden sollte. Montrovant war alt und mächtig, und alles, was Abraham angetrieben hatte, war das Feuer seiner Rache und das Verlangen danach, den Orden der Bitteren Asche noch einmal zu finden und damit zu konfrontieren, daß er ihn im Stich gelassen hatten. Er hatte ihm lange und gut gedient, aus der einfachen Hoffnung heraus, ihm beitreten zu können, um bestimmte Wahrheiten zu erfahren, die er lange vermutet hatte.

Sein eigener Kuß hatte ihn einer Familie gestohlen, die von einem Vater mit Visionen voll religiösen Fiebers geführt wurde. Heilige Reliquien und eine Kirche, die taub, dumm und blind gegenüber dem Erbe, das sie erschaffen hatte, geworden war, waren die Themen der Gespräche beim Abendessen. Es gab eine wertvolle Handvoll von

Schriftrollen und Büchern, Werke gelehrter Männer anderer Länder und Zeiten. Es gab Karten, falsche wie wahre, die alle auf das selbe Ziel fixiert waren.

Abrahams Vater hätte Montrovants Besessenheit verstanden, aber er hätte darauf bestanden, daß sein Ziel falsch war. Natürlich hatte er nicht den Drang des Blutes verspürt, und genauso wenig hatte er die Wege und Zeiten bewandert, die der Dunkle erlebt und gesehen hatte. Es war der Verstand gewesen, mit dem sein Vater geglänzt hatte, eine Überzeugung in Worten und Gedanken, die die Dinge seinem bewundernden Sohn vermittelt hatten.

"Es gibt Mächte, Abraham", pflegte sein Vater Joseph spät nachts mit einem Krug Bier in einer Hand zu sagen, einen uralten Folianten der einen oder anderen Art geöffnet vor sich, "Mächte, die wir nicht verstehen können. Die Kirche ist weder die einzige Macht auf der Welt noch die älteste, aber sie hat eine Zielrichtung in diese Mächte gebracht, die andere nicht haben. Die Macht wird gebündelt und versteckt, um nur gefunden zu werden, um sie noch mehr zu verschleiern, nur geteilt mit ein paar wenigen Auserwählten... so auserwählt und so wenige, daß nicht einmal die Priester dieses Glaubens die ganze Wahrheit kennen.

Unter den Heiligen Vätern in Rom hat es welche gegeben, die davon wußten, und welche, die es nur vermuteten, ja sogar solche, die keine Ahnung hatten, was zwischen und unter ihren eigenen Mauern geschah. Schriftrollen, Artefakte, Teile der Vergangenheit, sogar Stücke der Heiligen selbst, das Kreuz, die Bundeslade.

Diese Dinge, mein Sohn, sind die Schlüssel zur Macht. Die Worte in der Bibel sind Kryptogramme, die inzwischen selbst vor denen verborgen sind, die den Code erschaffen haben. Sie ist ein unsicherer Leitfaden, gefaßt in Wegen, die zu endlosen Kreisen führen."

An diesem Punkt, üblicherweise nach mehr als einem Krug Bier, wurde Abrahams Leben für ihn am klarsten. Die Dinge, die sein Vater ihm erzählt hatte, schickten ihn auf eine Suche, ließen ihn danach streben, die Dinge zu sehen, die andere nicht sahen oder ignorierten, alte Texte mit seinem Vater zu lesen und die Magie zu sehen, die durch ihre Worte wirbelte.

Joseph war von den Geheimnissen, die er in Büchern, im stillen Durchstöbern ihrer Worte und in den Schätzen anderer fand, besessen. Er war zufrieden mit dem, was er finden konnte, und wenn der Drang, über all das hinauszugehen, ihn zu stark rief, dann griff er zum Bier. Das milderte aber nicht das Feuer, das in seinen Augen loderte und seinen Sohn infizierte, der dieses Feuer nahm und völlig in sein Herz einschloß.

Mit zwanzig Jahren, als er sich allein aufmachte, war Abraham bis zum Bersten von diesen Träumen erfüllt. Das Heilige Land, die Moscheen der Moslems, die Schatzkammern des Vatikans. Er suchte sie alle, aber er fand nichts. Er war nicht länger als eine Woche unterwegs, da hörte er ein Gerücht, Worte, die bei einer betrunkenen Konversation gefallen waren, und sein Leben und sein Tod waren besiegelt.

Er hatte irgendetwas gesucht, das ihn zu dem Wissen um diese Mächte und Geheimnisse, die sein Vater angedeutet hatte, führen konnte, und das Schicksal hatte ihn in die Nähe eines flachen Tales geführt. Es war ein Ort, der von allen gefürchtet wurden, eine dunkle, schattenhafte Geschichte, die man benutzte, um Kinder in der Nacht zu erschrecken, und der Ort rief ihn, wie eine Sirene jemanden rief, der lange auf dem Meer verloren gewesen war.

Er hatte das Tal noch in derselben Nacht betreten, ohne sich auch nur eine Nacht Ruhe zu gönnen oder auf den gesunden Menschenverstand zu hören, der ihm gezeigt hätte, daß solche Geschichten selten aus dem Nichts entstanden. Man munkelte, es gäbe in dem Tal einen Ort, an dem sonderbare Männer wohnten und eine niedrig gebaute Festung tief in den Felsen hinein getrieben war. Die, die dort lebten, wurden selten gesehen, und man hörte nie von ihnen, aber man hatte sie draußen gesehen, und zwar immer bei Nacht.

Die, die das Tal auf der Suche nach ihnen betraten, kehrten nie zurück. Verschwanden einfach so. Keine Leichen, keine schrecklichen Todes- oder Zerstörungsszenen, nichts. Es war, als würden die, die so dumm waren, das Tals zu betreten, vom Erdboden verschluckt.

Es gab eine Straße, die dem abfallenden Pfad folgte, aber sie war aufgrund fehlender Benutzung völlig zugewachsen. Es gab keine Abdrücke von Wagenrädern oder Spuren vorbeigezogener Reiter. Auch wenn das Tal die natürliche Verbindung zu den Grenzen des nächsten Dorfs war, wand sich die Straße, die alle benutzen, drumherum und ging vorsichtig an dem Tal vorbei.

Nichts davon machte Abraham etwas aus. Das Herz erfüllt von den Träumen seines Vaters, hatte Abraham das Tal betreten. Er hatte seinen Weg bis zum Tal ohne Zwischenfälle fortgesetzt und war einer Reihe von Bäumen in Richtung der Mitte durchquert, bis er einen klaren, blubbernden Bach, der aus den Steinen hervorkam und sich in die Ferne schlängelte, gefunden hatte und ihm gefolgt war.

Entlang des Bachs führte ein anderer Pfad. Dieser war stärker benutzt, und so schlug sein Herz schneller. Irgend jemand bewohnte dieses Tal, und seine Bewohner betraten und verließen es, nur nicht durch die Dörfer. Das Geheimnis daran erregte ihn, und er bewegte sich den Pfad entlang, ungeachtet der Gefahr, bis das Gebäude, von dem er gehört hatte, in Sicht kam.

Er konnte einen einzigen Blick auf das Gebäude werfen, hatte einen Moment, das Bild in seinen Kopf einzuprägen, ehe sie ihn hart von hinten packte, ihn wie ein Kind von Boden hochhob und schreiend zu den Bäumen schleppte. Eine kraftvolle Hand hatte dann auf seinen Kopf eingeschlagen und ihn verstummen lassen, und der Schmerz, der folgte, war sowohl erregend als auch intensiv gewesen.

Er spürte, daß er sich schwach in dem Griff derer, die ihn hielt, bewegte... seine Kehle wurde von zwei Dolchen durchbohrt, vor seinen Augen wurde es schwarz und sein Verstand kämpfte um die Kontrolle, um Verstehen. Eine einzige Erkenntnis brannte hell in seinem Kopf. Er hatte Mächte jenseits seines Verstehens gesucht, und sie hatten ihn gefunden.

"Bitte", hatte er es geschafft, zu betteln, während sein Atem verrann und auf seinen Lippen erstarb, "bitte... zeig es mir."

Und aus einem Grund, der immer noch seinen Verstand beschäftigte, an seinem Herzen nagte und in den Überbleibseln seiner Seele wühlte, war seine Bitte erfüllt worden. Als er gefallen war, als das Leben mit dem Blut, das nicht länger seines war, sprudelnd aus ihm herausgeflossen war und seine Augen sich schnell von hellblau und leuchtend in grau und matt verwandelt hatten, war der Tropfen von etwas gefallen, hatte ein wenig im Mondlicht, das hypnotisch durch die Bäume fiel, geglitzert, war auf seine Lippen geplatscht und hineingeglitten und seine trockene Kehle wie brennendes Feuer hinuntergeflossen... und dann hatte es sich in einen anderen... kleinen Strom verwandelt.

Bevor er bemerkte, daß es Blut war, wurde sein Mund schon an ein schlankes, aufgerissenes Handgelenk gelegt, und er trank gierig, zog diese Nahrung, diese Macht und Sicht, dieses erstaunliche Gefühl der Erfüllung in sich hinein. Eine Ewigkeit verging, und er wurde wieder wegestoßen, weggedrückt, als sie zurücksprang, sich niederkauerte und ihn mit dunklen, wilden Augen anstarrte.

Ihr Haar war wild, dunkel und fiel windzerzaust über ihre Schultern. Was von ihrem Kleid übrig war, war fast völlig zerrissen, und offenbarte weiße glatte Haut. Sie sah ihn lange wortlos an.

Er konnte sich nicht bewegen und war still, auch wenn er spürte, wie seine Stärke zurückkam, durch seine Venen pulsierte... und die Dinge veränderten sich, seine Sicht verschwamm, wurde dann klar, und seine Gedanken wurden im raschem Wechsel klar und unzusammenhängend.

"Warum?" hatte er gefragt. "Warum nur?"

"Du hast mich darum gebeten", hatte sie mit einem leichten Trällern in ihrer bezaubernden Stimme geantwortet. "Niemand hat das bisher getan."

Und so hatte alles angefangen. Lori, denn das war ihr Name, hatte ihn weggebracht, ihn mühelos wie einen kleinen Sack Getreide angehoben und über der Schulter in einen kleinen Spalt in den Steinwänden des Tals getragen. Hinter dem Spalt war eine kleine Höhle und tiefer drinnen noch eine weitere, die kühl und feucht war. Ihre Schritte hatten in seinem Kopf wie das Dröhnen einer großen Trommel widergehallt. Sie hatte ihn tief ins Innere des Berges hineingebracht und dort gelassen, ohne zurückzukehren, bis er in eine tiefe Dunkelheit fiel.

Als er sie wiedersah, sprach sie nicht sofort. Sie nahm ihn bei der Hand und führte ihn von der Höhle ins Tal und darüber hinaus, die Seite des Tals hoch, die dem Dorf, von dem er gekommen war, am entferntesten war. Sie bewegten sich leise, seine eigene Geschwindigkeit und Geschicklichkeit kam ihrer beinahe gleich, auch wenn er in der vorherigen Nacht auf den Tod vorbereitet gewesen war.

Diese Nacht hatten sie sich von einem jungen Mann genährt, der zu spät und zu nahe dem Rand des Tals gejagt hatte. Sie war in Sekunden über ihm gewesen, hatte ihn zu Boden gerissen, und der Hunger trieb Abraham neben sie, bevor sein Verstand dieser Bewegung eine

Bedeutung zumessen konnte. Er hatte die Kehle des Jungen durchbissen und begonnen, das süße Blut zu saugen, während seine Hände Haare und Kleidung gepackt hatten, den jungen, warmen Körper näher zu sich gezogen hatten, bevor die Realität seiner Handlungen ihn eingeholt hatte.

Ohne einmal zurückzublicken, hatte sie sich abgewandt und ihn auf dem Pfad zurückgelassen, den sterbenden Körper des Jungen in den Armen, und hatte sich zum Dorf begeben, um ihren eigenen Hunger zu stillen. Abraham hatte zugeschaut, er hatte schreien, sich losreißen wollen, sich umdrehen und rennen, rennen, bis seine Schritte ihn von diesem Tal weggebracht hätten, durch das Dorf und darüber hinaus... zurück zur Vernunft, zu seinem Vater, zu der Welt, die er verlassen hatte. Doch er tat nichts von all dem. Er blieb, nährte sich und versuchte, die Tränen zu erreichen, die er nicht erreichen konnte, die ihn ebenso im Stich ließen, wie seine Menschlichkeit.

Das war der Anfang gewesen. Er war für einige Jahre mit Lori zusammengeblieben, hatte am Rande des Tals Nahrung gefunden, die Talbewohner beobachtet, aber niemals gesehen, wie sie sich bewegt oder es verlassen hätten. Das Verlangen nach Wissen in ihm war nicht mit seinem Herzen gestorben. Er sehnte sich noch stärker nach dem, was unmittelbar außerhalb seiner Reichweite lag, aber die frühen Jahre waren Jahre des Lernens. Lori war keine geduldige Lehrerin, aber sie war verbissen, loyal und war zu lange allein zwischen diesen Bäumen und Felsen gewesen.

Manchmal sprachen sie am frühen Morgen miteinander, kurz bevor die Sonne aufging und sie mit der Drohung sicherer Vernichtung unter die Erde in ihre Höhlen trieb. Sie erzählte ihm Geschichten von denen, die innerhalb der Mauern der kleinen Festung waren, und nannte sie den Orden der Bitteren Asche. Große Geheimnisse, so sagte sie, bewachten sie eifersüchtig und unermüdlich, nachdem sie sie vor vielen Jahren in ihr Tal geschafft hatten.

Das Gebäude hatte einstmals leergestanden. Sie konnte sich an eine Zeit erinnern, als das Tal von ihrem Vater regiert wurde, und die Festung, die weder so stark noch so geheim war, ein Ort gewesen war, an den müde Reisende zum Rasten kamen. Es war immer geschützt gewesen, und deshalb wurde es oft bei den Lehnsstreitigkeiten, die Frankreich in jener Zeit erzittern ließen, übersehen. Diese Zurückgezogenheit hatte ihren Erzeuger angezogen, der eine Ruhepause von der Prüfung, versteckt und aktiv in der Welt zu sein, suchte.

Er hatte sie alle langsam getötet, ihre ganze Familie. Ihr Vater starb zuerst und ließ Frau und Tochter zurück, um an seiner Stelle zu regieren, und dann kroch eine dunkle Präsenz zwischen sie beide, die beide einnahm und sie gegeneinander aufhetzte. Die Geschichten waren düster, und die Bilder, die sie hervorriefen, ließen in Abrahams Kopf die Linien von Loris Gesicht sanfter erscheinen. Er kannte die Einsamkeit genauso gut wie sie, auch wenn er immer mit seinem Vater zusammengewesen war. Seine Mutter war schon in jungen Jahren gestorben, als sie einen Bruder zur Welt brachte, den Abraham nie kennenlernen sollte. Mutter und Kind waren zusammen von ihnen gegangen, und nur Abraham und sein Vater waren übriggeblieben, sich Gesellschaft, Leben und Liebe zu teilen.

Die Festung war verlassen worden, als ihr Erzeuger verschwand, und er hatte Lori nicht angeboten, sie mitzunehmen, auch wenn er ihr den Kuß weitergegeben hatte, nur um zuzusehen, wie sie sich an ihrer Mutter nährte, die sie aus Eifersucht auf seine Liebe zu hassen gelernt hatte, und sie tötete. Es waren Spiele, endlose Spiele voller Tod, die das Erbe ihres Dorfes, ihrer Familie und eines Lebens, das sie nie wiedersehen und nie vergessen sollte, ausgelöscht hatten.

Der Orden der Bitteren Asche war sehr viel später gekommen. Zuerst waren es Männer gewesen, kleine, dunkle Männer, von denen sie sich ernährt hatte, die aber trotzdem geblieben waren, trotz ihrer Angst und trotz ihres offensichtlichen Wissens darum, wer oder was sie war. Sie brachten große Steine und Werkzeug mit, fuhren sie nachts ins Tal, wobei sie nie die Hauptstraßen der Dörfer benutzten und soweit wie möglich den Kontakt mit der Außenwelt vermieden. Die Festung war wieder hergerichtet worden, aber es war nicht mehr das Bauwerk ihrer Kindheit. Gedrungen, mächtig, mit Wänden, die dick genug waren, fast jedem Ansturm standzuhalten, und leer.

Die sonderbaren, dunklen kleinen Männer, die daran gebaut hatten, beendeten ihre Arbeit, versiegelten die Festung und gingen weg, wobei sie nur wenige Spuren ihrer vorherigen Anwesenheit und die Festung selbst, unheimlich und verschlossen, zurückließen. Lori hatte oft erwogen, diese Türen zu öffnen und in diesen Hallen zu wandeln, um die Geister aufzusuchen, die sie immer noch quälten. Sie hatte diese Impulse ignoriert und zur selben Zeit die Legende geschaffen, die das Tal bis zum möglichen Eintreffen seiner Besitzer vor einer Invasion schützen würde.

Der Orden war bei Tage gekommen. In einem Moment war die Festung noch leer, einsam und öde gewesen, im nächsten gab es Wachen, die auf den oberen Mauern patrouillierten, und Wagenradspuren auf der Straße, die Geräusche von Tieren und manchmal Stimmen, die durch den Kreis von Bäumen, hinter denen sie sich beobachtend, lauschend und sich wundernd versteckte, drangen.

Lori war nie zu ihnen hingegangen. Sie hatte wie immer weiter existiert, sich allein im Tal genährt und aufgehalten und beobachtet. Es gab keine Überbleibsel aus ihrem früheren Leben, die sie zu der Festung gelockt hätten, und etwas an der Erscheinung derer, auf die sie einen Blick werfen konnte, sagte ihr, daß sie auf diesem Weg auch kein Blut erhalten würde. Sie war sich nicht sicher, wer oder was sie waren, aber sie hatte genug gesehen, um zu wissen, das es jenseits ihrer Macht war, sie zu kontrollieren.

Sie glaubte außerdem, sie wüßten von ihr und überließen sie sich selbst, und sie sah keinen Grund, diese stille Beziehung zu zerstören.

Abraham hatte das anders gesehen, und schließlich hatte er sich auf den Weg zu diesen Toren gemacht. Lori hatte ihn wortlos gehen lassen. Sie hatte behauptet, der Grund dafür sei die Tatsache, daß das Jagen mit ihm so viel schwerer geworden sei, daß die Dorfbewohner zu unruhig geworden seien, um ihnen beiden Nahrung zu bieten. Die Zukunft war ein Glimmen in den Tiefen ihrer Augen gewesen.

Sie hatte die Wahrheit über Abrahams Leben erkannt. Sie hatte geahnt, daß er schließlich zu ihnen gehen würde. Sie hatte gesehen, daß er nach Blut nicht der einzige Hunger war, der ihn antrieb, und das am Ende sogar ihr Anspruch auf ihre eigene Kontrolle herausgefordert würde.

Er war zu den Türen gegangen, früh eines Abends, und er hatte geklopft, als sei es die normalste Sache der Welt, sie zu besuchen. Die Tür war schließlich zögernd geöffnet worden, und er hatte Gustav zum ersten Mal getroffen. Sehr alt war er gewesen, sehr machtvoll. Seine Züge zeigten die Deformationen und den Verfall, die Abraham als Zeichen der Nosferatu erkannte, aber da war mehr. Hinter den verzerrten Zügen, aus dem Innern glänzend, hatte ein Licht geschienen, das den Effekt und die Last der Verderbnis, die sein einst menschliches Fleisch belastete, sanfter erscheinen ließ. Es war etwas Magisches in den Bewegungen des Mannes und in seinen Worten.

Abraham wußte sofort, daß sein Geheimnis gegenüber der Präsenz dieses Mannes keines war, und ohne zu wissen warum, verriet er ihm seine ganze Geschichte. rzählte von seinem Vater, seinen Träumen, seinem Abstieg in das Tal. Er überlegte, Lori aus seiner Geschichte herauszuhalten, aber Gustav wußte von ihr. Er lächelte über die Beinahe-Beleidigung einer versuchten Lüge und versicherte Abraham, der Orden wisse bereits seit einiger Zeit von ihnen beiden und ihr Jagen an den Grenzen habe dem Orden eine Möglichkeit geboten, seine Privatsphäre zu schützen, ohne sich selbst darum kümmern zu müssen, und das hatten sie gerne gesehen.

Abraham verließ die Mauern nie wieder, um mit Lori zu jagen. Der Orden akzeptierte ihn als Gast, half ihm Nahrung zu bekommen, während er studierte, und sprach ständig mit ihm über andere Orte und Zeiten, Dinge, von denen er gehört oder gelesen hatte aber von denen er nie zu hoffen gewagt hatte, sie aus der Nähe zu sehen oder Teil davon zu sein. Die ganze Zeit hatte er die Ordensbrüder angefleht, ihr Geheimnis mit ihm zu teilen, die Macht, die sie zu dem machte, was sie waren, und mehr. Die Macht, die die Bedeutung des Schmerzes der Sonne in ihrer Seele minderte und ihnen nur so geringen Hunger bescherte, daß sie kaum, wenn überhaupt, zu trinken schienen.

Sie hatten bei seinen Fragen gelachelt, ihn mit Wissen gefüttert, ihm Legenden über Macht, Korruption und Wunder erzählt und ihn langsam über ihren eigenen Daseinszweck informiert. Die Schatzkammern blieben ihm verschlossen, aber sie ließen ihn wissen, daß diese Kammern Geheimnisse der Art, von der sein Vater gesprochen hatte, enthielten, und sie ihn halb in den Wahnsinn getrieben mit dem Verlangen, sie zu sehen, zu halten und zu erfahren. Abraham lebte und atmete, um wie sie zu werden, und sie nutzten das zu ihrem Vorteil.

Der Orden schickte ihn als Spion aus. Er benutzte ihn, um Botschaften zu anderen Ahnen, in andere Länder zu bringen. Jedesmal versprach er ein wenig mehr, jedesmal erschien er ehrlich, bis zu dem einen Tag außerhalb Roms, als er zu den Ordensbrüdern zurückgekehrt war, bereit zu betteln, sich vor Gustav in den Staub zu werfen und um einen einzelnen Tropfen seines Blutes zu flehen, sie aber nicht mehr vorgefunden hatte. Sie waren verschwunden.

Die Straße vor ihm wand sich langsam den Berg hinauf, und auf dieser Straße war der einzige Mann unterwegs, den Abraham noch mehr haßte als Gustav. Sie schienen alle vom Schicksal zu einem einzigen Fixpunkt gezogen zu werden, und auch wenn der Hunger an seinem Verstand und seinen Gedanken nagte, ließ er sein Reittier beständig langsam laufen und bewegte sich lautlos und geduldig in den Schatten des Berges.

Es war seine Stille, die die leisen Fußtritte an sein Ohr trug, seine Aufmerksamkeit, die seinen Kopf zur Seite und hinunter zur Flanke des Berges, jenseits des Pfads schleuderte. Er wurde ungeschickt verfolgt, und der Geruch von Blut lag in der Luft. Während er sich mit einem leichten Lächeln wieder dem Pfad zuwandte, verhielt er sein Reittier. Es war eine wunderbare Nacht für einen Hinterhalt.

SIEBEN

Die Fußtritte, die Abraham hörte, waren hastig und unregelmäßig, in keiner Hinsicht heimlich. Er revidierte schnell das ursprüngliche Bild eines Hinterhalts zu einem der Flucht und einer veränderten Richtung, und stürmte mit seinem Reittier von der Straße und den Berghang hinauf, wobei er sich auf die Bäume zu bewegte...und suchte sich seinen Weg parallel zu dem Pfad unter ihm, während er von Zeit zu Zeit anhielt, um zu horchen, und sich ebenso wie der dort unter ihm zu beeilen oder abzubremsen. Es gab nun auch noch andere Geräusche, aus weiterer Entfernung, weitere Fußtritte und Stimmen. Wer auch immer das da unten war, wurde verfolgt, und er versuchte verzweifelt zu entkommen.

Etwas in der Art der Verfolgung ließ die Temperatur in dem stillen, bewegungslosen Organ, das Abrahams Herz war, sinken. Es war eine unbarmherzige Jagd, ohne Boden zu gewinnen oder zu verlieren. Wer auch immer weiter unten floh, ermüdete schnell, aber die Verfolgung wurde nur langsamer. Sie versuchten nicht ihn einzuholen, sondern zu erschrecken.

Die Geräusche der Verfolgung selbst waren genau kalkuliert. Jedes gab eine neue Richtung und eine neue Entfernung zwischen Verfolgern und Beute an. Es gab keinen Weg festzustellen, wie nahe die anderen ihrer Beute folgten. Abraham verhielt sein Reittier, konzentrierte sich und ließ seine Sinne schweifen, um nach den Jagenden zu suchen.

Es kostete ihn einen Moment der Konzentration, um festzustellen, daß einer der Verfolger ein Vampir war. Zwei Herzschläge, einer donnernd, der andere leicht und langsam, entspannt, aber einmal Schritte und zwei Pferde. Der Kainit reiste mit einem Verbündeten, und das konnte eine nützliche Information sein. Vielleicht wußte der Mensch die Wahrheit über seinen Partner, vielleicht aber auch nicht. Der Panik im Herzen der Beute und ihren hektischen Schritten nach zu urteilen schien es wahrscheinlich, daß selbst wenn der Verfolgte nicht *genau* wußte, was sich ihm entgegenstellte, er die Größe der Gefahr erkannte.

Plötzlich brach eine Gestalt aus den Bäumen unterhalb der Straße, stolperte und wandte ihren Kopf hektisch hin und her. Ihre Kleidung war zerrissen und zerfetzt, ihr Haar von Dreck und Schweiß verklebt, aber es war leicht zu erkennen, daß der Mann ein Adliger war. Das zerrissene Hemd war fein, die Lederstiefel, die ruiniert an seinen Füßen herunterhingen, durch eine Belastung zerfetzt, für die sie nicht gemacht waren, waren noch feiner. Seine Augen waren geweitet, wahnsinnig vor Angst, und ohne nachzudenken sprang der Mann auf die andere Seite des Pfads und den Berg hinauf, wo Abraham durch einen großen Felsvorsprung vor seinen Blicken verborgen saß.

Abraham blieb, wo er war. Eine schnelle Bewegung, und er hättte genauso zur Beute werden können, und auch wenn er nicht wirklich besorgt wegen den Verfolgern war, war er doch nicht leichtsinnig. Er hatte einmal gespürt, was es hieß, seine Freiheit zu verlieren, und die Erinnerung daran brannte tief in seinem Kopf. Er wollte diese Hilflosigkeit nicht noch einmal fühlen, diesen nagenden Hunger, der ihn von innen heraus auffraß.

Der Mann rannte auf der anderen Seite des Felsblocks vorbei, ohne die Augen, die sein Vorbeigehen beobachteten, zu bemerken. Augenblicke dehnten sich zu einer Ewigkeit, dann folgte das Geräusch von Hufschlägen.

Die zwei Reiter tauchten aus dem Schatten auf, lange Mäntel flatterten hinter ihnen im Nachtwind wie die Schwingen riesiger Fledermäuse. Sie ritten mit Ruhe und Leichtigkeit, tief über die Hälse ihrer Pferde gebeugt. Sie waren von Kopf bis Fuß in Schwarz gekleidet und trugen große schwarze Hüte mit so breiten Krempen, daß ihre Gesichter vor neugierigen Blicken verborgen waren. Silber schimmerte auf beider Brust, und als sie vorbeiritten, konnte Abraham einen genaueren Blick darauf werfen.

Sie trugen silberne Kreuze, verziert wie die der Kleriker in Rom. Es waren Priester oder Agenten Roms. Und der, der vor ihnen floh? Abraham hatte vorgehabt, sie passieren zu lassen, zu warten, bis sie außer Sicht waren, und dann zur Straße und seiner eigenen Aufgabe zurückzukehren, aber nun war sein Interesse geweckt. Es war nicht ungewöhnlich für Verdammte, sich in den Reihen des Klerus zu bewegen. Für Agenten der Kirche war es eine jahrhundertealte Tradition, zu jagen und bei Nacht Leute zu erschrecken. Daß die beiden miteinander verbunden waren, war aber eine völlig andere, ungewöhnlichere Situation.

Vorsichtig bewegte sich Abraham um den Stein auf der entgegengesetzten Seite herum, parallel zu dem Kurs der Verfolger. Es würde nicht lange dauern, bis die Beute der Erschöpfung erlag und die Jagd zu einem Ende kam. Es war im Moment nichts dabei zu gewinnen, zu nahe hinter Montrovant zu sein, außer entdeckt zu werden, und das war etwas, das in Angriff zu nehmen Abraham noch nicht vorbereitet war.

Die beiden arbeiteten sich einige hundert Meter den Berg hinauf, und plötzlich verschwand die leichte Steigung, und eine Klippe ragte steil auf, eine glatte Wand aus Stein. Hier erreichte die Jagd ihr plötzliches Ende. Die Beute rannte gegen die Klippe, wandte sich wild nach links und rechts und drehte sich schließlich zu dem Weg um, auf dem sie gekommen war. Doch es war zu spät.

Die beiden Reiter kamen in Sicht, einer zur Linken, der andere zur Rechten des Mannes, und näherten sich vorsichtig. Das Lächeln des Reiters auf der rechten Seite leuchtete strahlend weiß im Mondlicht, wetteiferte mit dem Silber des Kreuzes um Abrahams Aufmerksamkeit und lenkte ihn beinahe vom Anblick der Augen darüber ab. Tiefe Augen... dunkel, aber mit einem Schimmer von etwas, was nicht wirklich Licht war, mehr eine Flamme, die im Inneren tanzte. Diese Licht schaffte es nicht, die Dunkelheit dieses Anblicks aufzuhellen.

Während er sich näher an den Stein bewegte, der ihn immer noch davor schützte, gesehen zu werden, sah Abraham, wie der erste Reiter langsam abstieg. Der Blick des Mannes war auf den panischen Adligen gerichtet, der sich gegen den Stein preßte, und als er den anderen erst einmal unter dem Einfluß seiner tiefen, glühenden Augen hatte, wich sein Blick nicht mehr ab. Der dunkle Mann ließ sein Pferd stehen und pirschte sich mit unheimlicher Präzision an. Sein Kopf legte sich zur Seite, seine Nase zog die Luft wie ein Tier ein, das Witterung aufnahm, auch wenn seine Augen ständig auf seinem Opfer haften blieben.

Der Abstand zwischen Jäger und Beute schmolz beständig dahin, und schließlich stoppte der dunkle Mann, keinen Fuß von dem anderen entfernt, ohne ein Wort zu sagen und ohne eine Geste zu machen, außer der einer Schlange, die ihre Mahlzeit hypnotisiert.

"Ich rieche es", sagte er endlich, während sein Blick umherschweifte, um seinen stillen Gefährten zu treffen. "Er hat den Gestank der anderen Welten an sich. Und der Schwefel vermischt sich mit seinem Blut."

Mit einer schnellen Drehung, gesenktem Gesicht und gebeugtem Rücken näherte sich der Jäger auf Zentimeter dem Gesicht des anderen Mannes. "Du hast mit ihnen gesprochen, oder?" entfuhr es ihm. "Du bist ihnen in ihre Höhlen der Dunkelheit gefolgt, hast mit angesehen, wie sie sich von dem Blut der Diener Gottes nährten. Du hast ihre Lämmer zur Schlachtbank geführt, und das alles unter dem Vorwand, ein *gottesfürchtiger* Mann zu sein."

Der gefangene Mann fand schließlich seine Stimme wieder, schüttelte den Kopf, und seine Augen suchten und bettelten gleichzeitig. "Nein, nein, ich schwöre es. Ich habe keine Ahnung, keine Ahnung, was Ihr wollt, wer Ihr seid... bitte?"

"Du kannst dir den Atem sparen", sagte der zweite Reiter ruhig. "Noirceuil ist niemand, der Fehler macht oder es zugibt, wenn diese erste Regel mal gebrochen wird. Wir wissen von deinen Geschäften, von denen, die unter dem Boden deiner Festung bei Tag ruhen und unsere Leute bei Nacht jagen. Wir wissen tatsächlich alles über dich, und wir werden sie finden, bevor wir hier fertig sind, mit oder ohne deine Hilfe.

Ich würde meinen, daß du nach der Größe deiner Sünden zu urteilen bereit sein müßtest zu bereuen. Deine Seele ist verdammt, aber es muß niedere Höllen geben, die diejenigen erwarten, die um Vergebung bitten."

"Aber ich habe nichts getan!" Der Mann ließ seinen Kopf in die Hände fallen und stöhnte leise. "Ich schwöre es Euch bei allem, was mir heilig ist. Um Gottes Willen, meine eigene Tochter wurde getötet, wurde in die Dunkelheit gezogen. Sicher müßt Ihr erkennen, daß ich kein Teil solcher Untaten sein kann."

Noirceuil stand lange über ihm, sah den Mann zittern und schluchzen, während seine Augen sich mit jedem schweren, krächzenden Atemzug, den sein Opfer tat, verdunkelten.

"Du machst einen Fehler, wenn du mich zum Narren hältst, mein Freund", zischte er. "Ich kann sie an dir riechen, kann ihre faulige Berührung auf deiner Haut spüren. Glaubst du wirklich, daß sie dir zu Hilfe kommen, wenn du ihre Geheimnisse bewahrst? Ich versichere dir, sie werden es nicht tun, und wenn sie es tun... dann ist das der letzte Fehler, den sie in dieser Welt begehen."

Mit einem plötzlichen Griff packte Noirceuil ihn an seinem zerzausten Haar, schlug seinen Kopf nach hinten gegen den Stein und legte so den Hals des Mannes bloß. Selbst von dort, wo Abraham aus den Schatten heraus herüberspähte, waren die Bißmale offensichtlich.

"Sie haben sich von dir genährt, und doch wandelst du lebendig über die Erde. Erweise mir nicht den schlechten Dienst zu glauben, ich wüßte nicht genau, was das heißt. Ich versichere dir, es gibt wenig in ihren fauligen, verdammten Herzen, von dem ich nichts weiß. Es ist meine Aufgabe, das zu wissen und ihren Wahnsinn zu beenden, wo immer er meinen Weg kreuzt, so wie in dieser Nacht. Du wirst nicht in ihre Finsternis zurückkehren, Dorval. Du wirst die Reise, die du angetreten hast, nicht beenden." In diesem Moment schlug Noirceuil hart mit der flachen Hand gegen die Kehle des Mannes, auf die doppelten Wunden dieser unleugbaren Wahrheit.

Dorval taumelte hoch und nach vorne, sein Mut kehrte im letzten Moment zurück oder sein Verstand verschwand, und er stürzte sich mit zu Klauen gekrümmten Händen auf die Kehle des Geistlichen. Noirceuil wartete fast schon unmöglich lange und drehte sich gerade im richtigen Augenblick zur Seite, um Dorvals taumelnder Attacke auszuweichen. Als der Angreifer stolperte und sein Ziel um die Breite einer Hand verfehlte, schlug Noirceuil zu, seine eigene Hand traf mit massiver Gewalt die Rückseite von Dorvals Schädel und schleuderte ihn hart und schnell auf den steinigen Boden zu seinen Füßen.

Ein übelkeitserregender, dumpfer Aufprall signalisierte Dorvals letzte Begegnung mit der Erde. Noirceuil stand plötzlich über dem reglosen Körper und starrte schweigend auf ihn hinab. Als es sich von Dorvals Leiche wegdrehte, um zu gehen, schoß sein Stiefel plötzlich vor, zerschmetterte die Rückseite des Schädels und trieb ihn noch tiefer in die Erde.

"Asche zu Asche", sagte er sanft hauchend, "Staub zu Staub."

"Du hättest ihm den Atem lassen können, uns zu erzählen, wo sie hin sind," erklang plotzlich laut die Stimme des zweiten Mannes. "Du hättest ein einziges Mal den Drang, Gott zu spielen, kontrollieren können. Wir sind hier, dem Herrn in all seinem Glanz zu dienen", dröhnte die Stimme jetzt sarkastisch weiter, "nicht, um die Feuer da unten zu füttern. Es ist schon warm genug auf diesem Berg, auch ohne deine Hilfe, Noirceuil."

Noirceuils Blick hob sich, fand den seines Gefährten, und seine Stimme klang plötzlich wie eine Peitsche durch den Raum. "Du bist mit Gebeten und Wachsamkeit besser beraten als mit Sarkasmus, Lacroix. Er war verdorben, und er hätte uns nichts erzählt, was wir hätten verwenden können oder das ich nicht auch ohne seine Hilfe finden könnte. Ich habe ihn hier aufgespürt, um seine Seele zu retten und die Welt von möglichem Bösen zu befreien. Wir werden finden, was wir suchen, mach dir darüber keine Gedanken. Ich bin nicht an Fehlschläge gewöhnt."

Lacroix wurde bei Noirceuils Worten still, aber seine Augen gaben nicht nach. Sie schwammen voller Feuer eines Fanatikers, und wieder preßte sich Abraham stärker gegen die Steine und streichelte zärtlich den Hals seines Pferdes. Er betete beinahe selbst in diesem Moment, darum, daß das Tier ruhig blieb und um seine eigene Sicherheit, aber das erwies sich als unnötig.

Noirceuil sah sich einmal auf der Lichtung um, wobei er sonderbar seinen Kopf schüttelte und seinen Blick mit einem neugierigen Schimmern in seinen Augen über den Stein wandern ließ, doch schließlich drehte er sich zu seinem Reittier um und glitt mit Leichtigkeit in den Sattel zurück.

"Die Spur wird kalt", sagte er leise. "Laß uns losreiten, mein Freund."

Die beiden wandten sich wieder in Richtung der Straße, die weiter unten lag. Abraham blieb, wo er war. Er beobachtete und dachte darüber nach, was er gerade gesehen hatte. Noirceuil war eindeutig ein Verdammter. Es gab keinen Zweifel daran, man konnte es nicht leugnen, und doch lag dort ein toter Körper voll frischen, heißen Blutes, und Noirceuil hatte sich ohne auch nur einen Blick zurück zu werfen davon abgewandt und war weggeritten.

Eins war sicher. Lacroix mochte vieles über die dunklen Seiten seines Partners wissen oder vermuten, aber es war absolut offensichtlich, daß die eine Sache, die die Alarmglocken im Kopf dieses Mannes hätten zum Klingen bringen sollen, das waren, was er ignorierte. Dieser Noirceuil jagte Kainiten für die Kirche. Er brachte ohne einen Gedanken daran zu verschwenden Wesen seiner Art und diejenigen, die ihnen dienten, zur Strecke.

Nachdem er lange genug gewartet hatte, bis er sich in Sicherheit wähnte - und dann noch etwas länger -, lenkte Abraham sein Pferd aus den Schatten und stieg langsam ab. Er trat näher, beugte sich vor, um Dorval an den Haaren zu packen, hob das zerschmetterte Gesicht von den Steinen und nahm die reglose Gestalt nachlässig in die Arme.

Ohne zu zögern biß er in die tote Kehle, trank das erkaltende Blut, stillte seinen Durst, der ihn in dem Augenblick ergriffen hatte, in dem er den Herzschlag des Mannes gehört hatte, als er unten auf dem Pfad vor den zwei Priestern geflohen war. Sein Durst, der für zwei volle Tage nicht gestillt worden war, war durch ihn pulsiert, der Hintergrund zu jedem seiner Gedanken gewesen und jedes Bild, das durch seinen Kopf gegangen war, war durch diesen heimtückischen Schleier verdorben worden.

Das ließ die Frage nach Noirceuil noch wichtiger erscheinen. Wer war dieser Mann, und was motivierte ihn? Wie konnte er sich so ruhig von dem Fluch abwenden, der so in Abrahams Adern brannte? Warum jagte er Wesen von seiner eigenen Art?

Das schlimmste daran war seine Verbindung zur Kirche. Wenn es Vampirjäger im Dienste der Kirche gab und wenn sie zur selben Zeit auf der Reise im selben Gebiet wie er waren, dann fragte sich Abraham, warum Bischof Santorini das vergessen hatte zu erwähnen. Es gab zwei Möglichkeiten, von denen keine Abraham gefiel.

Die Kirche könnte Bischof Santorini nicht länger vertrauen. Der Bischof war die Verbindung zwischen Montrovant und Rom gewesen, und Montrovant war verschwunden, genauso wie der Orden der Bitteren Asche, den er hatte "bewachen" sollen. Nichts davon hätte Bischof Santorini Punkte beim Vatikan eingebracht. Die andere Möglichkeit war, daß es Santorini das Vertrauen in seinen eigenen Agenten fehlte, so daß er Abraham an einen anderen Zweig der Kirche übergeben hatte. Die Lösung eines Problems war sicherer, wenn sie auf mehr als einem Weg angegangen wurde. Was war, wenn Santorini hinter den anderen steckte und sie auch auf Montrovants Spur waren, oder sogar auf der Abrahams selbst? Zu viele Fragen blieben, und es war keine Antwort zu erwarten außer von dem Weg, der vor ihm lag.

Wenn er Montrovant fand, wußte er, daß die Dinge auf die eine oder andere Weise gelöst werden würden. Wenn diese anderen den Dunklen auch suchten, dann würden sie feststellen, daß er eine etwas größere Herausforderung als Dorval war, dessen leerer, wertloser Leichnam nun in die Erde sinken würde, die ihn irgendwann aufnehmen würde. Abraham wischte sich mit dem Ärmel über die Lippen, beseitigte die letzten Reste des Blutes, während er in Gedanken versunken war.

Die Nacht war nicht allzu weit fortgeschritten, trotz allem, was passiert war, und Abraham wußte, daß er bald auf die Straße zurückkehren sollte, aber er hielt sich noch ein wenig länger zurück, bewegte sich zu dem Stein und setzte sich mit dem Rücken zur Felswand, um nachzudenken. Montrovant würde keine Zeit verlieren, Frankreich zu erreichen, aber das machte es einfacher, seine Spur zu verfolgen. Eine gerade Linie war genau das, was der Dunkle einschlagen würde, und so würde ihm Abraham folgen.

Abraham machte sich über die beiden anderen Gedanken. Er fragte sich, ob dieser Noirceuil soviel von denen wußte, die er suchte, wie er behauptete, und was ihn dazu getrieben haben könnte, sich gegen seine eigene Art zu wenden, die er wie Tiere jagte. Am meisten wunderte er sich, daß er die Namen Noirceuil oder Lacroix nie zuvor gehört hatte und fragte sich, was sie für seine Zukunft bedeuten würden.

Nachdem er schließlich aufgesessen war, kehrte er langsam zur Straße zurück und setzte seinen Weg über den Berg fort, ohne sich zu beeilen, denn er wollte weder gegenüber Noirceuil noch Montrovant aufholen, bis die Zeit und die Umstände dafür nach seinem Geschmack waren.

Er würde noch genug Zeit haben, Montrovants Spur wieder aufzunehmen, wenn sie alle sicher über die Grenze in Frankreich waren. In der Zwischenzeit würde er einige Kontakte knüpfen und sich mit Santorini in Verbindung setzen können. Es gab Antworten, die er jetzt brauchte, und zwar schnell. Es schien, als sei er durch die Kirche, die ihn auf dieses Himmelfahrtskommnando geschickt hatte, genauso gefährdet wie Montrovant selbst. Wahrscheinlich sogar noch gefährdeter, wenn man das Alter und die Macht des Dunklen berücksichtigte. Er hatte nicht vor, sich kopfüber in etwas hineinzustürzen, ehe er die Tiefe des Lochs kannte, das er betrat.

Er bewegte sich langsam die Straße hinunter, gedankenverloren, während die beiden Männer vor ihm sich beständig entfernten und sich ihren eigenen Zielen näherten.

Noirceuil und Lacroix kamen nun, wo die Jagd vorbei war, gut voran. Keiner von beiden sprach, aber sie bewegten sich geübt gemeinsam vorwärts. Sie waren gemeinsam auf lange Wege gegangen, und auch wenn keiner von ihnen nach den Anschauungen der Welt im allgemeinen als *normal* durchgegangen wäre, waren sie mit den Eigenarten des jeweils anderen gut vertraut.

Lacroix hatte die sonderbaren Zeiten und Gewohnheiten seines Partners toleriert, weil Noirceuils Methoden schlicht die effektivsten waren, die Lacroix je gesehen hatte, egal, welcher dunkle Hunger ihn antrieb. So zu leben, wie sie lebten, in der Nacht zu jagen und beim Licht des Tages zu schlafen, alles hinter sich zu lassen, was das wichtigste im Leben war - all das geschah für den Traum vom Dienst an Gott. Alles zum Wohle Roms.

Noirceuils Gehirn war so auf die Verdammten, die sie jagten, eingestellt, daß seine Gewohnheiten manchmal die ihren widerspiegelten. Seine Macht wuchs mit jeder Jagd, seine Fähigkeit, sie hinter ihren geschickten Verkleidungen und den vielen Masken, die sie trugen, intuitiv aufzuspüren, war einzigartig. Einige dieser Fähigkeit hatten auf Lacroix abgefärbt, aber die meisten ihrer Erfolge als Partner basierten auf Noirceuil. Wenn nicht Lacroix, dann würden andere an der Seite des Jägers reisen.

Lacroix' Fähigkeiten waren weltlicherer Natur. Er hatte sehr gute Beziehungen zur Kirche. Seine eigenen Bemühungen waren zum großen Teil dafür verantwortlich, daß die Verdammten und die Gefahren, die sie für Rom darstellten, erkannt worden waren. Sein leises, geflüstertes Lob für Noirceuil und sein eigener Name, den er, wann immer

DAVID NIALL WILSON

ACHT

Der Berg hielt Montrovant und seine Gefolgsleute nicht lange auf, auch wenn sie wegen der Kälte und des Mangels an Vorräten ein wenig nervös wurden, bevor sie den Paß, der sich auf der anderen Seite herunterschlängelte, erreicht hatten. Jenseits des Berges konnten sie den Rauch von verstreuten Siedlungen und Höfen und Zeichen von Aktivitäten auf der Straße sehen. Diese Seite schien nicht so von der Welt abgeschnitten zu sein wie die andere.

Montrovant gewöhnte es sich an, die anderen zurückzulassen, wenn sie abends wieder aufbrachen, und bis spät in die Nacht oder früh am morgen nicht zurückzukehren, um rechtzeitig das Lager aufzuschlagen. Er nahm Le Duc zweimal mit... zwei andere Male ging er allein. Er sagte seinen Männern kein Wort darüber, wo er war oder warum er fort war. Seit den Ereignissen im Kloster und seinem "Mahl" mit Rachel waren sie in seiner Anwesenheit ruhig und zurückhaltend. Ihre Loyalität wankte nicht, aber mit den Antworten auf die Frage, die sie zufrieden als Rätsel hatten ruhen lassen können, waren sie vom Schicksal konfrontiert worden. Diese Geschichte war fast zuviel auf einmal.

Der Dunkle beließ es dabei, sie zu beobachten und abzuwarten, ob sie damit klar kamen. Sie alle kannten Montrovant und seine Art. Sie wußten auch, sie würden nicht lange leben, wenn sie entschieden, ihn zu hintergehen. Das ließ die beiden Wahlmöglichkeiten, ihn zu akzeptieren oder zu sterben. Es gab wenig Zweifel, wofür sie sich entscheiden würden. Was wirklich die Frage war, war die Art, wie sie damit klarkommen würden.

Montrovant war in seiner eigenen Welt versunken. Er verließ sie lautlos wie ein Schatten und kehrte genauso still zurück. Er sagte nur etwas, wenn man ihn ansprach, und seine kurzen Antworten ließen wenig Zweifel, daß seine Ruhe nicht gestört werden sollte. So ritten sie und warteten ab. Die Tage verschwanden langsam hinter ihnen, und sie näherten sich der Grenze Frankreichs. Sie passierten inzwischen kleine Städte, hielten von Zeit zu Zeit an einem Gasthaus oder weckten die Kaufleute in kleinen Marktflecken, um ihre Vorräte aufzufrischen. Montrovant verbracht diese Zeiten auf den Straßen und in den Gassen, um Fragen zu stellen und Gold aus seinen Finger in die Hände derer, die das besaßen, was er suchte - nämlich Wissen -, wechseln zu lassen.

Le Duc beobachte ebenfalls still seine Umwelt. Es war nicht das erste Mal, daß man ihn warten und zusehen ließ, um Montrovants Rücken zu decken. Er hielt die Männer zusammen und hörte ihren Geschichten, Witzen und den gemurmelten Fragen zu, die schnell unterdrückt wurden, wenn Montrovant auftauchte. Auch wenn sie Jean genauso fürchteten, wußte sie, daß Le Duc seinerseits Angst vor Montrovant hatte. Er war ihre Verbindung, ihr Kontakt zu ihrem Anführer, und er versuchte zu tun, was nötig war, um diese Rolle zu erfüllen, ohne das Vertrauen einer der beiden Seiten zu verraten.

Eine der ältesten und gültigsten Regeln, die er seit seinem Kuß gelernt hatte, war das tief verwurzelte Mißtrauen gegenüber Sterblichen. Sie hatten ihren Nutzen, waren exzellente Diener und Sklaven, aber ihnen die eigene Existenz anzuvertrauen war ziemlich dumm. Das war aber genau die Lage, in die sie Montrovant gebracht hatte. Es war ein Hinweis darauf, daß der Dunkle merkte, daß alles zu einem Ende kam. Sie suchten den Gral schon so lange, daß Le Duc sich kaum an eine Zeit erinnern konnte, wo er nicht sein Ziel oder zumindest ein Nebenziel gewesen wäre.

Während all dieser Zeit war Montrovant leidenschaftlich und gelassen gewesen. Sie waren dem Gral nahe genug gewesen, daß ihr Ziel gerade in Reichweite zu sein schien, und so weit weg, daß die ganze Sache wie ein kindischer Traum erschien. Nie war so wie jetzt gewesen. Montrovant war in sich gekehrt, konzentriert und gesammelt, und sie reisten mit einer Geschwindigkeit, die zeigte, daß Montrovant genau wußte, wohin er ging.

Jedesmal, wenn Montrovant verschwunden und zurückgekehrt war, änderten sie leicht ihren Kurs. Er war auf der Jagd, und sie hatten die Witterung ihrer Beute aufgenommen; das einzige, was zu tun blieb, war die Verfolgung. Sie schliefen bei Tag in jeder Zuflucht, die sie finden konnten und die adäquaten Schutz bot: in Friedhöfen, alten verlassenen Festungen und Kirchen. Eine Nacht hatten sie im Vorratskeller eines Bauernhofes verbracht. Die Familie, ein Mann, seine Frau und ihre Tochter, waren Montrovant und Le Duc zum Opfer gefallen, und die anderen hatten diesen Ort geplündert, alles mitgenommen, was einen Nutzen hatte, und die Leichen beseitigt, als Montrovant und Le Duc in den Keller geschlüpft waren und die schweren Eichentüren über ihren Köpfen geschlossen hatten. Sie hatten den Ort mit vollen Taschen verlassen, ohne eine Spur eines Kampfes oder überhaupt ihrer Anwesenheit zu hinterlassen. Ein weiteres Rätsel, das die Betrunkenen aufgeregt nachts in einem Gasthaus diskutieren konnten. Ein weiter Schritt in Richtung ihres Ziels.

Schließlich führte ihr Weg sie nach Grenoble. Endlich hatten sie das Alpenvorland hinter sich gelassen, und Ackerland erstreckte sich zu beiden Seiten der Straße, auf der sie reisten. Die Gehöfte der Bauern und ein paar größere Gebäude tauchten auf, die nahe genug an der Straße lagen, daß man sie in den Stunden der Dunkelheit mit ihren erleuchteten Feuern und dem aus den Kaminen aufsteigenden Rauch erkennen konnte. Montrovant ignorierte sie vollkommen. Er war mehr als vorsichtig, als er sich der Stadt näherte.

Es war notwendig, ihre Anwesenheit so geheim wie möglich zu halten. Er hatte wenig Angst vor den Bewohnern Grenobles, es sei denn, er wäre achtlos gewesen, aber es gab keinen Grund, Gerüchte über sonderbare Vorfälle in die Welt zu setzen, bevor sie die Grenzen der Stadt überschritten. Grenoble war keine kleine Stadt, und es war sicher, daß einige Kainiten sie ihr eigen nannten. Le Duc wußte nichts von ihnen, aber Montrovant war lieber vorsichtig. Le Duc war schon lange bewußt geworden, daß alles, was seinen Erzeuger argwöhnisch machte, eines genauen Blickes würdig war, selbst wenn er nicht genau wußte, worum es sich handelte.

Mit den Gasthäusern und Frauen und der Verheißung von Bier hinter der nächsten Ecke stieg auch die Stimmung der anderen. Nichts hatte sich an der Art verändert, wie die Dinge zwischen ihnen und ihrem Herrn liefen. Er behandelte sie, wie er sie immer behandelt hatte, wenn auch etwas ruhiger als sonst, aber dieses Fehlen von Veränderungen war ermutigend. Er hatte ihnen seine Existenz anvertraut und schien diese Entscheidung nicht zu bereuen. Es machte sie stolz auf diesen Mann und brachte sie einander langsam näher, als sie es zuvor gewesen waren.

Ein Gerücht, das sehr zum Vergnügen von Jean unter ihnen kursierte, besagte, Montrovant suche den Gral nur, um daraus Blut zu trinken und so wieder sterblich zu werden, damit er mit ihnen trinken, feiern und einen natürlichen Tod sterben konnte.

Es war eine gute Geschichte, eine, die keine Gefahr in sich barg, die Le Duc voraussehen konnte, daher ignorierte er sie. Wenn er gefragt wurde, sah er dem, der ihn gefragt hatte, nur in die Augen, bis er gezwungen war wegzuschauen, ohne diese Theorie zu bestätigen oder zu widerlegen. Er wußte, daß sein Schweigen gleichbedeutend mit Zustimmung war, aber er war vorsichtig genug, es dabei zu belassen. Das Gerücht konnte nützlich sein, wenn sie eine Parole brauchten, eine Standarte, mit der sie Loyalität hervorrufen konnten, die über die jetzige noch hinausging. Rettet Montrovants Seele! Findet den Gral und macht ihn wieder zu einem Mann unter Menschen... bringt ihn ins Sonnenlicht zurück!

Unter anderen Umständen wäre das lustig gewesen. Montrovant strebte nach sehr vielen Dingen, aber die Rückkehr zur Sterblichkeit war definitiv nicht darunter. Jean selbst hatte über dieses Thema mehr als einmal nachgedacht. Er erinnerte sich, wie es gewesen war, bei Tageslicht in die Schlacht zu reiten, wie die Sonne auf den Rüstungen und Waffen von tausend Mann glänzte. Er dachte an die subtilen Freunden des Fleisches, das süße, heiße Brennen des Weines und das kühle, sich schnell erwärmende Fleisch einer Frau. Nichts in den Jahren seit dem Kuß hatte die Erinnerungen an diese Eindrücke wegwischen können.

Es bedeutete Jean nichts. Wenn man es mit der Jagd, dem Gefühl heißen, roten Blutes, das die Kehle hinunterfloß, verglich, war es schal. Wenn man die Helligkeit des Tages zusammen mit seinen Anstrengungen, dem Schweiß und der mühseligen Arbeit mit dem Spiegel der kühlen Nächte, dem hellen Mondlicht und der Konstitution und Stärke jenseits menschlicher Vorstellungskraft verglich, schnitten sie schlecht ab. Auch wenn die Bilder seines Lebens und der Dinge und Leute, die er zurückgelassen hatte, sich manchmal in seine Träume schlichen, gab es kein Bedauern. Es gab nichts, was sie in die Welt der Menschlichkeit und Sterblichkeit zurückbringen konnte außer dem übertriebenen Versprechen von Rettung und Erlösung, das selbst in den besten Nächten schwer zu glauben war und sicher nichts darstellte, für das man sterben würde. Zumindest nicht mehr.

Nein, Montrovant suchte gewiß nicht danach. Er strebte danach zu herrschen, noch mehr Macht zu bekommen, sich selbst über seine Art aufzuschwingen und sie dazu zu bringen, ihn als überlegen anzuerkennen. Er suchte nach Unterhaltung in allen ihren verschiedenen Formen. Er hatte Eugeinio, seinem eigenen Erzeuger, gesagt, er täte all das nur für seine "Familie", die Lasombra. Jean Le Duc wußte es besser. Sie hatten den Dunklen inzwischen so lange sich selbst überlassen, daß er tatsächlich der Rebell geworden war, der seinen Willen und seine Energie auf Fähigkeiten richtete, die nicht unbedingt Teil seines Blutes waren. Er ging entschlossen seinen eigenen Weg. Verhandelte gleichermaßen mit den Ventrue und den Nosferatu, saß im späten Mondlicht mit den zigeunerblütigen Gangrel. Er kannte keine Familienbande, und wenn er nicht durch ein Blutsband an ihn gefesselt gewesen wäre, hätte er sicher nicht einmal Euginio anerkannt. Le Duc war sich nicht sicher, welche Bindungen ihn mit dem Gral in der Hand überhaupt noch halten konnten.

Inzwischen erreichten sie die Stadt, die keiner von ihnen seit über einhundert Jahren gesehen hatte. Zuviel konnte sich in einer solchen Zeitspanne verändert haben. Die, die einmal die Macht gehabt hatten, selbst unter den Verdammten, waren wahrscheinlich nicht mehr die selben. Und es gab sicher eine Zusammenrottung derer von gleichem Blut; die Mächte in einer Stadt kannten keine Akzeptanz gegenüber Außenseitern. Je älter man als Kainskind wurde – und Montrovant war alt –, desto wertvoller wurden man für die Jüngeren. Frankreich war die Heimat Montrovants und Le Duc,s aber sie waren zu lange fort gewesen, um eine freundliche Begrüßung erwarten zu dürfen.

Sie betraten die engen Straßen der Stadt eine Stunde nach Sonnenuntergang, wobei sie ihre Pferde langsam die Straße entlang führten, die Augen nach rechts und links schweifen ließen und Geschäfte, Wohnhäuser, Märkte und umherhastende Passanten begutachteten. Keiner näherte sich ihnen, aber jeder beobachtete sie. Sie bewegten sich schweigend weiter, bis Montrovant sich einer noch engeren Seitenstraße, fast einer Gasse, zuwandte und sie bis zu ihrem Ende hinunter führte. Die Straße endete an einer glatten Ziegelmauer, wobei eine Gasse nach rechts und eine andere nach links weiterführte. Montrovant lenkte sein Reittier nach links und führte sie in tiefere Schatten, bis sie die Rückseite einer Reihe baufälliger Wohnhäuser erreichten.

Montrovant stieg ab, nahm die Zügel seines Pferdes und band sie an einem Balken fest. Die anderen folgten ihm etwas langsamer, als der Dunkle die hintere Treppe des Gebäudes bestieg, einen Schlüssel aus einer dunklen Falte seines Mantels zog und die Tür nach innen aufdrückte, um dann sogleich aus ihrem Blickfeld zu verschwinden.

Die anderen folgten ihm schnell und warfen sich völlig konsternierte Blicke zu. Sie hatten sich lange auf ein oder zwei Nächte in einem Gasthaus, wie Grenoble sie bot, gefreut. Sie hatten von Frauen, gegrilltem Fleisch und rotem Wein geträumt. Er hatte ihnen Spinnweben und Staub gebracht. Dieses Gebäude hatte offensichtliche seit Jahren niemanden mehr beherbergt.

"Wir machen das hier zu unserer Basis", sagte Montrovant, als sie sich im Inneren zu ihm gesellten. "Ihr könnt Euch bei Tag frei bewegen und den Proviant einkaufen, den Ihr braucht, aber Ihr werdet um jeden Preis absolutes Stillschweigen über unsere Mission bewahren. Überlaßt die Fragen mir und Jean. Ich will, daß es so aussieht, als wären wir eine Gruppe von Rittern, die des Reisens müde und bereit sind, für eine unbestimmte Zeit hier zu wohnen. Wenn wir alles haben, was wir brauchen, werden wir so rasch verschwinden, wie wir gekommen sind. Wenn alles nach meinem Willen geht, wird das schon morgen nacht sein. Ruhig, unauffällig und schnell."

Es folgte ein Moment der Stille, aber keine Beschwerden. Die Gasthäuser würden denoch da sein, und er hatte ihnen nicht verboten, dorthin zu gehen. Stillschweigen war ein kleiner Preis, den sie zu zahlen bereit waren. Nachdem die erste Enttäuschung überwunden war, wurde die Weisheit seiner Entscheidung offensichtlich. Sie waren an dem hintersten Ende einer Straße, wo sie, wenn es überhaupt Bewohner gab, nicht auffallen würden.

Sie sahen sich in dem großen Haus um, stöberten in den Kammern und schattenverhangenen Ecken, fanden etwas Holz, das immer noch hinter der Feuerstelle gestapelt war, die seit Jahren nicht gereinigt worden war, und machten sich daran, ein provisorisches Lager aufzuschlagen. Sie wußten, daß es am besten war, nicht zuviel zu verändern. Alleine der Rauch würde einige Aufmerksamkeit erregen, und der Sinn darin, in diese verlassene kleine Ecke der Stadt zu schlüpfen, war, keine Aufmerksamkeit zu erregen. Trotzdem sagte Montrovant kein Wort, als St. Fond einen Funken schlug und einen kleinen

Haufen Zunder schnell zu einem Feuer anfachte. Er wandte sich zur Tür, Le Duc direkt auf den Fersen, und eilte durch die Straßen.

Jean und Montrovant bewegten sich sehr schnell, nachdem sie die anderen hinter sich gelassen hatten. Le Duc deckte ihren Rücken, indem er die Straßen nach irgend jemandem absuchte, der ihrem Vorbeigehen zuviel Aufmerksamkeit zumaß. Montrovant bewegte sich durch Straßen und Gassen, als wären sie ihm wohlvertraut. Sie erreichten das andere Ende der Stadt, wo er schließlich langsamer wurde und vor den Türen eines riesigen, uralten Gebäudes stehen blieb. Es war einmal ein großartiges Bauwerk gewesen, das vier Straßen in die eine Richtung und zwei in die andere umfaßte. Spätere Tage hatten es einen Großteil seines Ruhmes gekostet. Die unteren Stockwerke waren zu einer katakombenartigen Ansammlung von Tavernen, Verkaufsständen und schattigen Alkoven umgebaut geworden.

Montrovant ließ seinen Blick über die Vorderfront des Gebäudes wandern und trat dann schnell durch eine Tür. Weiches Licht fiel aus dem Inneren, und Feuerschein tanzte fröhlich auf und ab. Schief über der Tür hing an einem verbogenen Nagel ein Schild, auf dem die Worte "Le Flambeau" prangten. Das leise Murmeln von Stimmen gesellte sich zu dem sanften Pochen von Herzschlägen, und beides zusammen verlockte Jean, seinem Erzeuger zu folgen.

Der Geruch von gegrilltem Fleisch und von Rotwein drang zu Jean, aber der von Blut überwog, ließ ihn zu einem Schleier im Hintergrund verschwimmen. Er hörte die Stimmen und konnte einige der Worte ausmachen, aber dieser erste Moment, in dem er in diese wogende Masse von Leben und Wärme eindrang, war immer schwindelerregend für ihn. Jean hatte die frühen Jahre, nachdem Montrovant ihm den Kuß weitergegeben hatte, reisend und einsam verbracht. Er hatte sich nie wirklich an Menschenmengen gewöhnt.

Montrovant bewegte sich schnell vorwärts, und Jean konzentrierte sich, um seinem Erzeuger zu folgen, der sich in den hinteren Teil der Taverne zu einem Tisch in den Schatten bewegte. Dort glitten sie auf Bänke an den gegenüberliegenden Seiten eines rauhen Tisches und lehnten sich an die Wand, um die Aktivitäten im Raum zu beobachten.

Jean hatte keine Vorstellung, wonach sie suchten, also ließ er seine Sinne so weit wie möglich schweifen, da er das Gefühl hatte, daß er das meiste damit erreichen würde, nichts zu übersehen. Er notierte sich in Gedanken jedes Gesicht, versuchte, sich den Klang jeder Stimme zu merken. Das lenkte ihn von seinem wachsenden Hunger ab. Montrovant zeigte keine Anzeichen dieses Kampfes. Seine Augen waren klar und tief und suchten den Raum gezielt ab.

Die Decke war hoch, doch war sie mit Netzen abgehängt, wie man sie auf einem Fischerboot erwartet hätte. Die Lampen waren an der Wand verankert und tauchten den Raum in sanftes, goldenes Licht. Es war überraschend voll für die späte Stunde. Dies war kein reiches Viertel, und die umliegenden Gebäude und Läden zeigten keine so starke Aktivität.

"Warum kommen sie hierher?" fragte Jean leise. "Was ist dies hier für ein Ort?"

Montrovant drehte sich langsam um, während seine Augen noch immer durch die Taverne schweiften. "Es ist ein alter Ort, Jean. Der Rest der Stadt ist vergangen, aber diese Taverne ist ein Überrest der alten Stadt. Schon als die Kreuzritter hier durchkamen, tranken sie hier. Templer waren in den Kellern versteckt und von diesen Mauern aus in Sicherheit gebracht worden, als Philip ihren Orden zerschlug. Ich glaube, selbst wenn der Rest der Stadt zu Staub zerfiele, verhieße dieser Ort noch Licht und Musik."

Jean beobachtete Montrovant vorsichtig, als er zuhörte. Solch poetische Abschweifungen gehörten kaum zu den Gewohnheiten des Dunklen.

"Du kennst diesen Ort also", antwortete Jean prompt.

"Ich bin hier schon oft gewesen. Es ist ein guter Ort, um Geheimnisse zu ergründen, mein Freund. Manchmal findet man hier Geheimnisse, die andere nicht einmal als Geheimnisse erkennen. So viele kommen hier durch, daß es leicht ist, die zu vergessen, die hier bleiben. Die mit scharfen Augen und einem wachen Verstand. Sie sind es, die ich suche. Wenn der Orden der Bitteren Asche durch Grenoble gekommen ist oder nahe der Stadt war, sind die Informationen über ihren Durchzug auch hier angekommen. Darauf kannst du wetten."

Jean sah sich wieder um, dieses Mal suchte er nach der gemütlichsten... größten Gruppe, die nicht zum Reisen oder für die Straße angezogen waren. Irgendwann fand eine der Schankmaiden den Weg zu ihrem Tisch, und Montrovant bestellte Glühwein für sie beide. Die warmen, duftenden Getränke füllten ihre Sinne mit einer verführerischen Hitze, aber das Aroma war so weit von Blut entfernt, daß Jean, der an diese Maskerade weniger gewöhnt war, beinahe schlecht wurde.

"Da", sagte Montrovant schließlich. Er nickte zu einem Mann hin, der sich an die entfernte Wand lehnte hatte und mit seiner Faust einen hohen Krug Bier fest umklammert hielt. Die Augen des Mannes standen nie still, und jedesmal, wenn sein Blick in eine andere Richtung ging, legte er den Kopf zur Seite, als lausche er nach Geräuschen im Wind. "Wenn überhaupt, wird er es wissen. Und wenn nicht, wird er wissen, wer es weiß".

Der Dunkle erhob sich, und Jean folgte ihm. Sie bewegten sich an der Wand des Raumes entlang, die Augen vorsichtig von demjenigen abgewandt, den sie suchten. Als sie sich zum Schanktisch bewegten und ihr Weg sie direkt zu dem Mann führten, hob Montrovant die Augen und erlangte die Aufmerksamkeit des Mannes. Zuerst schien es, als wollte der andere fliehen oder sich abwenden. Sein Fehler war, den Blick zu erwidern.

Sie waren in Sekundenschnelle bei ihm, und Montrovants Arm schlang sich um die Schulter des Mannes wie in einer freundlichen Geste der Kameradschaft.

"Du wirst mit uns kommen", wisperte der Dunkle. Der Mann hatte keine Chance gegen ihn. Er wurde von seinem Posten an der Wand weggezogen, durch die Menge geschoben und zur Tür hinausgeschafft, bevor er auch nur die Chance hatte, sein Bier auszutrinken oder den Krug abzustellen. Keiner nahm Notiz von ihnen, und Augenblicke später waren sie in einer Gasse und hatten ihren neuen Gefährten hart an die Wand gepreßt.

"Ich will nur Informationen", sagte Montrovant mit sicherer, tiefer Stimme. "Du wirst sie mir geben, und dann wirst du als ein sehr viel reicherer Mann zurückgehen und weiter trinken. Die andere Möglichkeit allerdings ist, daß du mich belügst oder Widerstand leistest. In diesem Fall wirst du überhaupt nicht zurückkehren."

Der Mann drehte sich zur Seite und versuchte, sich loszureißen. Montrovant schlug ihn so hart, daß sein Kopf gegen den Stein schlug.

Zitternd wartete der Gefangene mit weit aufgerissenen Augen auf seine Fragen.

”Ich... ich habe nichts getan. Ich kam nur her, um zu trinken, bitte... ”

”Ich zähle auf die Tatsache, mein Freund, daß du sehr oft ‚nur zum trinken herkommst‘”, sagte Montrovant mit einem düsteren Lächeln. ”Jetzt mach’ aber keine Dummheiten mehr. Ich suche nach einer sonderbaren Gruppe von Männern. Sie sollten hier im letzten Monat durchgekommen sein, oder zumindest hier in der Nähe. Vielleicht reisten sie in der Verkleidung von Mönchen, bewegten sich nur bei Nacht und transportierten Fracht in ein oder zwei Wagen.”

Die Augen des Mannes huschten hin und her. Jean sah, wie die Angst, die Sekunden zuvor das Gesichts des Kerls beherrscht hatte, einen Moment lang durch Gier vertrieben wurde, dann wieder durch einen argwöhnischen, schrägen Ausdruck, während er versuchte, Montrovants Augen auszuweichen.

”Ich habe noch nie in meinem Leben eine solche Gruppe gesehen, Herr, aber ich habe vielleicht von einer solchen Sache gehört.”

Der Mann wartete, als erwarte er etwas, und Montrovant schoß plötzlich vorwärts und drückte mit seinem Unterarm die Kehle des Mannes gegen die Mauer. ”Ich habe keine Zeit, deswegen Spiele mit dir zu spielen. Sag mir, was du weißt. Wenn es das ist, was ich brauche, wirst Du belohnt, wenn nicht... ”

Der Mann versuchte zu schlucken, kämpfte gegen die Panik, als ihm die Luft abgeschnitten wurde, und entspannte sich ein wenig, als Montrovant sich zurückzog. Nach einem rauhen, hustenden Keuchen und einem schnellen Reiben der Kehle sprudelte die Geschichte hastig aus ihm hervor.

”Ich war in der Wirtschaft, kümmerte mich wie immer um meine Angelegenheiten und trank ein Bier mit Jean Thomas, dem Sohn des Wirtes, als drei Männer hereinkamen, die aussahen, als sei der Geist Luzifers persönlich ihnen auf den Fersen. Das waren keine ängstlichen Männer.” Die Augen des Mannes verengten sich, als prüfe er, ob Montrovant ihn verstand. ”Sie hatten das Aussehen von Banditen, und ich habe in meinem Leben schon einige von ihnen gesehen.”

”Komm zur Sache”, knirschte Montrovant.

”Gut.” Der Mann räusperte sich, als er erkannte, daß keine Zeit für lange Geschichten war. ”Sie behaupteten, sie seien mit einer kleineren Gruppe unterwegs gewesen, als sie eine kleine, aus der anderen Richtung kommende Karawane trafen, die sich am Rande der Stadt entlang bewegte. Sie sagten, es sei ihnen sonderbar erschienen, daß eine solche Gruppe mitten in der Nacht reiste, und sie riefen diese anderen Reisenden an."

Der Mann hielt an dieser Stelle inne, wandte seinen Blick, um auch Jean für einen Moment anzusehen, und fuhr dann fort: "Wenn Ihr mich fragt, dann war die einzige Begrüßung, die sie anboten, die Forderung ihres Goldes. Die hatten nichts gutes vor, soviel ist klar.

Um es kurz zu machen - da sie noch lange Zeit weiter redeten und über Tod und Dämonen brabbelten - sie behaupteten, es sei eine Gruppe von Mönchen gewesen und ihre Gefährten seien getötet worden. Sie hätten nur überlebt, weil sie sich zurückgezogen hatten. Ich persönlich denke, sie waren Feiglinge. Auf jeden Fall maß niemand dem ganzen Bedeutung bei außer mir.

Ich eiß nicht - ich kann mir nicht vorstellen, daß sie sich diese verrückte Geschichte ausgedacht haben. Ich habe sie mir gemerkt, und nun, wo Ihr eine solche reisende Gruppe erwähnt, erinnere ich mich wieder daran. Ich höre eine ganze Menge in dieser Taverne."

"Wo können wir diese Männer finden?" zischte Montrovant. "Die, die das gesehen haben wollen?"

Die Augen des Mannes weiteten sich für einen kurzen Moment, dann erwiderte er den Blick des Dunklen noch einmal und sprach: "Ich kann es nicht genau sagen", hustete er, während er immer noch nach Luft rang, "aber es gibt einen Wald außerhalb der Stadt, wo man Leute wie sie angeblich finden kann. Einen Ort, den man besser meidet."

Montrovant ließ ihn unvermittelt los und zog sich mit einem humorlosen Lächeln zurück.

"Das war genau das, was ich hören mußte." Er griff in seine Robe und zog einen Geldbeutel hervor, um mehrere Münzen abzuzählen und sie in die Hand des Mannes fallen zu lassen. Die letzte hielt er einen Moment lang fest. "Du sagst, du sähest eine Menge Dinge in der Taverne." Montrovants Stimme war sehr kalt... sehr distanziert geworden. "Du hast mich nicht gesehen, auch nicht meinen Begleiter. Nie. Wir haben dir nie Fragen gestellt, und du hast nie geantwortet. Glaube mir, wenn ich dir sage, daß Du, wenn ich herausfinde, daß du diese letzte Informationen vergessen hast, einen sehr langen, langsamen, qualvollen Tod sterben wirst... unter meinen eigenen Händen. Klar?"

Der Mann nickte und keuchte, als Montrovants Arm sich erneut gegen seine Kehle preßte. Der Dunkle ließ die letzte Goldmünze fallen, die von der Hand des Kerls abprallte und mit einem dumpfen Pochen in den Dreck der Gasse fiel.

Der Informant bückte sich sofort nach der Münze, wobei er einen Moment lang in der dunklen Gasse umherkroch und einen leisen Schrei ausstieß, als sich seine Hand um die glatte Oberfläche der Münze schloß.

Als er sich umdrehte, um aufzustehen, fiel ihm der Unterkiefer herunter, und sein Gesicht erbleichte. Er war allein. Es gab kein Zeichen von Montrovant oder Jean, kein Geräusch, das ihr Verschwinden begleitet hätte. Er sah noch einmal auf die Münze und erzitterte. Sie war echt, sehr echt, und die Worte des Dunklen kehrten zurück, spukten in seinem Kopf herum, als er die Wirtschaft auf der Suche nach etwas stärkerem als Bier betrat.

Die beiden Reiter näherten sich der Rückwand der Kathedrale kurz nach Mitternacht, wo sie ihre Pferde abrupt zum Stehen brachten. Noirceuil blieb im Sattel, während er das große Bauwerk fixierte, aber Lacroix glitt mit Leichtigkeit aus dem Sattel und näherte sich ihm. Er war schon oft hier gewesen, und er wußte, daß sein alter Freund, Kardinal Du Pois, sie erwarten würde. Wenn sie ihm ihre Aufwartung machen und entsprechend empfangen werden wollten, dann war es nötig, daß sie zur angemessenen Zeit dort hineingingen.

"Wir sollten die Stadt durchsuchen", sagte Noirceuil barsch. "Wenn wir warten, werden wir wieder zurückfallen."

"Wir haben unsere Befehle, mein Freund", erinnerte Lacroix seinen Partner mit einem ernsten Blick. "Wenn wir einen Tag Verzögerung haben, was macht das schon? Seine Eminenz erwartet uns. Wer weiß, vielleicht haben seine Männer ja etwas erfahren. Du weißt, daß er über das Ziel unserer Mission informiert ist, wenn auch nicht über die... Details?"

Noirceuil nickte abwesend und sprach dann erneut: "Sie sind nicht wie wir für die Suche ausgerüstet. Der Dunkle könnte ihnen durch die Finger schlüpfen, ohne daß sie sein Vorbeiziehen bemerken. Du weißt das genau, Alexis. Ich will nur unsere Mission erfüllen, die Erde vom Bösen zu befreien. Ich brenne darauf, das zu tun, und Verzögerungen wollen mir nicht gefallen."

"Es sind aber notwendige Verzögerungen, Noirceuil", antwortete Lacroix, während er sein Pferd nahe der Mauer festband und die Treppen hinaufstieg, um an der Hintertür zu klopfen. "Ich frage mich manchmal, was mit dir passiert ist, mein Freund. Du verhältst dich, als würde die Hölle sich öffnen und dich in wenigen Stunden verschlucken, und jeder Blutsauger müßte von der Erde getilgt werden, bevor das passiert. Wir haben doch Zeit."

Die Tür öffnete sich schnell, und drei Mönche mit Kapuzen traten heraus und tauschten höfliche Begrüßungen mit Lacroix aus. Noirceuil beobachtete sie lange, als würde er sich einfach umdrehen und wegreiten, dann stieg er zögernd vom Pferd, gab die Zügel an einen der Männer weiter, die danach griffen, und folgte Lacroix in die Kathedrale.

"Wenn er uns entkommt", sagte Noirceuil mit sehr leiser Stimme, als er hinter Lacroix zur Tür ging, "ist das dir anzulasten."

Das Echo dieser Worte folgte ihnen durch den gewölbten Gang, und Lacroix ließ sie verhallen, so daß nur ihre Schritte die Stille durchbrachen. Er konnte die brennende Intensität der Augen seines Partners spüren, und zum ersten Mal, seit er diesen Mann kannte, spürte er einen Hauch von Angst. Schaudernd bewegte er sich tiefer in die Schatten.

NEUN

Abraham näherte sich Grenoble sehr argwöhnisch. Er wußte, daß es für eine Gruppe von der Größe von der Montrovants schwierig wäre, sich in der Stadt zu verstecken, aber die zwei Agenten der Kirche waren eine ganz andere Geschichte. Wenn sie aus Rom kamen, dann wußten sie vielleicht von Abraham, und dem Blick des Verdammten, Noirceuil, nach zu urteilen, würde es keine Rolle spielen, ob Abraham im Auftrag der Kirche unterwegs war oder nicht. Wenn sie aufeinandertrafen, würde einer danach nicht mehr weggehen.

Er blieb in den Schatten, benutzte die Straßen nur, wenn es notwendig war, und schlich sich auf einer der Nebenstraßen in die Stadt. Er hatte Grenoble vor vielen Jahren schon einmal besucht. Er wußte, an welcher Seite sich die Kathedrale befand, und betrat die Stadt von der anderen. Er hatte seine eigenen Empfehlungsschreiben aus Rom, aber Noirceuil und Lacroix hatten seine Perspektive bezüglich deren Wert geändert. Es schien, als sei Abraham auf sich allein gestellt, und zwar noch mehr, als er gedacht hatte.

Es war möglich, daß Bischof Santorini nicht einmal mehr lebte. Der Bischof war nach Montrovants Verschwinden in Ungnade gefallen, und wenn der Kirche irgendwie zu Ohren gekommen war, daß er einen weiteren Verdammten angeheuert hatte, bei der Jagd zu helfen, dann konnte das für die ehrenwerten Kardinäle zuviel gewesen sein. Und sie hätten sicher kein Problem damit, einen der ihren zu exekutieren, um ihre Geheimnisse zu schützen.

Abraham hätte auf seinem Weg eine Botschaft vorfinden sollen, irgend etwas, das seiner Sache dienlich war, aber er hatte inzwischen entschieden, daß er auch ohne auskommen würde - und Santorini ohne seine Antwort. Er würde Montrovant auf eigene Faust finden und tun, was er konnte, aber er würde nicht riskieren, von denen vernichtet zu werden, die ihn geschickt hatten.

Bis zu der Nacht auf dem Berg war der einzige, der Angst in Abrahams Herz zu säen vermochte, Montrovant gewesen. Noirceuil hatte diese Zahl locker verdoppelt.

Er schlich in die Einmündung einer Gasse und galoppierte die leere Straße hinunter. Es war noch recht früh am Abend, Familien saßen zu Hause und aßen, der Tag war vorbei und es war immer noch früh für die, die nachts auf den Straßen und in den Tavernen umherspukten. Er mußte sicher sein, daß er eine sichere Zuflucht vor dem kommenden Tag haben würde, bevor er mit der Suche beginnen konnte. Es war immer dasselbe und besonders schwierig in einer so großen Stadt wie Grenoble. Er wußte, daß er einfach aus der Stadt reiten und mit der Erde verschmelzen konnte, aber er würde dabei sicher sein Pferd verlieren, außer, wenn er es in einen Stall brachte und zu Fuß ging. Die Stadt war kein Platz für einen Vampir, der weit von allem vertrauten entfernt war, um unangekündigt herumzuwandern, und das war eine weitere Verzögerung.

Der Dunkle war kein Narr. Wenn er nach Grenoble gekommen war, dann hatte er einen bestimmten Plan im Kopf und würde nicht viel Zeit verlieren. Montrovant hatte seine eigenen Ziele, und die ließen ihm nicht viel Zeit, in den Straßen der Stadt umherzuwandern. Ohne auf die Rückzugsmöglichkeit der Kathedrale zählen zu können, das wußte Abraham, würde er wertvolle Zeit verschwenden. Er bewegte sich schnell durchs Zentrum auf einen älteren Teil der Stadt zu. Nahe dem Stadtrand waren die Gebäude in einem schlechten Zustand. Es gab verlassene Häuser, andere, die ausgebrannt waren, sogar eine Kirche, deren Holztüren lose baumelten. Der Ort war zerstört und geplündert worden und wurde nun dem Verfall überlassen.

Dahinter befand sich ein kleiner Friedhof mit Kapelle. Abraham näherte sich, überlegte... aber er sah einige dunkle, umherstreifende Gestalten, gerade eben außerhalb seines Sichtfelds, und entschied sich dagegen. Es waren andere Kainskinder hier. Er konnte sie spüren und wußte, daß sie seine Anwesenheit ebenfalls gespürt hatten. Sie warteten, um zu sehen, ob er in ihr Territorium eindringen würde, und er hatte keine Zeit für eine solche Konfrontation. Sie mochten ihm Zuflucht anbieten oder ihn wegzerren und wegen seiner eigenen Stärke aussaugen. Er bewegte sich näher an den Stadtrand und fand, wonach er gesucht hatte.

Ein altes Haus, die Fensterläden schon lange verrottet, die Fenster offen und ausgebrannt, aber mit einem Stall, der immer noch stand. Es gab kein Anzeichen, daß irgend jemand seit Jahren seinen Fuß auf dieses Grundstück gesetzt hatte, aber irgendwie war der Stall intakt. Er würde ausreichen, um sein Pferd zu verstecken. Als er sich dem Stall näherte, fiel sein Blick auf eine weitere angenehme Überraschung.

Es gab eine verrottete Holztür, die ins Fundament des zerstörten Hauses eingelassen war und nach unten führte. Ein alter Weinkeller. Perfekt, falls die Tür nicht in seinen Händen zu Staub zerfiel. Er würde vielleicht doch nicht in der Erde übertagen müssen.

Er öffnete die Tür zum Stall, um einen Blick hineinzuwerfen, die Wände und den Boden zu inspizieren und nach Anzeichen dafür zu suchen, daß jemand in letzter Zeit hier gewohnt hatte. Er fand nichts. Der Stall war leer, staubig und stank nach Katzen. Doch das würde seinem Pferd für einen Tag nichts ausmachen. Er konnte ihm ja Futter und Wasser zurücklassen. Das Tier war gut trainiert... es würde ihn nicht verraten, und wenn es das tat, dann gäbe es immer noch keinen Grund, in dem Keller zu suchen.

Er machte auch noch einen schnellen Rundgang durch diesen feuchten Raum. Es gab dort unten einen Tisch, der immer noch robust war, und auch wenn er glitschig von Schimmel und sehr alt war, würde er problemlos sein Gewicht tragen. Ratten starrten ihn aus kleinen Nischen an, in denen einmal der Wein gelegen hatte, und Ungeziefer krabbelte am Rand der Wände entlang. Es gab keinen Riß im Holz der Tür. Kein Licht würde eindringen, und wenn durch einen dummen Zufall die Türen geöffnet würden, wäre er weit genug drinnen, daß das direkte Sonnenlicht ihn nie erreichen würde.

Es würde reichen. Er ließ den größten Teil seiner Sachen im Keller und kehrte zu seinem Pferd zurück, um sich wieder der Stadt zuzuwenden. Es war nun später, und Lichter und Geräusche drangen von den Plätzen und Tavernen heran. Er roch den Duft frischen, roten Blutes und stellte sehr plötzlich fest, wie lange er tatsächlich nicht getrunken hatte. Viel zu lange.

Jetzt, wo er wieder unter Sterblichen war, zu nahe, um sich unter Kontrolle zu haben, trieb ihn der Durst fast in den Wahnsinn. Er witterte plötzlich ganz nah einen Geruch, dann drangen Geräusche zu ihm. Eine tiefe Stimme ertönte. Das knirschende Geräusch einer Klinge, die gezogen wurde... ein Dolch. Dann gedämpfte Schreie. Abraham glitt rasch von seinem Reittier, um schnell zu einem der Pfähle zu eilen, die am Rande der Straße standen, und an der nächsten Wand entlang in die Gasse zu schlüpfen.

Dort angekommen erblickte Abraham zwei Gestalten, eine große und eine schlanke. Er schlüpfte in den Eingang der Gasse, und die Szene wurde deutlicher. Ein großer, bärtiger Mann stand einer jungen Frau gegenüber. Sie drückte sich mit dem Rücken an die Wand, und auch wenn er zwei Köpfe größer war als sie, war ein feuriges Glitzern in den Augen des Mädchens. Sie hatte eine sehr kleine Klinge fest in einer Hand, und auch wenn er lachte, stand ihr Angreifer doch vorsichtig da, wobei sein eigener Dolch hell in einem kleinen Flecken von Mondlicht, das zwischen den Gebäuden durchfiel, glitzerte.

Keiner von beiden hörte Abraham, als er sich ihnen näherte. Er trat näher heran, der Duft ihres Blutes brannte in ihm... beherrschte seine Gedanken, als er ein paar Augenblicke um seine Kontrolle kämpfte.

"Komm schon", knirschte der Mann. "Du wirst Pierre mögen."

Das Mädchen sagte kein Wort, aber ihr Gesichtsausdruck sprach Bände. Kein Zeichen von Aufgabe verunstaltete die Schönheit ihrer Züge, und ihre Muskeln waren zum Sprung gespannt. Sie blickte die Gasse entlang und sah zu, wie der große Mann dummerweise seinen Blick ihrem eigenen an der Wand entlang folgen ließ. In diesem Augenblick bewegte sie sich plötzlich. Ihre Klinge schoß in einem schnellen Bogen vor, schnitt durch die Kniekehle des Mannes und ließ ihn sofort umfallen, was einen Wutschrei aus seiner Kehle entfahren ließ. Er war betrunken, und es war möglicherweise die Schmerzunempfindlichkeit, die ihm der Alkohol eingebracht hatte, die es ihm überhaupt erlaubte, zu reagieren.

Sein massiger Arm schwang vor, packte sie am Knöchel und ließ sie vorwärts stolpern. Er packte sie mit einer Pranke von Hand an der Hüfte und zog sie mit einem Brüllen zu sich. Sie hob die Klinge, aber er fing ihren Arm mit Leichtigkeit ab.

Es war nun an Abraham, sich zu bewegen. Er glitt ohne einen weiteren Gedanken aus den Schatten und griff die Hand des Mannes, bevor dieser den Arm des Mädchens brechen konnte. Abraham verdrehte ihm den Arm, und der Mann ließ sie los, wimmernd vor plötzlichem Schmerz, um dann in wilder Wut auf seinen neuen Gegner einschlagend.

"Du hast dich in den falschen Kampf eingemischt, mein Freund", knirschte Pierre. "Ich werde dich jetzt töten, und dann werde ich diese kleine Herumtreiberin für das töten, was sie mir angetan hat."

Da lachte Abraham, ein leeres, verlorenes, hungriges Lachen, das durch die Gasse hallte und das Mädchen sich an der Wand zusammenkauern ließ.

"Du wirst nichts töten, nie mehr", sagte Abraham ruhig. "Du wirst betteln und du wirst sterben, und du wirst nicht einmal einen ehrenwerten Tod sterben, weil jemand, der eine junge Frau angreift, keine Ehre verdient."

Während er sprach, verdrehte Abraham den Arm, den er gepackt hatte, langsam weiter, und spürte, wie er nachgab und die Knochen brachen. Pierre brabbelte vor sich hin, dann schrie er vor Schmerz auf, und Abraham trat dem Mann ins Gesicht und preßte seinen Kopf in den Kehricht der Straße, um das Geräusch zu ersticken. Dann stieg der Hunger in ihm auf, und er konnte ihn nicht länger unterdrücken. Mit einem Brüllen, das mehr an ein Tier als an einen Menschen erinnerte, stürzte er sich auf den hilflosen Pierre, heftete sich an die Kehle des Mannes und versenkte seine Fänge tief in dessen Hals.

Er hielt den größeren Mann mit Leichtigkeit... hob ihn hoch und verfiel dem Hunger... dem Genuß... fühlte die Wärme und Stärke, die ihn durchfloß. Er trank schnell, ohne auf seine Umgebung oder das Mädchen zu achten. Es dauerte, bis er zurück stolperte, Pierres fast leblosen Körper in den Schmutz der Gasse fallenließ, bis er sich überhaupt an sie erinnerte, und das auch nur, weil sie nach Luft schnappte.

Er wirbelte zu ihr herum. Sie stand sehr still mit dem Rücken zur Steinwand, wie er sie zuerst gesehen hatte, aber jetzt war sie verängstigt, zitterte wie Espenlaub und war bereit, die Gasse hinunterzustürzen und um ihr Leben zu laufen. Nur der kombinierte Schock von Pierres Attacke und dem Schrecken, den sie gerade mitangesehen hatte, hielt sie fest an ihrem Platz. Etwas in Abraham brachte seinen Verstand wieder zu plötzlicher Schärfe zurück, und es gelang ihm, zu sprechen.

"Warte", sagte er. "Warte, geh nicht."

Sie wäre beinahe losgerannt, aber er hatte ihren Blick auf sich gezogen und sie blieb, hilflos an die Wand gepreßt.

"Bitte", gelang es ihr zu keuchen. "Oh bitte... "

Er trat näher heran, während er mit dem Ärmel über seine Lippen wischte und versuchte, seine Nerven zu beruhigen. Er redete wieder beruhigend auf sie ein:

"Es ist alles in Ordnung, Kleine. Er hatte es verdient. Es tut mir leid, daß du es sehen mußtest, aber du trauerst sicher nicht um Pierre?"

Sie schüttelte langsam den Kopf, aber Abraham wußte nicht, ob sie damit die Trauer verneinte oder das, was sie gesehen hatte. Er trat noch näher an sie heran. Er wußte, er mußte sie entweder beruhigen oder töten. Er durfte nicht zulassen, daß solche Gerüchte sich verbreiteten, wenn er sein Ziel erreichen wollte.

Er blieb kurz stehen, bevor er sie berührte, und betrachtete sie still. "Es tut mir leid, dich erschreckt zu haben, aber ich versichere dir, daß du von mir nichts zu befürchten hast. Wie ist dein Name, Kleine?"

Ihre Augen weiteten sich für einen Augenblick, dann kehrte ein wenig von der Härte, die er bemerkte hatte, als sie sich gegen Pierre gestellt hatte, zurück. Sie räusperte sich und schaffte zu sagen: "Fleurette, Monsieur."

Abraham lächelte sie an. "Kleine Blume... eine sehr tödlich Blüte, wie es scheint. Bei einer anderen Gelegenheit wärst du von deinem Freund dort drüben weggekommen", er deutete auf das, was von Pierre übrig war, "ohne meine Hilfe."

Sie antwortete nicht, sondern beobachtete ihn nur argwöhnisch, als wäre sie bereit, sich umzudrehen und wegzurennen. Er entschied, der direkte Ansatz sei der einzige, für den er Zeit hatte.

"Du hast nicht gesehen, was du gerade gesehen hast", erzählte er ihr nüchtern. "Du bist in einen Kampf geraten, du hast Pierre getötet, falls dich jemand fragt. Du hast mich niemals gesehen."

Sie schüttelte den Kopf, ein beinahe dickköpfiges Leuchten drang in ihre Augen. "Was hast du getan?" fragte sie plötzlich. "Wie konntest du ihn so einfach töten? Du hast ihm den Arm gebrochen. Ich habe dich gesehen. Du hast ihm den Arm gebrochen und sein Blut getrunken. Du bist Vampir... "

Er nickte zustimmend. "Ja... und du hast mich niemals gesehen. Du glaubst nicht einmal an mich. Pierre war betrunken, langsam und hat sich das falsche Mädchen ausgesucht, um es in einer Gasse anzugreifen. Ich habe heute Nacht noch anderes zu erledigen, muß andere finden. Ich kann dich nicht gehen und die Stadt vor ‚dem Vampir' warnen lassen, deshalb sage ich es dir ein letztes Mal. Du hast mich niemals gesehen."

"Ich werde es dir beweisen", sagte sie sanft. "Wenn es irgendetwas in Grenoble zu finden gibt, dann kann Fleurette es schneller finden als du." Ihr Blick glitt an ihn auf und ab, und ihre Augen funkelten. Sie fürchtete ihn noch, aber diese Angst machte schnell etwas anderem Platz... Verwegenheit? Oder Neugier?

"Ich würde dadurch nur langsamer", begann er.

"Du wirst ohne mich langsam sein", gab sie zurück, bevor er ausgesprochen hatte. "Fleurette kennt jede Taverne, jede Gasse in Grenoble. Sag mir, was du suchst." Sie verstummte kurz und suchte dann noch einmal seinen Blick. "Du hast mir das Leben gerettet. Laß mich dir helfen."

Er betrachtete sie noch einen Moment länger und stellte dann fest, daß er ihr entweder erlauben mußte, ihn zu führen, oder sie töten mußte. Außerdem erkannte er, daß sie recht hatte. Sie würde besser wissen, wo in Grenoble er Montrovant oder seine Leute finden könnte.

"Gut, kleine Blume", sagte er und ließ seine Hand sehr, sehr schnell hervorschnellen, so schnell, daß sie der Bewegung weder folgen noch sie aufhalten konnte. Er ließ die Fingernägel zärtlich über ihre Wange gleiten. "Aber enttäusche mich nicht. Ich habe eine sehr wichtige Aufgabe zu erledigen, und ich verspreche, daß du nichts zu befürchten hast, wenn du mir dabei hilfst."

"Ich werde dir helfen, weil du mein Leben gerettet hast", sagte sie, wobei sie sich einen Augenblick lang von seiner Berührung zurückzog, sich dann aber wieder gegen ihn lehnte. "Ich werde dich nicht verraten. Fleurette steht stets zu ihrem Wort."

Er nickte erneut. Dann gab er ihr so schnell er konnte eine Beschreibung Montrovants. Er hatte nur die vagsten Beschreibungen der anderen, aber die Züge Montrovants waren in seine Erinnerung eingebrannt. Er konnte sie nicht loswerden, selbst wenn er es versucht hätte.

Fleurette hörte aufmerksam zu und nickte dann. "Und er wird nach Informationen suchen?" fragte sie. Ihr Gesicht wurde für einen Moment gedankenverloren, dann drehte sie sich sehr ernst zu ihm um. "Ist er wie du, dieser Montrovant? Ist er ein Vampir?"

Abraham nickte zustimmend. "Montrovant ist alt... viel älter als ich."

Ihr Lächeln wurde noch breiter. "Dann würde er zu Orten gehen, an die er sich erinnert... die alten Orte."

Fleurette drehte sich um und verschwand in den Straßen, und Abraham folgte ihr. In der Gasse signalisierte ein letzter Atemzug das Ende Pierres, aber keiner bemerkte seinen Tod. Zumindest nicht sofort.

Auch wenn er Lacroix' Drängen nachgegeben und ihn in die Kathedrale begleitet hatte, hatte Noirceuil nicht vor, in diesen Mauern zu verweilen, bis die Sonne aufging. Er trat ein, stand geduldig daneben, nickte, zeigte die angemessene Ehrerbietung gegenüber dem Kardinal und verschwand so schnell wie möglich. Seine Bedürfnisse in Bezug auf die Quartiere hatte er vor ihrer Ankunft klargemacht. Es kostete ihn nur Augenblicke, einen Diener zu finden und ihm zu befehlen, ihm zu zeigen, wo er während des Tages schlafen würde, und noch weniger Zeit, um einen anderen zu finden, der ihn zu einer Seitentür und in die Straßen dahinter führte.

Noirceuil konnte das Gefühl der Rastlosigkeit nicht abstreifen. Er spürte, daß seine Beute in der Nähe war, der Dunkle und möglicherweise andere. Es war unerträglich, daß Lacroix ihn die ganze Nacht der Jagd hätte verschwenden lassen, während sich ihre Beute hinter ihrem Rücken heimlich davonschlich. Der Mann war schwach und ein Narr dazu. Beides waren Zeichen seiner Sterblichkeit.

Ohne einen Blick zurück zog Noirceuil seine Kapuze ganz über seine dunklen Züge und schlüpfte die Seitenstraße hinunter, wobei er sich beständig zum Zentrum der Stadt hin bewegte. Er war sich nicht sicher, was er suchte, aber er wußte genau, daß er es nicht in der Kathedrale finden würde. Lacroix konnte sich um die sozialen Aspekte ihres Besuchs kümmern. Noirceuil hatte ebensoviel Respekt vor der Kirche wie er, aber noch viel mehr Respekt vor seinen Gegnern.

Das Böse wandelte auf Erden. Er selbst war verdorben... war beschmutzt worden. Es war sein Fluch, und nur die Aufgabe, der unermüdliche Kampf, die Erde von seinesgleichen zu befreien, war es, was ihn einen Moment lang von der Qual befreite. Der Hunger brannte in seinen Adern, aber er kanalisierte den Schmerz, sammelte ihn in seinem Inneren. Er würde heute trinken. Es war so unvermeidlich wie der nahende Sonnenaufgang. Egal, wieviel er betete, egal, wie stark er war. Er würde heute trinken. Noirceuil diente vielen Herren, aber unter ihnen war der Blutdurst der erste.

Das war auch der Grund für seinen Schmerz. Noirceuil wußte, daß er verdammt war. Nichts, was er tun konnte, würde das Leid wiedergutmachen, das er anderen zugefügt hatte. Keine Tat konnte die Ermordung und den Diebstahl des Blutes eines Menschen wiedergutmachen. Es spielte keine Rolle, ob er sich einen Bettler oder einen König aussuchte. Es waren Menschenleben, und er war gezwungen, sie zu nehmen, wieder und wieder. Jedesmal, wenn er es tat, starb ein weiterer Teil von dem, was er gewesen war.

Die Stadt wandte ihm ihr Nachtgesicht zu. Es gab Menschen, für die es nicht angenehm oder sicher war, sich bei Tag zu bewegen und die bei Anbruch der Nacht aus ihren Ritzen hervorkrochen. Sie säumten die Straßen, lehnten sich gegen die tristen, verschatteten Türen, sammelten sich in den Eingängen der Tavernen und anderer dunkler Häuser.

Die Geschäfte waren längst geschlossen. Die Familien, Kinder und gut gekleideten Frauen waren in ihren Betten oder in denen anderer. Noirceuil schlich unbemerkt durch die Straßen Grenobles. Er sprach mit niemandem, und die meisten sahen nicht einmal sein Vorbeigehen, oder wenn, dann sahen ihn Wege gehen, die er nicht wirklich ging, in Gassen einbiegen, die er ignorierte. Seine Erscheinung war vage, in einem Moment dort, dann drehte er sich anscheinend weg... und doch bewegte er sich auf geradem Weg.

Er war nahe genug an der Hauptstraße, um die Gefahr eines Angriffs gering zu halten, aber weit genug in den Schatten, um dem Verkehr des Nachtvolks auszuweichen. Er mied den Lärm der Tavernen und wandte sich vom Rummel der Bordelle ab. Sie würden ihm nicht das bieten, was er suchte. Er bewegte sich weiter, wobei er bemerkte, daß die Gebäude beständig älter, verfallener und verrotteter, die Geräusche und Bewegungen derer, die wach und am Leben waren, hingegen spär licher wurden.

Der Geruch von Blut traf ihn ziemlich plötzlich, und er blieb stehen, torkelte, kämpfte gegen die plötzliche Woge des Hungers, schalt sich einen Narren, so lange ohne zu trinken gewartet zu haben, wo er jetzt von einem Überfluß an Menschlichkeit umgeben war. Er beruhigte sich langsam, kämpfte gegen den Wahnsinn an... unterdrückte ihn. Er wollte ihm auf keinen Fall nachgeben.

Langsam beruhigte er sich. Er folgte dem Blutgeruch nicht, noch nicht. Er war alt, kühlte schon ab, und auch wenn es gereicht hätte, war es nicht, was er brauchte. Es konnte die Spur sein, die er suchte, aber er mußte trinken, ehe er ihr folgen konnte. Mit einem plötzlichen Sprung war er auf dem ersten Absatz des nächsten Gebäudes, ohne nachzuschauen, ob jemand sein Vorbeigehen bemerkt haben könnte, und eine zweite schnelle Bewegung trug ihn über den First des Dachs. Er bewegte sich so schnell, daß jemand, der ihn gesehen hätte, ihn für eine Illusion gehalten hätte, in der einen Sekunde da und in der nächsten verschwunden, um auf dem Dach des nächsten Gebäudes wieder aufzutauchen.

Noirceuil ging nicht weit. Dies waren alte Gebäude, verfallen, aber immer noch bewohnt, und es dauerte nicht lange, bis er gefunden hatte, was er suchte, einen Balkon, gerade unter dem Dach, und eine alte Frau, allein, die auf ihrem Stuhl saß und die leeren Straßen unter sich beobachtete. Sie sah nicht auf, als er sich näherte, und er beobachtete sie für einen Moment, als der alte Krieg erneut in seinem Herz entbrannte, in seinen Adern wütete und im Feuer seines Hungers schmolz.

Noirceuil horchte vorsichtig, beruhigte seine Sinne. Es gab keine Bewegung drunten, kein Zeichen, daß andere in dem kleinen Raum waren, an den der Balkon angrenzte. Sie war allein, oder falls nicht, so schliefen die anderen.

Noirceuil zögerte nicht länger. Es war ein Leben, aber wenn sie eine gute Frau gewesen war, würde sie das ewigen Leben haben, ein Geschenk, das ihm für immer verwehrt war. Wenn nicht, dann war wenig von ihrer Lebenszeit übrig, um das auszugleichen, und in jedem Fall mußte seine Arbeit weitergehen. Es gab niemand anderen, an den sich die Kirche wenden konnte, keinen anderen, der überleben konnte, der wie er die blutsaugenden Dämonen jagen und verurteilen konnte. Es war ein Leben, ein altes Leben, das dem Ende entgegenging.

Noirceuil ließ sich mit der Leichtigkeit eines fallenden Zweigs auf den Balkon hinabgleiten, und obwohl er nicht sprach, sah er, wie sie sich versteifte. Die Frau drehte sich nicht um, aber er hörte ihr Herz schneller schlagen und wußte, daß sie seine Anwesenheit und seine Annäherung bemerkt hatte. Trotzdem zögerte er nicht - es gab nichts, was sie tun konnte.

"So", sagte die Frau, die immer noch auf die Straße unter sich blickte. Die Stimme zitterte leicht, war aber sonst stark. "Es ist also wahr. Ihr kommt in der Nacht zu mir, wie ein Schatten, der mich aus der Welt des Schmerzes errettet. Ich habe lange auf Euch gewartet, Monsieur."

Er verstand sie nicht sofort, aber er verlangsamte seine Schritte und hörte zu.

"Ich werde Euch jetzt noch nicht anschauen", sagte sie, während sie sanft in ihrem Stuhl wippte. "Ich weiß, daß dies der Augenblick meines Endes ist, und auch wenn ich darauf vorbereitet bin, werde ich mich nicht in Eure Arme stürzen, selbst dann nicht, wenn es das Versprechen einer besseren Welt gibt. Ich werden den letzte Augenblick genießen, Herr, ihn wie Wein vom Markt trinken, sanft, süß, warm, und ich werde Eure kalte Berührung an meiner Schulter erwarten."

Da verstand Noirceuil. Sie hatte ihn tatsächlich erkannt, auch wenn ihr Verstand ein romantischeres Bild heraufbeschwor, als die Wirklichkeit es bieten würde. Er war ihr Tod. Sie erkannte ihn als ihren Todesengel, und es war ein bittersüßer Moment. Ein Engel... der einzige Engel, den er je kennen würde, der einzige Ruhm, den er erreichen würde. Nur wenn er den Tod brachte, war er erfahren und rein.

Er näherte sich ihr weiter, aber zögerte dann. "Alte Mutter", sagte er, und dachte dabei an ihre Kinder, "jeder lebt nur für eine bestimmte Zeit. Deine ist vorbei, und doch wirst du deinem Herrn dienen und solltest froh sein."

Sie drehte sich aufgrund des plötzlichen Geräuschs seiner Stimme beinahe um, verharrte dann aber mit einem Schaudern. "Ich werde wegen der Tage voller Sonnenlicht froh sein und wegen der Stimme meiner Tochter. Ich werde mich mit Stolz an die Dinge erinnern, die ich getan habe und an die, denen ich geholfen habe, und denen, die mir Schaden zugefügt haben, werde ich Vergebung schenken. Ich bin nicht froh über den Tod, bis ich die andere Seite erreiche und die Wahrheit der Verheißung erkenne."

Er beobachtete sie noch einen Moment, dann kochte der Hunger plötzlich in ihm hoch, genährt von der Erinnerung an die Verheißung. Es war ein Versprechen, das ihm als Junge gemacht worden war, als Junge, der jeden Sonntag die Kerzen auf dem Altar der Kirche angezündet und mit goldener Stimme Hymnen gesungen hatte. Eine Verheißung, die ihm auf grausame Weise entrissen und durch einen Fluch ersetzt worden war.

Er stürzte sich auf sie, packte ihr faltiges Fleisch, schlug die Fänge hinein, tief hinein, und seine Händen drückten sie nach vorn, um sie still zu halten. Sie schrie einmal leise auf und war dann still, zitterte gegen seinen Körper gepreßt, schob sich dann weg und griff nach dem verdammten, dunklen Licht, daß ihn vor so langer Zeit gerufen und aufgenommen hatte. Er spürte, wie es sie verführte, fühlte, wie es sie von ihm wegriß, während er noch das Leben aus ihren Adern sog. Er schrie auf, riß sich abrupt los und ließ sie gegen die niedrige Brüstung des Balkons fallen. Mit einer schnellen Bewegung aus dem Handgelenk warf er sie darüber und sah, wie sie der Straße unten entgegen taumelte, um das zu beenden, was er angefangen hatte.

Er würde den Kuß niemals weitergeben. Er würde den Fluch nie weitergeben, sondern seine Existenz darauf verwenden, ihm ein Ende zu machen. Während er sich von dem Balkon wegdrehte und die Gedanken an die sonderbare alte Frau und ihre Worte aus seinem Gedächtnis verdrängte, kletterte er schnell auf das Dach zurück und ging den Weg, den er gekommen war, zurück, wobei er sich das Blut von den Lippen wischte.

Er ließ sich zurück auf die Straße fallen, sah in beide Richtungen und erspähte niemanden. Der Geruch des Blutes war immer noch vorhanden, aber schwächer. Er war unterdessen völlig abgekühlt. Es war kein Leben mehr darin, kein Wille, der das Blut bewegte.

Er fand die Öffnung einer Gasse und schlüpfte hinein. Der Haufen Fleisch, der einmal Pierre gewesen war, zog sofort seinen Blick auf sich, und er trat näher, um den Körper mit einem Stiefel auf den Rükken zu drehen. Es gab keine Bißspuren, aber er hatte die Wahrheit bereits erkannt.

Mit einer raschen Drehung seines Kopfes ließ er seine Augen die Gasse absuchen, sein Blick glitt über die Wände und den Boden auf der Suche nach etwas, das ihn zu dem führen konnte, der diesen Körper ausgesaugt hatte. Es gab nichts außer einem schwachen Kribbeln tief in seinem Kopf. Er schlüpfte auf die Straße zurück, verschwand und bewegte sich auf die nächsten Lichter zu. Als er sich der ersten Ecke näherte, blieb er plötzlich stehen.

Ein einzelner hellroter Tropfen glänzte auf der Straße zu seinen Füßen. Er lehnte sich vor, nahm den Tropfen mit der Spitze eines Fingernagels auf und brachte ihn an seine Lippen. Es war das gleiche Blut. Er bewegte sich die Straße schneller entlang und folgte dem Geruch des Todes. Es waren noch einige Stunden der Nacht übrig, und die Jagd ging weiter.

ZEHN

Die Tür der Taverne stand einladend offen, und Fleurette drängte Abraham ohne zu zögern hindurch, drehte sich zur Seite und bahnte sich mit den Ellbogen den Weg durch die Menge wie ein betrunkener Soldat. Unglaublicherweise machte man ihr Platz, als sie drängelte und schubste, und Abraham bemerkte amüsierte und respektvollen Blicke derer, die sie anrempelte. Offensichtlich hatte seine "kleine Blume" einen gewissen Ruf zu verlieren. Mehr als einmal traf er auf einen Blick, der grün vor Eifersucht war, und lächelte trotz seiner Situation und der Umstände.

Sie schoben sich durch zum Schanktisch, und Fleurette orderte für sie beide Wein, wobei sie ihm seinen gab, ohne Anstalten zu machen, ihn zu bezahlen. Der Wirt stand da, betrachtete sie, und Abraham griff in seinen Geldbeutel, zog eine Münze hervor und ließ sie auf den Schanktisch fallen. Er nahm den Wein, den man ihm anbot, wobei er den Becher gedankenverloren festhielt, und sah sich neugierig im Inneren der Taverne um.

"Warum hier?" fragte er schließlich. "Es muß tausend Tavernen in Grenoble geben. Was läßt dich denken, er käme hierher?"

"Wenn sie hinter Informationen her sind", antwortete sie, "ist dies der Ort. Dein Montrovant wird das wissen, wenn er je in Grenoble war."

Dann erblickte sie jemanden, und Abraham sah, daß sie sich leicht versteifte. Sie lehnte sich zu ihm herüber, nahm seinen Arm und gab ihm ein Zeichen, wobei sie ihre Hand nahe am Körper hielt, um diese Geste zu verstecken. Sie zeigte auf einen verschlagenen, dunklen Mann, der an einer Wand lehnte. Der Mann hatte einen Krug Bier in der Hand und beobachtete still alles, was in der Taverne passierte. Er sprach nicht mit den Umstehenden, sondern zog es vor, mit der Wand zu verschmelzen und zu beobachten.

"Der da wird es wissen, wenn dein Freund hier gewesen ist", sagte sie leise, "aber es wird nicht billig sein."

Abraham beobachtete den Mann für einen Moment, dann nickte er. "Ich werde draußen warten", sagte er leise, "ich möchte deinen Freund nicht erschrecken. Ich will auch nicht gesehen werden, wie ich Fragen stelle, wenn es geht. Es gibt noch andere außer Montrovant, die hier suchen. Ich würde es vorziehen, so unauffällig wie möglich zu bleiben."

Sie sah ihn an und legte ihre kleine Hand für einen Augenblick gegen seine Brust, dann nickte sie kurz und wollte ihm entschlüpfen. Abraham starrte auf den Becher Wein in seiner Hand und griff dann nach ihr, um sie aufzuhalten. Er tauschte ihre Becher mit einem Lächeln, als er sah, daß ihrer halb leer war.

"Kein Grund, etwas zu verschwenden", sagte er ruhig. Ihre Augen weiteten sich für einen Moment, dann nahm sie den Becher und wandte sich ab. Abraham bewegte sich zur Tür, wobei er ihr halb leeres Getränk auf einem Tisch, an dem er vorbeikam, stehenließ, und trat auf die Straße hinaus. Keiner nahm von seinem Gehen Notiz.

Er trat durch die Tür und auf die Straße, wobei er nach links und rechts blickte und dann eine Gasse eine halbe Häuserzeile entfernt zu seiner rechten auswählte. Dort gab es etwas, das wie zwei verlassene Marktbuden aussah, die den Eingang zu dieser Gasse säumten. Sie würden ihm Abgeschiedenheit und Ruhe garantieren.

Er stand am Rande der Gasse, während er wartete und die Tür beobachtete. Es dauerte nur Augenblicke, bis Fleurette heraustrat, den Mann im Schlepptau, und sie sah ihn sofort. Sie hatte ihren Wein in der Hand, ohne sich darum zu kümmern, den Becher drinnen zu lassen, was ein weiteres Zeichen dafür war, daß sie besser bekannt war, als er vermutet hatte. Der Mann blieb beim Anblick Abrahams stehen, aber nach einem Schubser und ein paar Worten Fleurettes trat er langsam näher.

Abraham verlor keine Zeit.

"Ich suche eine Gruppe von Männern, Rittern, um genau zu sein", sagte er leise. "Ich glaube, daß sie hier aufgrund einer eigenen Suche vorbeigekommen sein könnten, und es ist sehr wichtig, daß ich sie finde."

Die Augen des Mannes bewegten sich unruhig, aber er sagte nichts.

"Ich bin bereit, für diese Information zu zahlen", sagte Abraham leicht verärgert.

Fleurette schlug dem Mann mit einer Hand auf die Brust.

"Raul, du bringst mich in Verlegenheit. Ich habe diesem Herrn gesagt, daß mit dir zu sprechen seine Zeit wert sei."

Raul blickte auf die Stelle, wo ihr Schlag ihn getroffen hatte, wobei er einen leicht glasigen Blick hatte. Dann roch Abraham das Bier. Nachdem er herangetreten war, packte er Raul am Hemd, zog ihn dann ohne weitere Diskussion in die Öffnung der Gasse zog und rammte ihn gegen eine Mauer unmittelbar außerhalb der Sichtweite der Straße.

"Ich habe heute Nacht keine Geduld", sagte er, "mit denjenigen, die Schnaps mehr als ihr Leben lieben. Wenn du nicht willst, daß ich dich dazu zähle und dir beides nehme, wirst du meine Fragen beantworten, mein Geld nehmen und deiner Weg gehen."

Irgend etwas an der unnatürlichen Stärke von Abrahams Angriff brachte ein panisches Leuchten in die Augen des Mannes. "Nein", flüsterte er. "Nein, sie sind fort."

Abraham starrte Raul an, während sich seine Augen verengten.

"Wer ist fort? Sag es mir, und zwar schnell, oder du wirst nie mehr irgend jemandem irgend etwas erzählen."

"Er war dunkel... sehr dunkel, Monsieur", brabbelte Raul. "Seine Augen, wie Gruben, und sein Gefährte... Sie haben mir gesagt, sie würden zurückkehren, wenn ich über sie spreche."

Abrahams Gedanken überschlugen sich. Raul konnte von niemand anderem als Montrovant sprechen, aber es aus diesem phantasierenden Betrunkenen herauszubekommen konnte mehr erfordern als bloße Androhungen von Gewalt.

"Wenn Du es mir jetzt nicht sagst", sagte Abraham schließlich, "wird es keine Rolle spielen, ob sie zurückkehren. Sie werden eine trockene, verschrumpelte Hülle finden. Keinen Mann, sondern nur eine Hülle, leer... tot... vergessen. Deine Knochen und ein dünner Sack aus Haut werden alles sein, was übrig bleibt. Willst du so deine Tage beenden, Raul, oder möchtest du leben?"

Langsam sickerten die Worte durch. Vielleicht war es der Anblick Fleurettes, die bei diesem neuen Ansatz zurückwich. Ihre Augen glitzerten, und Abraham sah, daß ihre Hand wieder zu der Klinge glitt. Unter anderen Umständen hätte er gelächelt.

Die Augen des Mannes waren wieder unruhig, wie sie es in der Taverne gewesen waren, und suchten nach Fluchtwegen. Das war ein gutes Zeichen. Wenn seine Angst geweckt werden konnte, wie schwer konnte es dann mit seiner Gier sein?

Abraham zog sich ein Stück zurück, zum Teil um Raul wieder Sicherheit zu geben, zum Teil um Fleurette wissen zu lassen, daß er ihren Freund nicht töten wollte. Er griff langsam nach seinem Geldbeutel und zog ihn aus dem Gürtel. Zum ersten Mal, seit er Rom verlassen hatte, war er froh über Santorinis Unterstützung. Wenn schon nichts anderes, so hatte der Bischof ihm doch eine große Menge Geld für seine Unternehmungen gegeben. Er öffnete den Geldbeutel und zog ein Paar Goldmünzen heraus.

"Die sind für deine Kooperation", sagte er sanft.

"Es sind zwei mehr drin, wenn du die Information hast, die ich brauche."

Rauls Augen huschten schnell zwischen Abrahams Augen und dem Gold hin- und her. Er wollte weglaufen. Der Schleier des Alkohols verflog, und die Erinnerungen an die Drohung, die Montrovant in sein Gedächtnis gebrannt hatte, war noch frisch. Er wollte rennen und das Risiko eingehen.

"Wenn du rennst", sagte Abraham leise und nüchtern, "werde ich dich töten."

Raul schluckte und ließ sich dann gegen die Mauer sacken. Er legte seinen Kopf in die Hände und schluchzte leise, dann riß er sich zusammen, um zu sprechen. "Es spielt also keine Rolle", sagte er mit zitternder Stimme. "Vielleicht sind sie ja schon weg. Vielleicht aber auch nicht. Vielleicht stehen sie auf dem Dach über unseren Köpfen. In jedem Fall werde ich sterben."

Er hob seinen Blick, um dem Abrahams zu begegnen, seine Augen waren gehetzt und dunkel. "Sie sind in einen Wald außerhalb der Stadt gegangen, um eine Gruppe Banditen zu suchen, Männer, die das Vorbeiziehen einer anderen Gruppe gesehen haben könnten."

"Der Orden... ", hauchte Abraham.

Raul sah zu ihm auf. "Ich weiß nicht. Ich weiß, was sie gefragt haben und was ich ihnen erzählt habe, vom Vorbeiziehen einer sonderbaren Karawane und von denen, die bei dem Versuch sie auszurauben, starben. Das ist alles."

"Das ist genug", sagte Abraham, drehte sich um und ließ die Münzen in den Dreck fallen, wo Raul nun an die dreckige Wand gelehnt saß. "Sogar mehr als genug." Er wandte sich zum Gehen, aber Fleurette ergriff plötzlich seinen Arm.

"Warte, du willst gehen?"

Er zögerte, drehte sich dann aber zu ihr um, wobei er Raul ignorierte, der sich den Staub abklopfte und um sie herumschlich, um zum Eingang der Gasse zu kommen.

"Ich muß fort. Ich weiß, wohin sie gegangen sind, und muß ihnen folgen, solange die Spur noch warm ist."

Ihre Augen suchten die seinen, und er spürte, wie sich ihr Herzschlag beschleunigte. Er schloß die Augen, während er sicher die Krallen des Hungers zurückhielt, die in ihm aufkamen, dann öffnete er sie wieder und begegnete ihrem Blick... hielt ihn fest.

"Es ist kein Weg für dich, kleine Blume. Du würdest verwelken, verkümmern und möglicherweise sterben, und all das für Dinge, die für dich keine Rolle spielen, sondern nur für mich. Bleib und werde stark. Du hast Freunde, hast ein Leben. Vielleicht werden sich unsere Wege noch einmal kreuzen."

Sie sagte nichts, aber er sah ein feuriges Funkeln in ihrem Auge, den er nicht deuten konnte. Sie antwortete ihm nicht. Kein Nicken, keine Widerworte. Sie sah in seine Augen, machte auf dem Absatz kehrt, näherte sich dem Eingang der Gasse und war verschwunden. Sie war schnell für eine Sterbliche, und das Bild ihrer Augen.... der Duft ihres heißen, pulsierenden Blutes ließ Abraham für einen Moment verwirrt zurück.

Er zuckte die Achseln, wandte sich ab und ging zielstrebig die Straße entlang. Er brauchte keine Ablenkungen, besonders nicht von Sterblichen, zu denen er keinerlei Verbindung hatte. Ihm blieb nur sehr wenig Zeit, um Montrovants Spur zu finden, und vielleicht noch weniger, bevor die des Ordens völlig verschwunden war. Er kannte ihn besser als Montrovant. Er würde das alles gut im Voraus geplant und würden Verfolger erwartet haben. Wenn man das bedachte, war mit einem Trick oder einer Falle in ihrer Nähe mehr als zu rechnen. Es war Geheimhaltung, mit der der Orden sein nahezu mythisches "Mysterium" aufrechterhielt. Was auch immer sein Ziel war, es harrte seiner schon seit Jahren, vielleicht Jahrzehnten, und die Tarnung, die damit verbunden war, würde gut ausgearbeitet sein.

Die Nacht ging schnell zu Ende, die ersten Strahlen des Morgenrots ragten drohend über den Horizont, und Abraham bewegte sich schnell zu dem verlassenen Haus, wo er sein Reittier zurückgelassen hatte. Egal, wie nahe er seinem Ziel war, die Jagd würde diese Nacht nicht weitergehen. Er hatte kaum die Zeit, sein Versteck zu erreichen und sich gegen die Sonne zu schützen.

Montrovant würde auch nicht bei Tage reisen, genauso wenig wie Noirceuil. Für einen Augenblick fragte er sich, wie ein Vampir im Dienste der Kirche arbeiten konnte, ohne seine Verdammnis preiszugeben. Es war eine sonderbare Verbindung, und unterwegs würde es besonders schwer sein, sich zu tarnen.

Er verschob die Fragen auf einen späteren Zeitpunkt, während er sich von Schatten zu Schatten bewegte, bis er den Rand der Stadt erreichte und die Reste des nächtlichen Stadtlebens hinter sich ließ. Es gab keine Geräusche, als er lief, keinen Geruch von Blut, kein Lachen. Er wußte, daß sich das ändern würde, wenn das Tageslicht kam. Die Straßen würden belebt sein, Bauern würden sich auf den Weg zum Markt machen, die, die zu spät oder zu weit von zuhause waren, würden aus der Stadt reisen. Er würde außer Sicht und in Sicherheit sein, bevor das alles begann.

Er sah niemanden, als er sich an der Hauptstraße, die aus der Stadt heraus führte, entlang bewegte, und erreichte das alte Haus ohne Zwischenfälle, schlüpfte in den Stall, um sein Pferd zu überprüfen, das Tier zu streicheln und sicherzustellen, daß ein wenig Futter und etwas Wasser für es bereit standen. Er wollte nicht, daß es sich während des Tages überhitzte oder hungrig wurde und Geräusche machte, die jemanden von der Straße anlocken könnte. Pferdediebstahl war nicht ungewöhnlich, und wenn ihn jemand suchte, was möglich war, da zwei Sterbliche in der Stadt umherliefen, die wußten, wer und was er war, wollte er ihm die Suche nicht noch leichter machen.

Nachdem Abraham das Tier versorgt hatte, schlüpfte er wieder in die Schatten und öffnete die Türen zu dem alten Keller, nachdem er mit einem letzten Blick zufrieden feststellte, daß er allein war. Er duckte sich hinein und zog die Tür fest über sich zu, dann ging er die Stufen in den feuchte, düstere Innere des Keller hinunter und legte sich auf den Tisch, um das Kommen und Gehen des Tages zu erwarten.

Jenseits der feuchten Kellermauern funkelten zwei Augenpaare.

Eines war jung, strahlend vor Energie und Neugier. Das andere Paar war alt und dunkel. Keines von beiden bewegte sich näher, um die Sicherheit von Abrahams Ruheplatz zu bedrohen. Das Morgengrauen tastete sich mit verschlafenen Fingern über den Horizont, und Noirceuil wußte, daß seine Zeit sich einem Ende näherte.

Er schlüpfte hinaus, wobei er kaum den Herzschlag in der Nähe wahrnahm, aber er war sich sicher, daß, wer auch immer es war, ihn nicht gesehen hatte. Der junge "Jäger" konnte warten. Noirceuil mußte wissen, ob der Junge Informationen hatte, die er benutzen konnte, bevor er ihn vernichtete, und Lacroix würde einem zweiten voreiligen Töten nicht ruhig zusehen. Ihre Befehle sagten nichts davon, diesen Abraham zu töten, doch Noirceuil hatte nicht die Absicht, einen der Verdammten ziehen zu lassen, wenn sie in seine Reichweite kamen.

Er hetzte die Straßen entlang, glitt durch die Schatten, über die offenen Plätze, bevor jemand sicher sein konnte, daß jemand überhaupt da gewesen war. Die Kathedrale war nicht weit weg, aber die Sonne ging mit unnatürlicher Schnelligkeit auf, als wittere sie ihn, und Noirceuil wußte, daß er diesmal zu lange gewartet hatte.

Während er sich selbst einen Narren schimpfte, glitt er durch den äußeren Hof und durch die Seitentür der Kirche, wobei er das Nicken und die leisen Worte von denen, die er passierte, ignorierte, als sein Weg ihn direkt die Treppen hinunter zu den unteren Stockwerken führte. Er kannte den Weg zu seiner Kammer genau.

Er riß die riesigen Eichentür auf und zog sie schnell wieder hinter sich zu. Alles war so arrangiert worden, wie er es sich ausbedungen hatte. Er bewegte sich zu dem großen hölzernen Wandschrank, der offen stand, und glitt hinein. Es waren Kissen auf den Boden des Schrankes gelegt worden. Er hatte sie nicht verlangt, aber er entschied sich, sie zu lassen, wo sie waren. Auf der rauhen Holzoberfläche zu schlafen würde Aufmerksamkeit erregen, die er sich momentan nicht leisten konnte. Es war schon sonderbar genug, daß er das Licht scheute. Schlimmer war, daß ihn niemals jemand essen oder trinken sah. Es schien nur eine Frage der Zeit zu sein, bis Noirceuils Geheimnis herauskam.

Lacroix war der Schlüssel. Lacroix war lange mit ihm zusammengewesen. Er hatte Noirceuil Vampire und Menschen gleichermaßen töten sehen. Doch er hatte nie das Leuchten des Hungers in Noirceuils Augen gesehen. Er hatte nie das zitternde Monster gesehen, zu dem sein Partner wurde, wenn ihm zu lange das Blut Sterblicher entzogen wurde.

Lacroix glaubte an Ergebnisse, und ihre Partnerschaft basiert auf diesem Glauben. Noirceuil behauptete, seine Methoden, seine Gewohnheiten hülfen ihm beim Jagen. Er fand die Untoten und tötete sie mit erschreckender Regelmäßigkeit. Das verlieh seinen Worten Glaubwürdigkeit.

Noirceuil zog die Türen seines Wandschranks hinter sich zu und hörte das befriedigende Klicken, das bedeutete, daß sie fest verschlossen waren. Er legte sich zurück und schloß die Augen, während sein Kopf sich sofort leerte. In dem Raum dahinter gab es keine Fenster. Keine Lichter. Keine Kerzen. Der Tag begann, doch in der Kammer gab es darauf keinen Hinweis.

Fleurette beobachtete den Stall lange und kämpfte gegen den Drang an, zu ihm hinüberzugehen. Sie wußte nicht, was sie sagen würde, was sie tun wollte, also beobachtete sie nur. Er hatte ihr Leben gerettet und sie gleichzeitig mehr erschreckt als jemals zuvor irgendjemand in den neunzehn Jahren ihres Lebens. Sie hatte es so ruhig in der Gasse gesagt: *Vampir*. Die Realität dieses Wortes hatte sie nicht einmal erahnt, als der Körper dieses arroganten Schweins Pierre aufgehört hatte zu atmen und kalt wurde.

Erst als Raul gegen die Wand geschleudert worden war, als der Mann, das Monster... Abrahams Worte klangen so klar, so sanft. Der *Tod.* Mehr als tot, ausgetrunken, eine Hülle, leer. Als er Raul wie ein Kind geschüttelt hatte, hatte ihr Herz fast aufgehört zu schlagen. Sie hatte ihm geholfen, weil er ihr geholfen hatte, und ihr Verstand war auf die Gasse beschränkt gewesen und auf Pierre und darauf, was er ihr beinahe angetan hätte.

Abraham war kein Mensch. Nicht wirklich und nicht *nur* ein Mensch, und sie hatte das ignoriert, bis er gedroht hatte, eine Neuaufführung von Pierres Tod mit Raul zu geben. Nun wußte sie nicht mehr, was sie empfinden sollte. Er hatte ja Raul nicht verletzt. Er hatte dem Narren letztlich Geld gegeben und ihn ziehen lassen. Das war eine gute Sache. Er hatte Pierre getötet, Herr im Himmel, er hatte das Blut des Mannes getrunken. Aber spielte das eine Rolle?

Sie kauerte in den Schatten am Anfang einer Gasse, beobachtete den Stall, und als das Morgenlicht zunahm, fragte sie sich, wo sie da hineingeraten war. Sie konnte seinen Blick spüren, das Aussetzen ihres Herzschlags, als er sie ansah, wobei sie sich bei sich fragte, was er dachte, was er spürte. Sah er sie als Frau, als Kind oder als Mahlzeit? Und wiederum: Spielte es eine Rolle?

Sie wandte sich schließlich vom Stall ab. Er war nicht aus dem zerstörten Haus zurückgekehrt, und es schien, als würde er während des Tages ruhen. Sie würde dasselbe tun. Er war stark und schnell... und sie wußte nicht, ob er tot war oder ob er getötet werden konnte. Sie wußte, daß sie sich einfach hätte umdrehen und gehen sollen, ohne zurückzuschauen, und vergessen, daß sie ihn je gesehen oder seine tiefe, sie schaudern machende, Stimme gehört hatte – sie wußte, daß sie das nicht konnte.

Als die Morgensonne ihren Rücken wärmte und die Leute anfingen, auf der Straße umherzugehen, stand sie auf, überquerte die Hauptstraße und schlüpfte näher zu dem alten, zerstörten Gebäude. Sie ging zum Stall und zog die Tür leise weit auf.

Sie fand ein Pferd, ein wenig Futter und Wasser vor. Sonst nichts. Keine Spur von ihm, keine Taschen... keine Waffen. Gar nichts. Er war wie vom Erdboden verschluckt. Sie blickte wieder nach draußen, ließ ihren Blick über das zerstörte Haus schweifen, aber es gab nichts, wo er sich verstecken konnte. Nirgendwo gab es genug Schatten zum Schlafen.

Schlief er überhaupt? Fleurette hatte so viele Fragen. Sie schloß leise die Tür zu dem provisorischen Stall und bemerkte den Keller, als sie nach unten sah. Sie stand lange da und zögerte. Sie hatte es wieder vergessen. Er würde nicht im Sonnenlicht, nicht einmal im Stall schlafen. Er würde nicht schlafen, sondern sich nur vor dem Licht von Gottes Tag verstecken. So zumindest hätte der Priester es ausgedrückt, so wurden die Geschichten von Vater zu Tochter erzählt. Fleurette kannte diese Geschichten zur Genüge. Nun waren es nicht mehr nur Geschichten, und sie fragte sich, wieviel von dem, was sie gehört hatte, der Wahrheit entsprach.

Sie schlüpfte wieder auf die Straße und begab sich zu ihrer eigenen kleinen Kammer. Sie wohnte ganz in der Nähe, und plötzlich erschien der Gedanke an ihr eigenes Bett und einen Becher warmen Weines sehr einladend. Als sie sich bewegte, spürte sie seinen Blick noch immer. Sie schauderte und glitt die Treppen zu ihrer eigenen Kammer hinauf.

ELF

Montrovant war schon immer ein Frühaufsteher gewesen. Noch ehe Le Duc sich überhaupt rührte, war der Dunkle auf und damit befaßt, die anderen auf den Aufbruch vorzubereiten. Er hatte nicht die Absicht, länger in Grenoble zu bleiben. Er hatte, was er wollte, und war bereit aufzubrechen. Während er darauf wartete, daß Le Duc aufstand, gab er St. Fond und du Puy letzte Instruktionen und schickte sie voraus. Er wußte, welche Richtung er nehmen mußte und warum, wenn er die Stadt verließ. Er und seine Männer hatten wenig Angst vor Banditen, aber das war ein völlig anderes Problem. Sie würden nicht angegriffen werden, also mußten sie einen anderen Weg finden, die aufzuspüren, die sie suchten.

Die Kundschafter waren unterwegs, und Montrovant lief auf und ab wie ein Verrückter, in der Zeit, in der Jean aufstand. Sie hatten gepackt, und ihre Reittiere waren vorbereitet. Ohne ein erklärendes Wort wandte sich Montrovant der Tür zu und saß auf. Jeane und die anderen, die dieses Verhalten gewöhnten waren, zögerten nicht, ihm zu folgen. Wenn sie es getan hätten, hätten sie Schwierigkeiten bekommen, ihn wieder einzuholen. Der Dunkle war niemand, der auf andere wartete, wenn er die Witterung seiner Beute aufgenommen hatte.

Sie ritten die Hauptstraße hinunter und wandten sich dem Stadtrand zu, kurz nachdem Jean aufgestanden war, und machten keinen Versuch, ihr Vorbeiziehen zu verbergen. Montrovant fürchtete keine Verfolger und wußte, daß heimliche Bewegungen und ein Versuch, unbemerkt aus der Stadt zu schleichen, mehr Aufmerksamkeit erregen würde, als wenn sie als Gruppe fortritten und nichts sagten. Sie ritten also auf der Westseite aus der Stadt hinaus und die Straße in einem schnellen Trott in Richtung der bewaldeten Gebiete dahinter entlang.

Sie näherten sich dem Wald, den dieses Wiesel von einem Mann ihnen genannt hatte. Banditen waren nicht selten, auch waren sie nicht schwierig zu finden, aber die Aktivitäten einer bestimmten Bande einzugrenzen war etwas schwieriger. Die örtliche Gerichtsbarkeit würde diese Gruppe auch suchen, genau wie die Hälfte des Adels von Grenoble. Sie würden nicht einfach in den Wald reiten und Bekanntschaft mit der Gruppe schleißen können.

Le Duc aber machtew sich darüber keine großen Sorgen. Wenn du Puy und St. Fond keine Spur der Räuber finden würden, dann wären er und Montrovant durchaus in der Lage, sie mit anderen Mitteln zu finden. Der Hunger hatte Vor- und Nachteile. Heißes, reichhaltiges, frisches Blut würde sie anziehen. Eine Gruppe wie die, von der ihr Informant gesprochen hatte, würde nicht leicht zu verbergen sein. Es war eine große, gut organisierte Räuberbande.

Sie erreichten den Waldrand und verschwanden schnell im Gehölz, während sich die wachsenden Schatten lang und unheimlich über ihren Pfad legten. Jean ließ seinen Blick nach links und rechts wandern, wobei er die Bäume und Büsche nach Zeichen absuchte, daß jemand vorbeigekommen war. Die Straße selbst wurde häufig bereist, aber die, die sie suchten, würden im Wald parallel zur Straße zwischen den Bäume und Schatten umherschleichen.

Bei Tage war die Straße sicher. Keiner würde ein Geplänkel auf einer vielbenutzten Straße wagen, außer wenn die Beute dabei immens wäre. Aber bei Nacht war das etwas ganz anderes. Jeder, der das Risiko dieser dunklen Wege im Wald ohne den Vorteil des Sonnenlichts auf sich nahm, ohne gut bewacht zu werden, lud diejenigen, die bei Nacht zwischen den Bäumen wandelten, ein. Es war für Jean ein Leichtes, dieses Leben zu verstehen. Er war ein Mann der Tat, und seine ganze Natur war, nachdem er einmal den Kuß empfangen hatte, die eines Jägers. Es lag in dem Blut, das er denen raubte, die er jagte... das Wissen, daß er mit geliehenem Leben auf geborgte Zeit lebte und daß er weiter Leben und Blut stehlen, rauben und aussaugen würde, bis das Schicksal es schaffte, es ihm zu entreißen.

Sie ritten tiefer in den Wald, und ein paar Augenblicke später tauchte St. Fond aus den Schatten auf, ritt an Montrovants Seite und sprach mit leiser Stimme. Montrovant senkte den Kopf, hörte zu, nickte dann schnell und gab seinem Pferd die Sporen, um den Weg entlangzueilen. Die anderen folgten ihm rasch nach, ohne das plötzliche Tempo in Frage zu stellen, selbst als St. Fond sich wieder zwischen ihnen einreihte und du Puy ohne Vorwarnung an Le Ducs Seite erschien.

Es gab keinen Grund für irgendwelche Fragen. Wenn die Informationen für Montrovant gut genug waren, dann waren sie korrekt, und selbst wenn sie es nicht waren, war es nicht an ihnen, sie in Frage zu stellen. Sie galoppierten den Pfad hinter dem Dunklen her, und als er von der Hauptstraße wegschwenkte, um in die schattenhafte Dunkelheit auf der einen Seite des Weges einzudringen, folgten sie ihm ohne zu fragen.

Dort fand sich ein zweiter Pfad. Er war nicht so auffällig wie der erste und auch nicht so breit, aber als sie die Trennlinie zwischen Pfad und Bäumen hinter sich hatten, war er gut erkennbar. Die Pferde hatten kein Problem damit, sich mit einiger Geschwindigkeit fortzubewegen. Montrovant trieb sie gnadenlos an. Er hatte keine Angst, abgeworfen zu werden, und die Sorge für seine Männer ging nur so weit, daß er hoffte, daß sie ihm gut dienen würden. Er donnerte den Pfad entlang. und Augenblicke später sprengte er eine weitere Spur entlang, die ihn direkt zur Mitte der Bäume brachte.

Ihre Annäherung blieb natürlich nicht unbemerkt. Jean spürte es, noch bevor er die sich bewegenden Körper und die schnellen Schritte von Pferden hörte. Sie waren entdeckt worden, und die, die sie gesehen hatten, würden das Lager erreichen, bevor Montrovant dort ankam. Es würde nicht wirklich eine Falle sein, aber es war sicher auch kein Überraschungsangriff.

Wieder gab es keinen Grund für Montrovant, Angst zu haben. In Wirklichkeit gab es auch keinen für Jean, aber Jean ignorierte nicht so bereitwillig ihre Gefährten. Als er die anderen bemerkte, die vor ihnen dahinpreschten, schrie er einige scharfe Befehle. Es gab keine Grund für Stille, sie wurden schließlich erwartet. Was wichtig war, waren Disziplin und Schnelligkeit. Sie würden nicht unverhofft kommen, aber wenn sie ihre eigene Geschwindigkeit anzogen, dann würde wenig Zeit sein, eine Verteidigung aufzubauen.

Augenblicke später brachen sie auf die Lichtung. Pfeile flogen in dem Moment, als sie den Schutz der Bäume verließen, aber es waren meist Schüsse ohne Ziel und Sorgfalt. Montrovant bekam einen Schuß durch die Schulter ab, aber das ließ ihn sich nicht einmal im Sattel umdrehen. Er gab seinem Pferd die Sporen und ritt den Bogenschützen ohne Nachzudenken nieder. Er war in Sekunden aus dem Sattel, sprang zu Boden, ohne zu warten, daß sein Reittier zum Stehen kam, riß den Pfeil heraus, brach ein Ende ab, entfernte die Spitze auf der anderen Seite und warf beide Stück mit einem Knurren weg.

Jean folgte seinem Beispiel und sprang von seinem Pferd, um einen anderen Bogenschützen mit voller Kraft niederzuschlagen, den Mann auf den Boden zu werfen und seine Kehle mit einem einzigen Schlag seiner Krallen aufzureißen. Le Duc hatte seine Klinge gezogen, als seine Füße den Boden berührten, und hatte einen weiteren vor sich, den die Stahlklinge in einem tödlichen Bogen streifte, um seinen Kopf abzutrennen und ihn in einer spiralförmigen Bewegung wie in Zeitlupe durch die Luft fliegen zu lassen.

Der Kampf war nur kurz. Es schien, als hätten sie das Lager nur teilweise bemannt vorgefunden, und auch wenn sie nicht wirklich das Überraschungsmoment gehabt hatten, so war es doch nahe dran gewesen. Die Männer, die sich ihnen entgegengestellt hatten, waren nicht auf die Wucht des Angriffs vorbereitet gewesen, und sie waren nicht so disziplinierte Krieger wie Montrovants Ritter. Sie waren Banditen und hatten wenig Loyalität gegenüber irgendetwas, schon gar nicht, wenn es darum ging, ihr Leben bei der Verteidigung eines leeren Lagers zu riskieren. Sie hatten sich in dem Moment, als der Kampf begann, umgedreht und waren geflohen, und die Jagd war eröffnet.

"Schnapp dir einen von ihnen", bellte Montrovant.

Die Worte wären nicht nötig gewesen. Jean raste bereits einen Seitenpfad entlang, um einen schlanken, langhaarigen Krieger zu verfolgen, der in einer Hand einen Bogen und in der anderen einen Pfeil hielt. Der Mann hatte keine Gelegenheit gehabt, seine Klinge zu ziehen, sondern sich entschlossen zu fliehen und sein Glück auf dem Pfad zu versuchen. Er hatte fälschlicherweise geglaubt, Montrovants Gruppe sei auf die Schätze des Lagers aus und sein eigenes Leben spiele kaum eine Rolle.

Jean rannte den Mann mit Leichtigkeit nieder, als er sich wesentlich schneller ohne Pferd, dafür aber mit vor Kampfeswut leuchtenden Augen bewegte. Er hielt seinen Arm bereit... zitterte vor Gier, das Blut des Mannes zu vergießen. Der Hunger beherrschte seine Gedanken, und die Kampfeswut pulsierte durch ihn und ließ das Blut, das er bereits gestohlen hatte, schwach und dünn erscheinen.

Eine starke Hand legte sich auf Jeans Schulter, und er wirbelte schnell herum, die Klinge bereit, nach hinten oben zu schlagen, aber der Blick, der ihn traf, ließ ihn sofort innehalten. Montrovant stand sehr ruhig da. Es lag keine Angst in den Augen seines Erzeugers. Er wartete ruhig auf die Klinge, und sie wußten beide, daß sie nie ihr Ziel finden würde. Jeans Verstand klärte sich in dieser Sekunde, und er entspannte sich, trat zur Seite und warf seinen Gefangenen mit einem kurzen Schulterzucken auf den Boden.

"Ich hätte ihn nicht getötet", murmelte er leise.

Montrovants Augen funkelten jetzt, und Jean lachte beinahe.

"Nein, mein Freund, du hättest ihn zerfetzt. Aber das soll nicht sein. Zumindest nicht jetzt. Ich muß wissen, wo die anderen hin sind, und ich muß wissen, ob dieser hier dabei war, als sie auf den Orden der Bitteren Asche trafen."

Jean nickte und trat langsam beiseite. Sein Verstand war klar, aber sein Hunger war deswegen nicht weniger intensiv. Er kämpfte dagegen an und hörte nur mit halbem Ohr zu, als Montrovant seinen Gefangenen befragte.

"Ich suche eine Gruppe, die vor kurzem durch euren Wald kam", sagte er langsam. "Sie dürften mehrere Wagen dabei gehabt haben und vielleicht als Mönche oder Pilger erschienen sein."

Die Augen des Gefangenen waren weit aufgerissen und voll Angst. Montrovant betrachtete ihn mit dunklen Augen und ohne jedes Gefühl. Als der Mann nicht sofort antwortete, schlug der Dunkle ihn hart mit der Rückseite seiner Hand. Der Bandit fiel platt zu Boden, während eine rote Beule auf seinem Kopf wuchs.

"Du wirst mir antworten", sagte Montrovant ruhig, "und du wirst es schnell und vollständig tun, oder du wirst sterben. Und es wird kein schöner Tod werden. Er wird lang und schmerzhaft sein, jeder Moment wird auf die Wahrheit verwendet, die du irgendwann preisgeben wirst. Erspare dir die Schmerzen. Du stirbst vielleicht ohnehin, aber dann schnell und endgültig."

Der Mann schluckte einmal, schüttelte den Kopf, schloß die Augen und schluckte dann ein zweites Mal. "Ich sah sie", sagte er schließlich. "Jesus, Gott, tötet mich nicht, Herr. Ich sah die Pilger. Sie trugen braune Roben mit Kapuzen, und ich konnte ihre Gesichter nicht sehen, aber ich und ein anderer erspähten sie auf der Straße. Ich brachte die Nachricht Claude, und er führte den Angriff an. Es war das einzige Mal, seit wir in diesen Wald gekommen sind, daß wir eine solch schwere Niederlage erlitten haben. Nichts haben wir in dieser unseligen Nacht gewonnen, aber drei Mann haben wir verloren. Wir hatten Glück, daß wir nicht alle verloren."

"Du bist geflohen?" Montrovant ließ die Frage wie eine Beleidigung klingen, seine Lippen verformten sich zu einem spöttischen Grinsen, als er sie aussprach. "Du bist hier, um meine Fragen zu beantworten, weil du deine Gefährten zum Sterben zurückgelassen hast?"

Wut flammte für einen Moment in den Augen des Mannes auf, um dann beim Anblick Montrovants zu verschwinden. "Ich konnte nichts tun. Niemand konnte etwas tun. Claude blies zum Rückzug, aber zu spät, wenn Ihr mich fragt. Er versuchte, die anderen zu holen, um ihnen zu helfen, aber wir konnten nichts tun. Das waren Dämonen. Sie bewegten sich wie der Blitz und waren stärker als Bären. Ich sah, wie einer von ihnen einen Mann zwanzig Fuß weit durch die Luft warf. Diese Pilger waren nicht menschlich."

Da lachte Montrovant. Abrupt drehte er sich zu Jean, packte sein Kind unter den Armen und warf ihn ohne Vorwarnung nach oben. Jean schrie auf, dann verstand er das Spiel und flog noch höher, strebte nach oben, sammelte sich und stürzte dann zu Boden. Er wâr so weit von dem Punkt entfernt, an dem Montrovant ihn gepackt hatte, daß er in der Lage war, einen tief hängenden Ast zu greifen und sich zu Boden zu schwingen, während er den Gefangenen anlächelte.

"Du wirst mit mir reden", sagte Montrovant dem Mann. "Du wirst jetzt mit mir reden, und zwar ganz schnell."

Der Mann schluckte ein drittes Mal und nickte dann eifrig.

"Ich weiß sehr wenig", sagte er schaudernd. "Sie waren zu viele für uns, und nachdem wir geflohen waren, schienen sie einfach zu verschwinden. Claude glaubte, sie hätten eine andere Straße genommen. Ich weiß es nicht. Keiner von uns weiß es." Der Mann sah zu Boden, und er flüsterte: "Wir rannten weg wie Kinder. Ich habe keine Ahnung, was in den Wagen war oder wohin sie sie brachten, aber ich weiß, sie gingen in Richtung der Berge."

Montrovant starrte in die Richtung, in die der Mann gezeigt hatte, in die Finsternis.

"Wie lange ist das her?" fragte er. "Wie lange ist es her, seit sie hier vorbeigekommen sind?"

"Vier Tage", sagte der Mann schnell. "Vier Tage. Heute nacht ist das erste Mal seit damals, daß Claude auf die Straße ist."

"Und er ist heute nacht dort draußen?" fragte Montrovant. "Wir haben ihn nicht gesehen."

"Er wollte zuerst in die Stadt gehen", sagte der Mann leise. "Wir brauchen Vorräte. Er wollte sie abholen, dann die Straße ein paar Stunden beobachten und danach hierher kommen."

Montrovant lächelte leise. Das würde dauernn, und es bestand kaum die Gefahr, daß der Anführer der Banditen zurückkehrte, bevor sie verschwunden waren.

Mit einem schnellen Stoß beförderte er den Mann wieder in Jeans Arme. "Sei schnell", sagte er leise. Die anderen waren mit zwei Gefangenem im Schlepptau zu ihnen gekommen. "Wir werden in wenigen Augenblicken weiterreiten."

Seinen Männern gab er rasch Anweisungen. Es gab keinen Grund, das Lager unversehrt zu lassen. Er befahl, alles Gold, Silber und a lle-Vorräte schnell einzusammeln. Sie konnten nicht wissen, auf was sie auf dem Weg vor sich noch treffen würden, und Ressourcen ungenutzt zu lassen war nicht Montrovants Art.

Als die anderen sich zurückgezogen hatten, packte Jean seinen Gefangenen am Hals und zog ihn ohne ein Wort zwischen die Bäume. Es war eine Sache von Sekunden, bis er die Kehle des Mannes bloßgelegt hatte, sein reichhaltiges, heißes Blut trank und den fast vollständig ausgesaugten Körper mit einem Achselzucken wegwarf. Er wußte, Montrovant tat dasselbe in anderen Schatten, und lächelte. Er fühlte sich wie in alten Zeiten. Er und Montrovant hatten viele Straßen gemeinsam bereist, aber es war eine lange Zeit, seit sie beide sich zusammen genährt hatten, und es war das erste Mal in einer solchen Nähe zu den anderen. Ein Meilenstein.

Sie bewegten sich nahezu zeitgleich zur Lichtung zurück, voll und satt, bereit, die Jagd fortzusetzen.

"Wir müssen in Richtung der Berge", sagte Montrovant leise. "Wir werden den Orden dort finden."

Jean nickte, und die beiden gingen schnell zurück zum Lager. Ihre Männer hatten ihre Pferde eingefangen, die sich nicht weit entfernt hatten, und alles eingepackt, was leicht in ihren Taschen zu tragen war. Sie würden verschwunden sein, bevor die Banditen wußten, daß sie ausgeraubt worden waren.

"Es gibt keinen Grund, auf den Rest dieses wertlosen Ungeziefers zu warten", sagte Montrovant, als er sich vom Räuberlager abwandte und einem der Banditenpfade parallel zur Straße folgte. "Wir haben die Informationen, die wir brauchen. Es gibt kaum etwas, was andere Zeugen ergänzen könnten, und jede Minute, die wir verlieren, ist Zeit, die Gustav und die anderen uns voraus haben werden."

Jean nickte. "Wenn sie von hier aus in die Berge sind, dann können sie nur eine Straße genommen haben. Wir werden unterwegs von ihnen hören. Es ist sehr schwierig, eine so große Gruppe zu verstecken, selbst wenn man bei Nacht reist."

Montrovant nickte zustimmend. Sie sammelten ihre Männer und donnerten durch den Wald auf die Straße zu. Montrovant wollte noch vor Tagesanbruch weit jenseits der Stadtgrenzen sein. Es wäre ungünstig gewesen, wenn die Banditen in der Lage und der Stimmung gewesen wären, ihnen zu folgen, noch ungünstiger, wenn sie sie eingeholt hätten. Der Wald schluckte sie vollständig und versank wieder in stillen Schatten.

Abraham kam aus dem Keller und ging zum Stall, nachdem er den ersten Kuß der Schatten gespürt hatte. Er hatte keine Zeit zu verlieren. Wenn Montrovant von den Banditen wußte und wenn die Spur des Ordens der Bitteren Asche durch den Wald jenseits von Grenoble geführt hatte, dann würde er dort sein, vielleicht sogar dort sein und verschwinden. Abraham würde die Spur danach wiederfinden müssen, und hoffte, daß er genug Zeit aufholen würde, um der Gruppe in einiger Entfernung folgen zu können.

Außerdem wollte er weg von Grenoble, ehe Lacroix und Noirceuil ihn fanden. Er wußte, daß er wahrscheinlich nicht das Ziel des Paares war, aber er war sich sicher, daß diese Tatsache Noirceuil kein Stück davon abhalten würde, ihn zu vernichten. Abraham hatte den Hunger in den Augen Noirceuils gesehen, während er arbeitete. Es brannte ein sengender Haß in ihnen, sehr alt und sehr stark. Das

Letzte, was Abraham brauchte, war, ihm zum Opfer zu fallen, bevor sein Ziel überhaupt in Sicht war.

Er bestieg sein Pferd und wandte sich von den Ruinen ab, wobei er seinen Blick die Straße auf und ab wandern ließ, um sicherzustellen, daß er nicht beobachtet wurde. Er spürte andere Bewegungen um sich herum, aber das war zu erwarten gewesen. Der Tag ging zuende. Arbeiter kehrten heim, und in der ganzen Stadt stand das Essen auf den Tischen. Eine gute Zeit, um aufzustehen und sich fortzumachen.

Augen beobachteten ihn aus den Schatten einer Gasse, aber Abraham schenkte ihnen keine Aufmerksamkeit. Seine Gedanken waren nach vorne gerichtet, auf die Bäume und die dunklen Erinnerungen an Montrovants Lachen und seine Augen. Bald, so sagte er sich selbst, würde es eine Abrechnung geben, zum guten oder zum schlechten.

Er nahm nicht die Straße, die direkt in die Wälder führte. Er machte einen weiten Bogen, näherte sich von der anderen Seite, wo die Baumlinie von der Seite hervorsprang, und glitt mit Leichtigkeit durch die Bäume, wobei seine Sinne in Alarmbereitschaft waren. Es bestand die Chance, daß, wenn er allein und bei Nacht reiste, die Banditen ihn schon nach kurzer Zeit finden würden. Er hatte keine Angst vor ihrem Angriff, aber wollte nicht zuviel Zeit verschwenden, außerdem wollte er nicht das nächste Gerücht werden, das durch die Tavernen geisterte. Lacroix würde eine solche Spur sicher sofort aufnehmen.

Er bewegte sich schnell, und auch wenn er ein- oder zweimal Augen spürte, die ihn beobachteten und einige heimliche Bewegungen tiefer in den Bäumen hörte, manchmal vor ihm und manchmal hinter ihm, wurde er nicht belästigt, als er sich zur Mitte des Waldes und zur Hauptstraße bewegte. Er glitt eine Stunde nach Sonnenuntergang zwischen den Bäumen hervor auf den Pfad, wobei seine Augen in alle Richtungen nach Zeichen anderer suchten, die vorbeigekommen waren.

Zunächst fand er nichts, aber als er sich tiefer in den Wald begab, sah er, wo eine Gruppe von Pferden beschleunigt und den Hauptpfad verlassen hatte, und folgte diesen Spuren, glitt auf einen zweiten Weg und noch weiter zwischen die Bäume. Es hatte keinen Sinn, seine Ankunft anzukündigen. Er wollte wenn möglich hinein und wieder hinaus, ohne gesehen zu werden.

Es gab keine Wachen, und allein das war schon sonderbar. Der Weg der anderen führte dreist mitten auf den Pfad, und schließlich kam Abraham zum Rand einer Lichtung, die das Lager der Banditen bildete. Da nahm er den Geruch frischen Blutes wahr, und in den Schatten der Bäume konnte er die am Boden verstreuten Körper und die durcheinandergeworfene Ausrüstung erkennen. Montrovant war hier gewesen und wieder verschwunden. Er glitt zwischen den Bäumen hervor und ließ sein Pferd durch die Trümmer dieses Ortes wandern, wobei das Tier vor den frischen Leichen zurückscheute.

Es waren nicht viele Leichen, nicht so viele, wie er von Rauls Schilderung der Bande erwartet hatte. Wo waren die anderen Räuber? Waren sie tot? Waren sie geflohen? Er stieg ab und beugte sich vor, um eine Leiche zu untersuchen, und in diesem Moment öffneten sich die Tore der Hölle auf der Lichtung.

Sie brachen überall um ihn herum zwischen den Bäumen hervor, mit gezogenen Schwertern und blitzenden Augen, die Schreie erfüllt von einer Mischung aus Wut und Frustration. Abraham ging in die Hocke, sah, daß es für eine Flucht zu spät war, sprang direkt in die Luft, mit Leichtigkeit vorbei am ersten Pferd und dessen Reiter, und griff den Ast eines Baumes über sich. Er schwang sich nach vorn und außen, wobei seine Stiefel in das Gesicht des nächsten Reiters in der Formation trafen. Es waren zu viele Gegner. Er konnte sie alle töten oder vielleicht auch nicht, aber es würde sicher ein Blutbad werden. Fluchend rollte er sich wieder auf die Füße, duckte sich unter die Klinge des nächsten Angreifers weg, riß den Mann aus dem Sattel und warf ihn zur Seite.

Sein eigenes Pferd bockte wild, als es vor der angreifenden Horde zurückschreckte, aber er schaffte es, daneben aufzutauchen, in den Sattel zu springen und seine Beine fest gegen die Flanken des Tieres zu pressen. Er brauchte das Pferd nicht so sehr wie die Papiere und seine anderen Habseligkeiten. Als er die Hacken in die Seiten des schäumenden Pferds hieb, trieb er es vorwärts und legte sich flach auf seinen Hals.

Abraham zog keine Waffe. Er galoppierte am Anführer der Banditen vorbei, und als er ihn passierte, schoß seine Hand hervor, packte den Griff des Schwertes des Mann und riß es ihm aus der Hand. Der Bandit knurrte, aber Abraham verpaßte ihm einen harten Schlag mit der Rückhand und schickte den Mann zu Boden.

Er drehte zum Rand der Lichtung um und sprang gerade durch eine Lücke zwischen den Bäumen, als ein weiterer Schrei an seine Ohren drang und er sich umdrehte. Er fluchte, als er Fleurette sah. Tretend und schreiend wurde sie von einem großen Krieger aus dem Wald gezerrt. Seine Augen verhießen Tod, und das Schicksal des Mädchens war offensichtlich.

Ohne nachzudenken drehte Abraham wieder um, lenkte sein Pferd wieder auf die Lichtung. Wütende Schwertkämpfer rannten von allen Seiten auf ihn zu, aber er galoppierte an ihnen vorbei, ignorierte ihren Angriff und hielt die Augen auf den einzelnen Krieger fixiert, der Fleurette so hart an den Haaren gepackt hatte.

Der Mann sah Abraham kommen und zog mit einem Schrei seine Klinge. Fleurette wählte diesen Moment, um ihren Stiefel hart auf den Fuß des Mannes zu rammen. Er kippte zur Seite, schrie vor Schmerz und sie war über ihm, den Dolch über seinen Nacken schwingend, so daß ein Strahl roten Blutes spritzte, der Abrahams Sinne vernebelte.

Er zögerte keine Sekunde. Er stürmte zu ihr, hörte sie vor Angst schreien, lehnte sich nach vorn, packte sie mit demselben Griff, mit dem der Krieger sie umklammert hatte, und zog sie vor sich auf den Sattel, bevor er von der Lichtung raste und verschwand. Es war nicht die Richtung, die er hatte einschlagen wollen, und er fluchte wieder, drehte sich und bewegte sich in einem Winkel auf die Straße zu, dann wendete er sein Pferd erneut.

Er hatte kurz vor dem Angriff Spuren gesehen, die von der Lichtung wegführten, und wußte, in welche Richtung Montrovant verschwunden war. Die einzige Frage war, ob er es aus dem Wald heraus schaffte, vor allem mit seiner neuen, unerwünschten Gefährtin, ohne von den Banditen überrannt zu werden.

Er machte kehrt, und wundersamerweise schienen die Verfolger verwirrt zu sein. Er konnte sie in den Büschen schreien und um sich schlagen hören, aber sie fielen beständig zurück, als er sich bewegte, und er zwang sein Reittier zu einer schwindelerregenden Geschwindigkeit, wobei er die peitschenden Äste und die Kratzer der vorbeifliegenden Bäume ignorierte. Fleurette hielt sich an ihm fest, die Augen vor Angst verschlossen, und das schnelle Schlagen ihres Herzens an seiner Brust trieb ihn weiter zur Raserei. Er mußte aus den Bäumen herauskommen, und er mußte etwas trinken. Das war jetzt das wichtigste.

Wenn er nicht jemand anderen fand, würde er sie nehmen. Er wußte nicht, was ihn geritten hatte, das Mädchen zu retten, aber was auch immer es gewesen war, es war nichts gegen seinen Hunger. Wenn er Hunger hatte, dann würde er trinken. Wenn nur sie da wäre, dann würde sie seine Mahlzeit werden. Er würde es bereuen, aber es war eine in seiner Natur begründete Tatsache.

Sie brachen südlich der Straße zwischen den Bäumen hervor, galoppierten parallel dazu an Felsen und Bäumen entlang und nutzten jede Art von Deckung, die sich bot, während sie den Bergen entgegeneilten. Er ließ seine Sinne zurückfallen, um Blut und Herzen, die voller Haß schlugen, und das Donnern von Hufen zu erspüren, aber nichts passierte. Sie hatten Meilen zurückgelegt, als er es schließlich nicht mehr aushalten konnte und sein Pferd zügelte.

Er hatte keine Anzeichen von anderen entlang der Straße gesehen, und der Hunger nagte an seinem Verstand. Er zog sie von seiner Brust und hob ihren Kopf, so daß ihre Augen seinem Blick begegneten.

"Warum, Fleurette?" knirschte er. "Warum konntest du nicht einfach in der Stadt bleiben, deinen Wein trinken und es dir gut gehen lassen? Warum bist du mir gefolgt?"

"Ich... ich dachte, du könntest Hilfe gebrauchen", murmelte sie, während sie lange versuchte, seinem Blick standzuhalten und es nicht schaffte. "Der Wald ist kein guter Ort. Ich wollte nur sehen, daß du es hier durch schaffst. Du hast mir das Leben gerettet."

"Jetzt könnte ich es beenden", krächzte er. "Du weißt doch, was ich bin. Du weißt, daß ich mich ernähren muß, und doch kommst du mir nach."

Sie sah ihn vollkommen ruhig an. "Ich kenne deine Dunkelheit", sagte sie. "Ich habe sie gesehen und gefühlt, als du Raul gegen die Wand geschleudert hast." Sie zitterte jetzt unkontrolliert.

Er knurrte, ließ sich plötzlich aus dem Sattel fallen und ließ sie um Gleichgewicht und einem Griff zum Festhalten ringen, als er wegstolperte.

"Du hast keine Ahnung", sagte er, spie ihr die Worte geradezu entgegen. "Es ist nicht meine Entscheidung, es ist meine Natur. Ich werde trinken. Wenn du da bist und ich hungere, dann wird dein Leben ein Teil von meinem werden, und du wirst aufhören zu existieren. Ich bin nicht stark genug, das zu verhindern."

Sie sah Abraham argwöhnisch an, schrak aber nicht zurück. Sie saß im Sattel und betrachtete ihn lediglich mit großen, fragenden Augen. "Wenn nicht mich, dann wirst du einen anderen nehmen?"

Er erwiderte ihren Blick mit dunklen Augen und nickte dann. "Ja natürlich."

Sie glitt aus dem Sattel, kam näher... zitternd, aber mit sicherem Schritt. "Dann nimm mich", sagte sie leise. "Nicht mich jetzt, denn ich will dir folgen, und wenn nicht mit dir, dann will ich nicht durch den Wald zurückgehen, um vergewaltigt und getötet zu werden, außerdem habe ich nichts und niemanden in Grenoble, das auf mich wartet. Ich würde alleine dasitzen und von dir und den Schatten träumen."

Er sah sie an, schüttelte den Kopf, trat einen Schritt zurück, doch sie war schnell, und als sie sich ihm näherte, legte sie den Kopf zur Seite und warf ihr Haar mit einem schnellen Schwung zurück.

Trotz ihres Mutes zitterte sie fürchterlich.

"Ich werde es nicht tun", sagte er, auch wenn er sehr still dastand. Ihr Herz schlug wild, und der Geruch ihres warmen Blutes, gemischt mit dem Duft ihres Haars, der Angst und Stärke in ihren Augen... Seit seinem Kuß hatte er nichts dergleichen gesehen. Er hatte Angst gesehen, Verachtung und Haß, aber nicht so etwas. Sie bot ihm an, was er zum Leben brauchte, offerierte ihr eigenes als Pfand, und obwohl es sie ängstigte, blieb sie entschlossen.

"Ich... " Er sprang vor. Das war zuviel. In diesem Moment wußte er, daß er Raul und einen anderen in der Taverne hätte nehmen, ihre leeren Hüllen in der Gasse dahinter liegen lassen und verschwinden sollen. Er hatte viel zu lange gewartet. Fleurette schrie leise auf, als er sich auf sie stürzte, sie zurücktrieb, sie auffing, bevor sie fallen konnten und sich an ihrem weichen Hals festsaugte. Sie wehrte sich, aber ihre Gegenwehr veränderte sich, bis sie sich schließlich fest an ihn preßte. Er hielt sie, er nährte sich, und während er sie aussaugte, wurde sie schwächer... zitterte in seinen Armen, die Augen in der plötzlichen Ekstase des Momentes geschlossen. Er sah, wie sich ihre Augen schlossen, und etwas in ihm zerbrach. Er kämpfte gegen den Hunger und riß sich mit einem Knurren im letzten Moment los, in dem noch Leben in ihrem Herzen flackerte. Als er sie schnell zurücklegte, fuhr er hart mit einem Fingernagel über sein Handgelenk, öffnete die gerötete Haut, begann, ein Rinnsal ihres Blutes aus seinen Adern zurückfließen zu lassen, und dann brachte er sein Handgelenk mit einem Schnauben der Frustration über seine eigene Schwäche an ihre Lippen.

Sie riß die Augen auf und bemerkte in dieser Sekunde, was er vorhatte, aber wenn sie hatte dagegen ankämpfen wollen, so konnte sie es nicht. Das Blut glitt über ihre süßen Lippen, berührte ihre Zunge, und sie war verloren und wiedergefunden – durch ihn neu geboren. Er hielt sie, als sie sich an seinem Handgelenk festbiß, das Blut aus dem Riß in seiner Haut saugte und gierig sein Fleisch zerfetzte. Er biß die Zähne vor Schmerz zusammen, schloß die Augen und wartete. Er war sich nicht sicher, wie lange es dauern würde, wieviel er von seinem Blut zurückgeben mußte. Er hatte den Kuß noch nie an andere weitergegeben und hatte es auch nie vorgehabt.

Dann hatte er dieses Mädchen in den Armen gehalten und gesehen, wie sich ihre ihre Augen schlossen, und in diesem Augenblick hatte er gewußt, daß sie der erste Mensch war, der ihn seit längerer Zeit, als er zurückdenken konnte, mit so etwas wie Freundschaft angesehen hatte. Sie war nicht bereit gewesen, ihn seinem Schicksal zu überlassen, und in ihrem Versuch, ihm zu helfen, hatte sie ihr eigenes Los besiegelt. Sie mochte ihn nun hassen - wahrscheinlich würde das sogar passieren, wenn die Wahrheit des Kusses über sie hereinbrach. Das waren Tatsachen, mit denen er klarkommen würde. Die einfache Tatsache war, er wollte nicht allein sein, und es war nicht ihre Entscheidung, sondern seine. Er spürte noch ein schwaches Pochen des Hungers, aber es war noch nicht lange her, seit er sich von Pierre in der Gasse genährt hatte. Er würde überleben, genau wie sie.

Die zusätzliche Verantwortung, sie auszubilden und sie dabei am Leben zu halten war etwas, was er kaum gebrauchen konnte, aber er verwarf diese Gedanken ärgerlich. Er würde Montrovant stellen oder auch nicht, und wahrscheinlich würde er vernichtet werden, wenn es ihm gelang. Niemand hatte gesagt, er dürfe seine letzten Tage nicht in der Gesellschaft anderer genießen. Eine schwache Logik, aber er war nicht in der Verfassung, sie anzuzweifeln.

Er zog sein Handgelenk mit einem schnellen Knurren zurück, sah den Schmerz in ihrem Blick und drückte sie mit Leichtigkeit zurück, als sie ihm entgegenkrabbelte, um zu versuchen, sich wieder an seine Adern zu hängen, um mehr von seiner Stärke in sich aufzunehmen.

Als er es ihr verweigerte, trieben endlose Fragen in den Tiefen ihrer Augen. Er stieg auf, hob sie vor sich in den Sattel und wandte sich den Bergen zu.

Sie mußten einen Ort finden, an dem sie ruhen konnten, wo er sie mindestens noch einmal füttern und ihre Stärke aufbauen konnte. Die Berge riefen, aber irgendwie schienen sie Welten entfernt zu sein, selbst Montrovants höhnisches Lachen verebbte zu einem dumpfen Echo.

ZWÖLF

Lacroix folgte Noirceuils Führung, als dieser Grenoble hinter sich ließ. Sie bewegten sich nicht in Richtung der Wälder, trotz all der Dinge, die sie gehört hatten.

"Sie sind da gewesen und verschwunden", bemerkte Noirceuil knapp. "Wir hätten seit Stunden unterwegs sein sollen. Ich werde die Spur jenseits des Waldes aufnehmen. Sie werden in Richtung Berge reiten."

"Woher weißt du das?" diskutierte Lacroix für einen kurzen Moment. "Und erzähl mir nicht, daß es nur das ist, was dein Verstand dir sagt, weil diese Sache viel zu wichtig ist, um auf die kleinen Stimmen in unseren Köpfen zu vertrauen."

Noirceuil hatte sein Pferd hart zum Stehen gebracht und drehte sich mit kalten Augen zu Lacroix um. "Ich weiß es, weil der, den ich an der Taverne ausgefragt habe, mir gesagt hat, sie würden in die Wälder gehen. Während du dasaßest, den Wein des Kardinal schlürftest und vielleicht alte Geschichten über das Leben in Rom ausgetauscht hast, habe ich die Stadt verlassen und diese Wälder auskundschaftet. Jenseits der Wälder könnten sie zwei Wege eingeschlagen haben. Eine Straße führt ins Inland, zu Städten, Leuten und sogar einer Armee, mit der man sich auseinandersetzen muß. Die andere Straße führt in die Berge.

Wenn du eine Gruppe untoter Dämonen mit allen Schätzen Gottes in zwei Wagen führen müßtest, würdest du dich der Zivilisation zuwenden oder würdest du sie verstecken?"

Lacroix sprach lange nicht. Er sah mehr in den Tiefen von Noirceuils Augen, als ihm lieb war, Dinge, bei denen er sich wunderte, daß er sie zuvor nicht gesehen hatte. Zum ersten Mal zweifelte er daran, ob es klug war, mit diesem Mann allein auf der Straße unterwegs zu sein.

Schließlich nickte er, und Noirceuil wandte sich ohne ein Wort ab, bestieg sein Pferd und lenkte es brüsk von der Kathedrale weg. Lacroix saß ebenfalls auf, wobei er einen kurzen Blick zurück zum Kardinal warf. Der Priester stand auf einem Balkon an seinen Gemächern, starrte zu ihnen herunter und hatte seine Hand zum Abschied erhoben.

Einmal außerhalb der Stadt, kamen sie beide gut voran. Noirceuil führte sie in einem Winkel, der nahe der anderen Seite der Bäume entlangführte, aber den gesamten Wald umging. Er ritt in Richtung der Straße jenseits des Waldes und der Berge, die sich darüber erhoben, bedrohlich und kalt. Lacroix wußte, Noirceuil hatte wahrscheinlich recht, aber je weiter sie sich von der Enge der Stadt und der Kirche entfernten, um so unangenehmer wurde ihm.

Er wußte, daß es Zeit war, Sattel und Schwert gegen eine eigene Gemeinde oder eine Kammer in Rom einzutauschen, wo er die Aufgaben anderer überwachen konnte. Seine Art des Dienens war einzigartig, und es gab wenige, die in diesen Dingen so qualifiziert waren wie er. Solange die Verdammten unter ihnen wandelten, würde auch Lacroix gebraucht werden.

Noirceuil war eine ganz andere Geschichte. Es war bis zu einem gewissen Punkt wahr, daß man einen Wahnsinnigen brauchte, um Wahnsinnige zu jagen, aber es gab für alles Grenzen. Wenn er es einrichten konnte, so wußte er, würde Noirceuil von dieser Reise nicht zurückkehren. Falls nicht, würde er bald nach ihrer Rückkehr das Zeichen geben müssen, ihn zu töten. Es würde keine einfache Sache werden. Noirceuil mochte verrückt sein, aber er war kein Idiot. Er würde die wachsende Spannung zwischen ihnen spüren und wachsam sein.

Lacroix erschauderte. Vielleicht würde es nicht der Jäger sein, der nicht zurückkam. Er beugte sich tiefer über sein Reittier und starrte in den Wind, der sein langes Haar über die Schultern peitschte. Noirceuil ritt mit Leichtigkeit, mit erhobenem Kopf, als berührte der Ansturm des Wetters ihn nicht. Vielleicht tat er es ja nicht. Sein Geist war vollkommen verschlossen. Vielleicht sah er nur sein eigenes Ziel, ignorierte den Rest der Welt. Vielleicht war er überhaupt nicht das, was er zu sein schien.

Sie passierten den Waldrand und wandten sich der Straße zu. Noirceuil blieb nicht lange auf der Straße, sondern wich suchend erst auf die eine und dann auf die andere Seite aus. Er fand, was er suchte, weit zur rechten der Straße und stieß einen leisen Schrei aus, daß Lacroix ihm folgen sollte, während er seinem Pferd die Sporen gab. Lacroix sah es erst, als er hinter Noirceuil auftauchte. Spuren... die Spuren eines einzelnen Pferdes, das auf die Berge zustrebte. Sie blieben auf einer Seite der Straße, aber es gab keinerlei Abweichung in der Richtung. Noirceuil zügelte sein Pferd plötzlich und glitt so schnell aus dem Sattel, daß Lacroix für einen Moment glaubte, er sei gefallen.

Sein eigenes Pferd verhaltend und wendend blickte er hinunter, wo Noirceuil mit brennenden Augen im Dreck kniete. Während er seinen Blick hob, um Lacroix' Blick zu erwidern, sprach er leise.

"Er hat einen weiteren erschaffen", sagte er leise. "Eine junge Frau. Er hat hier getrunken", Noirceuils Stiefel fuhr die Spuren der Stiefel und eines Knies in der weichen Erde nach. "Er erlaubte ihr, von ihm zu trinken." Er vollführte eine weitere schnelle Geste. Lacroix konnte zwar sehen, daß hier Aktivität gewesen war, aber er betrachtete die Eindrücke ausdruckslos auf der Suche nach den Hinweisen, die Noirceuil seine Informationen gaben.

"War es Montrovant?" fragte Lacroix unsicher.

"Nein", sagte Noirceuil mit einem Lächeln. "Der Dunkle hätte sie getötet und ihre Hülle hier verrotten lassen. Es ist der andere, der *Jäger*, den dieser Narr von Bischof Santorini losgeschickt hat, ohne uns zu konsultieren. Einen Vampir allein loszuschicken, um einen anderen Vampir zu jagen, erscheint mir wie der Plan eines Narren. Wir müssen auch für seine Vernichtung sorgen, und für die dieser Neuen."

Lacroix betrachtete Noirceuils dunkle Augen. Die Worte wirbelten für einen Moment durch seinen Kopf. ‚Einen Vampir *allein* loszuschikken, um einen anderen Vampir zu jagen.' Das Wort „allein" ließ ihn nicht los, bis er zitterte und darum kämpfte, seinen Atem ruhig zu halten.

"Das ist nicht unsere Aufgabe", sagte er schließlich. "Wir dürfen uns nicht von Montrovant ablenken lassen, nicht einmal für einen Moment, sonst laufen wir Gefahr, ihn zu verlieren."

Noirceuil lachte daraufhin auf. "Du vergißt, mein Freund", sagte er ruhig, "daß dieser Junge Montrovant auch jagt. Er wird uns direkt zu unserem Ziel führen, und ich werde ihnen keinen Ausweg lassen. Sie werden alle gemeinsam untergehen und in Satans Schatten zurückkehren."

Lacroix nickte und wandte sich von Noirceuil ab. Noirceuil kniete einen weiteren Augenblick im Dreck, stand dann auf und sprang in den Sattel zurück. "Sie sind hier schon sehr früh vorbeigekommen. Sie wird ihn aufhalten, aber wir werden diese Nacht nicht aufholen, denke ich."

Er wandte sich wieder dem Berg zu, während er die Straße in Sichtweite zu ihrer Linken hielt und durch die helldunklen Lichtspiele des mitternächtlichen Mondlichts ritt. Lacroix folgte ihm, ein dunkler Schatten eines dunklen Schattens, und eilte über die flachen Hügel. Es würde zwei Nächte dauern, bis sie den Berg erreichten, und auch wenn sie erwarten konnten, Abraham oder sogar Montrovant zu finden, bevor die Berge endlich erreicht wären, würde es trotzdem ein langer Ritt.

Lacroix behielt sein Schweigen bei, betrachtete erst die Straße, dann Noirceuil und dann wieder die Straße, während sein Verstand raste. Er war definitiv zu alt für all das.

Abraham wußte, daß sie verfolgt werden würden. Er wußte auch, daß er mit Fleurette in seiner Obhut nicht hoffen durfte, einem Angrif Lacroix' und Noirceuils zu widerstehen. Es war unsicher, ob er es vermocht hätte, selbst wenn er alle Unwägbarkeiten auf seiner Seite gehabt hätte. Er entschied sich, seinen Instinkten zu trauen, und kurz vor dem Tageslicht brachte er sein Pferd zum Stehen, nahm an sich, was er an Besitztümern hatte, und schickte das Pferd los. Er bewegte sich im spitzen Winkel von der Straße weg, wobei er vorsichtig die Spuren auslöschte, während er Fleurettes leblosen Körper mit Leichtigkeit über einer Schulter trug und sich selbst einen Narren schimpfe, während er ging. Montrovant hatte vollkommen recht. Er war schwach. Irgendwie jedoch beruhigte ihn das schlaffe Gewicht seiner neuen Gefährtin Fleurette.

Die Dinge wurden immer komplizierter und komplizierter. Er würde ein anderes Pferd beschaffen und sie würde beide trinken müssen. Er mußte das alles tun, ohne Aufsehen zu erregen oder zuviele Tage auf dem Weg zu verlieren. Er runzelte die Stirn und brach dann in ein schnelles Lachen aus. Es war nicht lächerlicher, als ohne Hilfe einen jahrhundertealten Vampir zu verfolgen und selbst von christlichen Vampirjägern verfolgt zu werden.

Die Berge waren nicht mehr viele Nächte entfernt. Abraham wußte, was auch immer dort passierte, Montrovant würde nicht verschwinden, bis er vernichtet war oder die Antworten fand, die er suchte. Der Orden der Bitteren Asche würde, falls er sich dorthin begeben hatte, eine nicht unbeträchtliche Zahl an Jahren dort zubringen wollen. Es wäre besser, Roms "Jäger" vor sich zu haben als hinter sich. All diese Dinge sagte er sich, während er sich weiter und weiter von der Straße entfernte und schließlich den Anblick von Rauch in einiger Entfernung sah. Er fand eine Höhle, die tief genug war, um sie beide aufzunehmen, und mit ein wenig Suchen fand er einen Stein, der groß genug war, die Öffnung zu versiegeln. Es war nicht perfekt, aber mit dem hilflosen Mädchen als Klotz am Bein war sein Handlungsspielraum geringer geworden.

Als der Morgen graute, zog er Fleurette in den kleinen Alkoven, schloß das Steinsiegel hinter sich, zog es so nah es ging heran und legte sich auf die kühle Erde, während er sie nah an seinen Körper zog. Das Gewicht der aufgehenden Sonne drückte ihn nieder, hielt ihn fest und stahl seine Gedanken. Er driftete in die Dunkelheit, und zum ersten Mal seit vielen Jahren war er nicht allein.

TEIL ZWEI

DREIZEHN

Es war früher Abend, als Gustav in die große Halle der Festung gerufen wurde. Er war noch nicht lange aufgewesen, nachdem die Sonne ihm zögerlich die Bewegungsfähigkeit und das, was als Leben durchging, wiedergegeben hatte. Sie hatten einen Besucher, aber nicht einfach irgendeinen. Er betrat die Halle, und sein Blick fixierte sofort die dünne, uralte Gestalt, die unmittelbar diesseits der großen Tore stand. Feine Schleier weißen Haars fielen über schmale Schultern, und die Augen waren genau so, wie Gustav sie in Erinnerung hatte, wild und mit eine Hinweis auf Dinge, die so uralt waren, daß man sie kaum glauben konnte.

"Kli Kodesh", hauchte Gustav. Sein Meister/Mentor lächelte ihn an und schritt langsam durch den Raum, um den Nosferatu auf halbem Weg zu treffen.

"Es ist zu lange her, Gustav", sagte Kodesh ruhig. "Viel zu lange."

Gustav nickte nur. Er hatte gewußt, daß sich die Dinge ändern würden, sobald sie in die Berge gezogen waren; das hatte außer Frage gestanden. Sie hatten den alten Bund mit der Kirche gebrochen, und das hatte Montrovant wieder einmal in Bewegung gesetzt und jede Macht aufgeschreckt, die sich für die alten Schätze interessierte. Er hatte nicht erwartet, den Alten inmitten all dessen zu sehen. Es war lange her, daß sie gesprochen hatten.

"Du bist überrascht, mich zu sehen", gackerte Kodesh. "Sehr gut. Ich habe dich unterhalten. Aber warte, ich habe etwas mitgebracht, um es dir anzuvertrauen. Die Artefakte, die du aufbewahrst, waren zu lange ohne ihren Wächter, und ich habe entschieden, daß die Zeit gekommen ist, beide wiederzuvereinigen."

Gustavs Blick huschte nervös durch den Raum, und der Alte brach in gackerndes Gelächter aus.

"Oh, beruhige dich, mein Freund. Santos ist hier, aber nicht so, wie du erwartest."

Mit einem Griff in seine Robe zog Kli Kodesh eine kleine Flasche hervor. Sie war verkorkt, und drinnen bewegte sich etwas langsam umher. Gustav schaute es sich näher an. Es war eine Made. Die Flasche enthielt nur eine einzelne Made. Die Augen des alten Nosferatu wanderten nach oben, um Kodeshs grinsendes Gesicht zu sehen.

"Er starb nicht in de Molays Festung", erklärte Kodesh, "aber er war sehr nahe dran. Er war in der Lage, seinen Geist schweifen zu lassen und den wahren Namen der einzigen Lebensform zu erfassen, die zu dieser Zeit in der Nähe war. Als ich zurückkehrte, um den Kopf zu suchen, fand ich ihn." Lächelnd schüttelte Kodesh die Flasche wild und brachte die Larve dazu, sich zu drehen und zu winden. "Ich entschied, es sei das Beste, ihn einzusperren, bevor er seine wahre Gestalt zurückbekommen konnte."

Ein Lächeln legte Gustavs Züge langsam in Falten.

"Und der Kopf?" fragte er leise. "Hast du uns den auch zur Bewachung gebracht?"

"Nein", grinste Kodesh, der vor Vergnügen über seinen Schatz beinahe in Kreisen umherstolzierte, "ich habe ihn an einem anderen Ort gelassen. Es ist von wenig Nutzen ohne das Wissen über die Zauber, die ihn binden und beleben, aber die Versuche, die Zauber zu finden und neu zu erschaffen sind äußerst amüsant gewesen."

Gustav schüttelte langsam den Kopf. Die Dinge, die Kli Kodesh amüsant fand, würde die Welt im großen und ganzen nicht lustig oder unterhaltsam finden. Der Kopf hatte jeden von ihnen irgendwann durch seine Kraft der Prophezeiung und durch die dunklen Absichten des Benutzers beinahe die Existenz gekostet. Gustav blickte noch einmal auf die Made, die sich in der Flasche wand und krümmte.

"Wir haben getan, was du befohlen hast", sagte Gustav schließlich. "Alles ist hergebracht worden, mit soviel Geheimhaltung wie möglich. Ich bin sicher, Montrovant folgt uns, und mindestens noch ein anderer."

Kli Kodesh grinste breit. "Es wird gut sein, den Dunklen wiederzusehen", sagte er leise. "Es ist ihm stets gelungen, mich zu unterhalten. Egal, wie viele Mauern man in seinem Weg aufbaut, verfolgt er beharrlich sein Ziel. Männern können von seiner Hartnäckigkeit lernen, wenn auch nicht von seinem Erfolg."

Gustav schüttelte wieder den Kopf, drehte sich um und führte Kodesh tiefer in die Bergfestung hinein. Er ging den schwach erleuchten

Korridor entlang, die mit alten Gemälden gesäumt, mit Wandteppichen behangen und mit teuren orientalischen Läufern ausgelegt war. Die Festung war über mehrere Jahre im Bau gewesen, und noch länger hatte das Möblieren und Gestalten des Innenraums gedauert. Es war ein Ort, an dem man mehrere Lebensalter verbringen konnte, ein Refugium vor der Welt. Verborgen in der bedrohlichen Bergkette, durch nur eine einzelne, gut bewachte Straße mit der Welt verbunden, war es der perfekte Ort, um die heiligen Relikte aufzubewaren oder einer längeren Belagerung standzuhalten.

Sie betraten in einen kleinen, dunkleren Bereich. Er war mit Diwanen und Stühlen bestückt, und ein großer Edelholztisch nahm fast die gesamte Länge der Kammer ein. Gustav ging dran vorbei und zur gegenüberliegenden Ecke, wo ein großer dunkler Schreibtisch stand. Schriftrollen und Bücher waren auf der Tischplatte hoch aufgetürmt. Gustav nahm dahinter Platz und zeigte auf einen bequemen Lehnstuhl ihm gegenüber.

Kodesh setzte sich und schaute ihn mit einem anerkennenden Lächeln an. "Ich sehe, daß es hier gut vorangegangen ist. Es immer eine so risikoreiche Sache, etwas wertvolles unter Geheimhaltung aufzubauen, und das in einer so abgelegenen Gegend."

"Wir hatten viel Zeit", antwortete Gustav. "Mit Geld und Zeit könnten wir selbst Jakobs Leiter nachbauen."

Kli Kodesh grinste und nickte. "Das ist allerdings wahr, und was für eine unterhaltsame Beschäftigung das sein könnte. Eine Treppe in den Himmel. So offensichtlich zum Untergang verurteilt, aber ein so hehres Ziel. Du weißt, was man sagt, Gustav, mein alter Freund. Wenn du deine Ziele zu hoch setzt, sind das Fehlschläge sehr viel deutlicher."

Gustav zwinkerte ihm zu. "Irgendwer wird immer unter dieser Leiter stehen, wenn sie zusammenbricht. Am besten überläßt man Gott sich selbst und baut unsere Leitern zu Wachtürmen aus."

Kodesh warf den Kopf zurück und lachte hysterisch.

"Immer praktisch veranlagt, nicht, Gustav? Wenn Gott dich auf seiner Seite hätte, dann hätte er Wachttürme, die den Weg zum Himmel säumen, und Patrouillen, die die Grenze absuchen, nur um sicher zu sein, daß sich keine Dämonen einschleichen."

Gustav nickte ernst. "Bist du sicher, daß keiner deiner eigenen Dämonen dieses Mal durchschlüpfen wird?" fragte er. "Montrovant ist kein Narr, und da sind noch andere. Ich bezweifle, daß die Kirche die Jagd allein dem Dunklen anvertraut hat. Man kann nicht sagen, wer alles bei uns auf dem Hof erscheinen wird."

"Das ist das schöne daran, nicht wahr?" sagte Kli Kodesh strahlend. "Das Nichtwissen. Es gibt nur so wenige Dinge im Leben, die ich nicht vorhersehen kann, so wenige Ereignisse, die ich nicht vorhersagen kann. Ich habe schon eine ziemlich genaue Vorstellung, wie das alles enden wird, auch wenn ich die Hoffnung habe, enttäuscht zu werden."

Gustav entschied sich, diese Worte zu ignorieren. "Die Schatzkammern sind streng bewacht", fuhr er fort. "Die Türme sind befestigt, die Männer sind bis an die Zähne bewaffnet. Diese Burg ist mehr eine Festung als alles andere. Der Grundstein wurde von einem der örtlichen Fürsten weiter unten gelegt. Er wollte einen strategisch günstigen Ausblick über seine Ländereien haben. Es waren nicht genug Arbeitskräfte verfügbar, und er wurde getötet, bevor der Bau fertiggestellt werden konnte. Wir haben seine Pläne verbessert.

Das ganze unterste Stockwerk der Festung ist eine einzige große Schatzkammer. Innerhalb der Mauern sind mehr Mauern, und darin noch weitere. Jede einzelne ist mit Fallen und Wachen geschützt. Wir haben mit den Jahren eine Menge gelernt und nichts von Wert außer acht gelassen."

Kli Kodesh nickte. "Ich weiß, wie die Langeweile das gewöhnliche verführerisch machen kann", sagte er leise. "Ich möchte diese Schatzkammern gerne sehen, und die Artefakte. Wir werden unseren Freund hier", er klopfte auf seine Tasche, in der die Flasche ruhte, "bei den Schätzen unterbringen, wie es sich geziemt."

Gustav erhob sich, klatschte zweimal in die Hände, und zwei kapuzenverhangene Gestalten traten aus den Schatten hervor. "Sie werden dir die Schatzkammern zeigen", sagte er ruhig. "Ich gehe nicht in die Nähe der Artefakte, wenn ich es irgend vermeiden kann. Die Versuchung, ihre Kräfte zu nutzen, ist zu groß."

Kli Kodesh lachte. "Du bist zu vorsichtig, alter Freund", sagte er voller Freude. "Macht ist dazu da, benutzt zu werden, das ist ihre Natur. Je länger du sie einschließt, genauso wie Neugier, desto mehr Druck baut sich für die kommende Befreiung auf."

"Ich werde ihn sich ein wenig länger aufbauen lassen, glaube ich", sagte Gustav lachend.

Kodesh drehte sich mit einem Achselzucken um und folgte den unter den Kapuzen versteckten Gestalten den Korridor entlang. Gustav saß in seinem Stuhl hinter dem großen Schreibtisch und sah zu, wie die dünne, verrückte Gestalt verschwand. So viele Jahre waren vergangen. Es schien eine Ewigkeit her zu sein, seit Kodesh sein Blut und seinen Fluch mit Gustav und den anderen geteilt hatte. Gustav war damals schon alt gewesen, aber seine Gefolgsleute hatten erst in dieser Nacht den Kuß empfangen. Der alte Nosferatu fragte sich oft, was wohl aus seinen Kindern geworden war, die er zurückgelassen hatte.

Jetzt war seine Existenz eine nicht endendwollende Kette von Rätseln und Spielen. Es gab viele neben dem Dunklen, die den einen oder anderen Schatz suchten, den er beschützte. Es gab auch die, die glaubten, die Objekte, die sie suchten, stünden unter Gustavs Kontrolle. Er selbst hatte nicht den Schimmer einer Ahnung, was ihm alles anvertraut worden war. Es gab keine Inventarliste der Schätze. Es gab keine Möglichkeit, für längere Zeit in der Nähe so vieler Objekte der Macht zu sein. Es korrumpierte unweigerlich. Die stärksten Überzeugungen verblaßten, wenn das Singen uralter Worte den ultimativen Wandel zu bringen vermochte.

Gustav hatte gelebt, war gestorben und wieder auf der Erde gewandelt. Selbst das war aber nicht das Ende seiner lange Reise gewesen. Er hatte durch einen alten Nosferatu den Kuß empfangen, durch einen Vampir, der schließlich in einem Kampf mit Kodesh getötet worden war. Von diesem Moment an waren Gustav und die seinen Kodesh und seinen "Unterhaltungen" gefolgt. Er konnte nicht erklären, warum. Es gab kein Band, nichts als das Blut. Kli Kodesh war weder sein Erzeuger gewesen, noch hatte er den Ahnen nach dem Töten ausgesaugt, wie Gustav es getan hätte. Es war etwas anderes, die Andeutung von Geheimnis und von Macht.

Dann war die Frage der Loyalität für immer beantwortet worden. In einer dunklen Nacht hatten Kodesh und der Nosferatu unmittelbar vor den Toren Jerusalems einer Gruppe von Rittern einen Hinterhalt gelegt, die auf dem Weg ins Heilige Land gewesen waren, während Montrovant seine eigenen Schlachten gegen den Ägypter Santos geschlagen hatte. Sie hatten sich von ihnen genährt, ihnen den Kuß weitergegeben, und Kodesh hatte jedem von ihnen einen Schluck seines Blutes gegeben. Blut, das so alt war, so mächtig, daß der Geruch Gustav in den Wahnsinn getrieben und ihm beinahe die Sinne geraubt hatte.

Bis ihm selbst das Blut angeboten worden war. Er war auserwählt worden, diese neue Gruppe zu führen. Er mußte die, die er gekannt hatte, zurücklassen und diese Gruppe neuer, unerfahrener Gefolgsleute auf eine Reise von immenser Größe und Wichtigkeit mitnehmen. Sie transportierten Geheimnisse und Schätze, die so alt und so mächtig waren, daß sie zu mehr als Legenden geworden waren, Dinge, die so alt waren, daß niemand sich an die Leute erinnerte, die sie benutzt hatten und schon gar nicht an die Geschichten, die sie zurückgelassen hatten. Und noch andere Dinge. Viele der Schätze, die Santos gesammelt und beschützt hatte, stammten aus frühchristlicher Zeit. Sie waren nicht so alt wie die anderen, aber immer noch mit immensen Kräften aus dem Glauben und der Verehrung Tausender in sich. Es waren Talismane, Stücke vom Fleisch uralter Priester und Märtyrer, Schriftrollen, Objekte, die von Männern berührt und gesegnet worden waren, die schon lange zu Staub zerfallen waren.

Und es gab auch Gerüchte über andere Dinge. Über den Heiligen Gral, die Bundeslade. Viele der Gegenstände waren in Kisten verpackt, versiegelt, um eine Einflußnahem auf die, die sie bewachten, zu verhindern. Es war eine Büchse der Pandora voller Magie und Verlokkung. Gustav hielt davon so gut es ging Abstand. Es war eine Sache zu wissen, daß diese Artefakte unter seinem Schutz standen, aber es war etwas ganz anderes, davon zu träumen, was sie sein konnten. Er hatte das Licht des Tages für viele Jahrhunderte lang nicht gesehen. Er hatte keinen Atem in den Lungen gespürt oder zur Blut in seinen Adern, das sein eigenes war.

Kodeshs Blut hatte eine faulige Ersatzflüssigkeit für all das für ihn dargestellt, aber das diente nur dazu, seinen Schmerz zu vertiefen. Er konnte früher als die meisten seiner Art aufstehen und länger wach und bei Sinnen bleiben, während die Sonne aufging. Er konnte fast endlos lange ohne Nahrung auskommen. Der Blutdurst, das Verlangen, sich zu nähren und zu zerreißen, zu jagen, das war die Spannung gewesen, die ihm geblieben war. Kli Kodesh hatte sie entfernt, ihn nahezu unsterblich auf der Erde zurückgelassen, mit nur einem Zweck: die Objekte zu beschützen, die ihm anvertraut waren, und zu tun, was Kodesh verlangte. Es waren kleine Wiedergutmachungen für Jahrhunderte der Langeweile, aber er war blutgebunden. Er konnte Kli Kodeshs Befehle nicht ignorieren.

Er schaute seinen Männern und dem Alten nach, bis sie außer Sicht waren, dann ging er in die Halle und wandte sich nach links, wobei er den Weg über die sich windende Treppe, die auf die Mauern der Festung führte, nahm. Er wußte, der Dunkle würde nicht weit hinter ihnen sein. Kli Kodesh wäre nicht aufgetaucht, wenn es nicht etwas zu tun oder zu sehen gegebn hättte, eine neue Sache, die es zu erfahren galt. Es lag in der Natur des alten Vampirs, das zu suchen, was die dauerhafte Langeweile seiner Existenz linderte.

Die Nacht war voll hereingebrochen, und Gustav begab sich hinaus auf die Zinnen und blickte nach unten auf die Straße in den Schatten. So vieles hatte sich verändert. Die Vereinbarungen mit Rom hatten ihnen für einige Jahre ein gewisses Maß an Sicherheit gewährt, aber zur selben Zeit waren die ständige Wachsamkeit Montrovants und das Fehlen von Aktivität erstickend gewesen. Nichts hatte sich verändert. Es gab solche, die an den Orden herangetreten waren, junge Kainiten mit eigenen Geschichten, aber sie brachten nichts von Wert. Gustav war eines Tages bereit gewesen, sich wegzuschleichen, in die Erde zu gleiten und für die Ewigkeit zu ruhen. Nichts war diese Art von Stillstand wert.

Der Befehl zum Aufbruch erschien ihm schließlich wie ein Geschenk Gottes. Gustav war über Dekaden immer zwischen ihrem alten Bergversteck und dieser Festung hin- und hergereist. Er hatte jeden Schritt des Wiederaufbaus geplant, war dabeigewesen, als die Steinwände zwischen der Schatzkammer errichtet worden waren. Er hatte die Dekorationen und die Einrichtung ausgesucht und gekauft.

Die Bibliothek war eine der am besten bestückten der gesamten Welt. Er hatte Schriftrollen und Bücher aus jeder Kultur, die sich auf der Erde bewegt hatte, und einige, bei denen das in Frage stand. Er hütete Geheimnisse, die mit denen hätten sterben sollen, die sie gefunden hatten. Er hatte Worte in Sprachen gelesen, die lange aus den Erinnerungen der Menschen getilgt waren, und doch gab es nichts, was noch sein Interesse erregte.

Nur Handeln brachte Gustav etwas, und es war lange her, seit Handlung sich am Horizont zusammengebraut hatte. Montrovant war kein Gegner für Kodesh, aber Gustav wußte, daß sein Meister sich aus dem heraushalten würde, was kommen würde, falls das möglich war. Der Alte würde sich entspannt zurücklehnen und zuschauen, warten, um zu sehen, wieviel Unterhaltung man aus dem Konflikt schöpfen konnte.

Das war Gustav recht. Er war bereit für eine Veränderung. Wenn es die letzte Sache dieser Art war, die in den langen Jahren seiner Existenz passieren sollte, dann wäre auch das für ihn in Ordnung gewesen. Die Alternative war, in dieser Festung zu bleiben, allein mit seinen Gefolgsleuten, bis die Welt um ihn herum verrottete, oder bis ein anderer in dem Versuch kam, seine Pflichten zu übernehmen und sich mit dem fortzumachen, was er beschützte.

So viele Dinge hätte er für eine Rückkehr in vergange Zeiten gegeben. Er bewegte sich langsam entlang der Mauer, nickte den Wachen zu, als er sie passierte, schlüpfte um die Ecke der Mauer und verschwand in der Stille.

Kodesh bewegte sich schnell durch die Steintore. Sein Führer hatte die Steine in der Wand nur leicht in einer bestimmten Abfolge berührt, und die Wand war lautlos aufgeglitten. Der Alte merkte sich die Sequenz. Er mußte sicherstellen, daß er stets Zugang zu dem hatte, was er kontrollierte. Sie gingen hinein, und nach einigen Schritten kehrte die Hand des Führers zur Wand auf der entgegengesetzten Seite zurück und drückte eine andere Abfolge von Steinen. Die Tür ging leise auf, schwere Steinplatten glitten mit einer Lautlosigkeit zu Seite, als sei lediglich eine Fliege auf seinem Mantel gelandet. Wieder sah er sorgfältig zu.

Es gab insgesamt vier Sicherheitsstufen. Jedesmal, wenn sie sich nach innen begaben, paßte er seine Schritte dem Schrittmuster der anderen an. Es waren Fallen gestellt worden, das wußte er. Kli Kodesh konzentrierte sich, leerte seinen Geist und setzte allein auf seine Sinnesorgane. Er konnte die potentielle Gefahr der Auslösemechanismen spüren, und auch wenn er nicht ihre exakte Natur kannte, wußte er genug, um sicher zu sein, daß sie gebaut waren, um die Schatzkammern sowohl gegen menschliche als auch untote Eindringlinge zu sichern.

Das letzte Portal glitt auf, und er betrat die innerste Schatzkammer. Dieselben Wagen, die die Sachen zur Festung transportiert hatten, waren herein gerollt worden. Die weiten Gänge der Festung selbst und die großen Steintore hatten dies erlaubt. Die Schätze selbst, von denen viele vor der Luft und den Blicken der Menschen vor so vielen Jahren verpackt worden waren, daß ihre Verpackung um sie herum verrottete, waren immer noch sicher in den hölzernen Kisten verstaut, in denen sie seit ihrem Exodus aus Jerusalem vor so vielen Jahren transportiert wurden.

Santos war immer ein exzellenter Wächter gewesen. Gustav aber war noch besser. Weil Santos erschaffen worden war, um die Schätze zu bewachen, hatte er kein Verlangen, sie selbst zu benutzen. Er hatte seine eigenen Kräfte und seine eigenen Artefakte, manche, die er erschaffen hatte, andere, die er denen abgenommen hatte, die ihn über die Jahre auf die Probe gestellt hatten. Die Geheimnisse, die er bewacht hatte, waren ihm heilig.

Gustav war ganz anders. Der alte Nosferatu war so vorsichtig, nicht in Versuchung zu geraten, so besorgt, er könne straucheln und Kodeshs Vertauen enttäuschen, daß die Schätze nicht einmal ausgepackt waren. Kodesh hatte die meisten von ihnen zu der ein oder anderen Zeit gesehen. Er hatte eine ziemlich genau Vorstellung davon, was dieses Lager enthielt, welche Art von Chaos dieser Hort an Geheimnissen und Mächten auf die Erde loslassen konnte, wenn sie freigesetzt würden. Die Spannung, die so erzeugt wurde, war noch viel köstlicher für Kodesh.

Er hatte tatsächlich gehofft, sein Protegé werde straucheln. Er hatte sich über Jahre gefragt, wieviel mehr Spaß die Welt wohl machen würde, wenn manche dieser alten Kräfte entfesselt würden. Gustav hatte sich als stärker erwiesen, als Kodesh erwartet hatte. Die Schätze waren intakt, und nun bewegte er sich vorwärts, um die Flasche vorsichtig in ein Stück Seide des Verpackungsmaterial einzurollen und sie auf die Seite zu dem Rest zu legen.

"Gute Reise, alter Freund", sagte er leise, trat zurück und lächelte die Wachen an. Er machte eine schnelle Runde durch die Steinkammer, überprüfte jede Wand, sah, wie stark und dicht sie waren, und ging dann zum Eingang zurück.

Er drehte sich ohne ein Wort um und verfolgte seine Schritte durch das Labyrinth von Fallstricken und Fallen ohne zu zögern zurück. Die beiden, die ihn in die Schatzkammer geführt hatten, folgten ihm, so schnell sie konnten, wobei sie seine zurückweichende Gestalt mit Sorge beobachteten. Sie waren hier, um ihn zu führen, aber er schien ihre Existenz völlig zu übersehen. Es war offensichtlich, daß sein Ausflug durch ihr Sicherheitssystem ausgereicht hatte, um es in sein Gedächtnis einzugravieren.

Kodesh folgte seinem Weg zum Hauptgang zurück und ging, als er Gustavs Anwesenheit über sich spürte, seinen eigenen Weg zu den Mauern hinauf. Der Tagesanbruch war nicht mehr weit entfernt, aber es blieb genug Zeit für einige Augenblicke der Meditation. Er hatte nicht soviel Angst vor der Sonne wie die anderen. Der Blutdurst sang nicht in seinen Adern... er konnte trinken oder darauf verzichten. Er war so lange über die Erde gewandelt, daß nur noch wenige Dinge sein Interesse erregten, und der Fluch, den er trug, hatte ihn sogar der Freuden des Blutes beraubt. Der Fluch und all die Jahre.

Er folgte Gustav nicht, sondern trat auf die Zinnen und drehte sich um, um auf die Wände der Festung zu springen und Hand über Hand emporzuklettern, bis er den höchsten Punkt der Steine erreichte. Dort setzte er sich und starrte in die Schatten, um nachzudenken. Seine Augen schlossen sich langsam, und sein Geist leerte sich, suchte, ließ seine Sinne schweifen. Er wußte, daß sie kommen würden, kannte sie so gut wie seinen eigenen Kopf.

Montrovant. Der Dunkle würde so sicher kommen, wie die Sonne aufging, sein Kind im Schlepptau. Die Kirche hatte ihre eigenen Botschafter ausgesandt, sowohl Verdammte als auch Lebende, und als Kodesh seine Wahrnehmung ausdehnte, wurde er sich des anderen bewußt.

Seine Augen weiteten sich für einen Moment, und ein Lächeln kroch langsam über sein Gesicht. "Noirceuil", murmelte er voller Freude. So eine lange Zeit, und er war sich nicht bewußt gewesen, daß dieser besondere Kainit immer noch auf den Straßen der Erde wandelte. Es erschien unwahrscheinlich, wenn man seine persönlichen Gewohnheiten in Betracht zog.

Dann schloß er die Augen wieder und bewegte sich nicht, bis die ersten Finger des Tageslichts über seine Beine tasteten, seine Haut jucken ließen und ihn aus seinen Träumereien rissen.

Als er herunterkletterte und die Schatten und die Sicherheit der Festung aufsuchte, lächelte er wieder. "Noirceuil. Oh, das ist schön."

Dann verschwand er in den Tiefen der Feste, und es herrschte Stille.

VIERZEHN

Montrovant und seine Leute kamen zu einer Gabelung der Straße, zwei Nächte entfernt vom Wald. Die linke Abzweigung wand sich in ein kleines Tal, die rechte schlängelte sich den Berg hinauf in Nebel und Schatten. Er verhielt sein Pferd an der Kreuzung, starrte nach oben und leerte seinen Geist. Er wußte, dies war der Weg. Es gab keinen anderen Ort in der Nähe und keine Chance, daß sie eine falsche Richtung eingeschlagen hatten. Trotzdem zögerte Montrovant.

Kodesh steckte hinter all dem. Er hatte von Anfang an hinter all dem gestanden. Manchmal fragte sich Montrovant, ob der Alte auch hinter seinem eigenen Ehrgeiz stand, dem zu folgen, was in so vielen Jahren zu einer Sisyphosarbeit verkommen war. Er betrachtete den ausgetretenen Pfad, während sein Pferd leicht unter seinem Gewicht schwankte, dann wandte er sich Jean zu.

"Der Orden wird dort sein, aber wir werden nicht weitergehen", sagte er. "Ich denke, es ist für uns am besten, wenn wir einen kurzen Besuch im Dorf weiter unten machen. Wir haben zwei Nächte nichts getrunken, und die anderen werden langsam müde. Erschöpfte Männer sind unvorsichtige Männer, und wir können uns Unvorsichtigkeit nicht leisten. Schon gar nicht jetzt."

Jean grinste zurück. "Ich habe genau dasselbe gedacht, aber ich wußte nicht, wie du einen solchen Vorschlag annehmen würdest. Du hast recht. Wenn es einen Verbündeten gibt, der uns hilft, dann ist es die Zeit. Weder Gustav noch Kli Kodesh laufen Gefahr, der Altersschwäche zu erliegen. Die Artefakte und der Gral sind zeitlos."

Montrovant wandte sich zu den anderen um. "Wir werden diese Nacht, den morgigen Tag und vielleicht eine weitere Nacht weiter unten im Dorf verbringen. St. Fond, reite du vor, laß Quartiere vorbereiten und kümmere dich um die Unterbringung unserer Pferde. Laß den Wirt Essen und Wein vorbereiten. Unsere Reise mag sich einem Ende nähern, und wir brauchen unsere Stärke und unseren Verstand für das, was kommen wird."

Es gab ein zustimmendes Gemurmel und ein allgemein anerkennendes Rumoren ob seiner Worte. Auf Reisen fühlten sie sich alle wohl, aber ein Teil des Reizes der Straße lag in Wein, Frauen und Essen, die einen am Ende erwarteten. Wenn Montrovant ihnen diesen Freiraum ließ, würde man es genießen und schätzen, und es würde jeden ein wenig stärker an ihn binden, als er es zuvor schon gewesen war.

Montrovant nahm die linke Abzweigung und trieb sein Pferd zu einem leichten Galopp an, wobei er nach unten strebte, wo weiße Spiralen von Rauch die Grenzen des Dorfes markierten. St. Fond entfernte sich mit einer höheren Geschwindigkeit, vergrößerte schnell den Abstand zwischen sich und der Hauptgruppe und verschwand bald ganz aus der Sicht. Jean sah ihn verschwinden und überlegte ernsthaft, ob er hinter dem Ritter hereilen und ihn begleiten sollte.

Er konnte spüren, daß Sterbliche in der Nähe waren, konnte beinahe ihr heißes Blut auf seinen Lippen schmecken. Zwei Nächte ohne Nahrung waren keine schrecklich lange Zeit für ihn. Er hatte es schon länger ausgehalten, aber aus irgendeinem Grund trieb ihn das Wissen, was kommen würde, vorwärts und steigerte die Anziehungskraft. Jean liebte die Schlacht. Er lebte für den roten Schleier, der ihm außer dem Augenblick alles raubte. Er hatte das Blut eines Berserkers in den Adern; der Kuß hatte ihm das nicht genommen, sondern es nur verstärkt. Er war nicht er selbst, wenn er in die Schlacht zog. Es war ein Hunger, der sich leicht von dem Schmerz, der seit seinem Tod durch seine Adern zitterte, unterschied. Er spürte die Nähe des Schicksals. Er spürte Kräfte am Werk, die größer als waren als er, Teile, die zusammenpaßten, und es baute sich alles zu einem Fokus der Energie auf, die die Luft durchdrang. Die Aura des kommenden Wandels ballte sich in seinem Kopf und seinen Gedanken und lud seine Sinne auf, nährte seinen Hunger.

Er folgte kurz hinter Montrovant, der die kleine Gruppe langsam den Berg hinunterführte, und bemerkte mit einem schnellen Lächeln, wie der Dunkle in seinem eigenen Sattel herumrutschte. Sie behielten ihre Geschwindigkeit eine Zeit lang bei, als sei es ein Zeichen von Schwäche, dem Drang nach Schnelligkeit nachzugeben, aber am Ende war es zuviel, sogar für Montrovant. Sie beschleunigten ihren Schritt zum einem leichten Trab und dann zu einem langsamen Galopp, während sie die sanften Hügel als dicht gedrängte Gruppe hinuntereilten.

Als sie sich der Lücke in den Bäumen und Büschen näherten, die die Grenze des kleines Dorfes bildeten, zügelte Montrovant sein Pferd ein wenig und verlangsamte zum Schritt. Es hatte keinen Sinn, wie ein wütender Mob in das Dorf einzufallen. Es war schon genug, daß sie sich ihm offen näherten. Wenn irgend jemand sie suchte oder sie in einen von Gustavs Spionen rannten, dann wäre ihre Tarnung aufgeflogen.

Montrovant kümmerte sich nicht mehr um Heimlichkeit. Von dem Moment an, als er den Pfad in die Berge gesehen hatte, hatte er anders gehandelt, seine Augen leuchteten, und seine Schritte waren lebhafter. Der Dunkle hatte keine Angst vor Gustav oder den Nosferatu. Er machte sich keine Sorgen, *wie* er in die sichere Zuflucht kommen sollte, die sich Kli Kodesh erträumt hatte. Was ihn anging, hielt er den Gral schon in seinen Händen, und seine Arroganz hatte ihren Höhepunkt erreicht. Dies war der Augenblick, für den er geboren war, und er liebte ihn und genoß die Erregung.

Jean wußte, daß er wie immer der praktisch veranlagte sein mußte. Wenn der Ärger anfing und ihre Feinde sie umzingelten, war es an Jean, ihnen den Rücken zu decken, eine sichere Route durch das Labyrinth zu finden, wie immer es auch aussehen mochte. Montrovant war der, der durch die Öffnung stürmen würde, und der Trick war, den Dunklen in die richtige Richtung zu lenken, bevor er sie in eine Falle führte.

Jean hatte keine Illusionen über ihren vorherbestimmten Erfolg. Kodesh war der älteste Vampir, den er je getroffen hatte, so alt, daß er wußte, daß Dinge, die für ihn und Montrovant galten, nicht auf die selbe Art und Weise anwendbar waren, wenn man an ihn dachte. Gustav selbst war kein junges Kainskind, und sie hatten beide Kainiten in der Vergangenheit oft genug getroffen, so daß was immer auch auf dem Berg passieren sollte nicht leicht werden würde, wenn es überhaupt möglich war, dorthin durchzubrechen, wo das, was der Orden in Besitz hatte, gelagert war.

So sonderbar es schien, Kodesh war ihre einzige Hoffnung auf Erfolg. Der Alte hatte den Orden mit seinem eigenen Blut erschaffen, aber man konnte nicht darauf vertrauen, daß er sie völlig unterstützen würde. Er hatte zu lange gelebt, zu viele geboren werden und zu Staub zerfallen sehen. Sehr wenig in der Welt konnte sein Interesse für lange Zeit fesseln, und Montrovant mit all seinen Schwächen hatte sich als eines der Dinge erwiesen, die das konnten.

Kli Kodesh mochte dem Dunklen vielleicht nie erlauben, nahe genug zu kommen, um wirklich seine Hände an den Gral zu legen, aber er würde es sicherlich möglich machen, es zu versuchen. Es war unterhaltsamer so, und Kodesh lebte für Unterhaltung. Ohne seine kleinen Intrigen und Spiele, da war Jean sich sicher, wäre der Alte schon vor langer Zeit in der Erde versunken und nicht mehr aufgestanden.

Die einzige Konstante in ihren Begegnungen mit Kodesh war, daß man niemandem, der beteiligt war, trauen konnte. Er würde eine Gruppe in die eine Richtung schicken, eine andere in die entgegengesetzte, in der Mitte stehen und lachen, wenn eine dritte Gruppe, die die anderen nicht erwarteten, im Zentrum aufmarschieren und die Chancen verschieben würde. Das, was es zu tun galt, war also nicht, nach einem Weg zu den Schätzen zu suchen. Es galt nicht zu versuchen, die Rätsel zu lösen, die der Alte stellen würde, oder sich auf das Spiel einzulassen, das er beginnen würde. Das Geheimnis war zu versuchen vorauszuahnen, was die Teile dieses Spiels waren und sie dann völlig zu ignorieren, während es aussah, als würde man in die Falle gehen.

Sie hatten es nie geschafft, auch nur bis auf Armlänge an die Schätze heran zu kommen, die der Orden bewachte, aber sie waren viel näher gekommen als Kodesh und Santos, der jetzt offenbar tot war, es gerne gesehen hätten. Diesmal mußte es anders sein. Diesmal würden sie eine eigene Intrige brauchen, und eine ganze Portion Glück, weil Jean wußte, daß Montrovant es dieses Mal um jeden Preis zu Ende bringen wollte. Er hatte entschieden, daß es enden mußte, und zwar hier. Das hieß, daß der Einsatz und die Risiken gewaltig steigen würden.

Als sie ihre Pferde in die Stadt führten, bemerkten sie, daß St. Fond wie immer sehr schnell gearbeitet hatte. Er stand neben seinem Pferd vor einem Gasthaus in der Stadt, zwei örtliche Jungen neben sich, die die nahenden Ritter anstarrten, als hätte Gott persönlich gerufen.

Montrovant lächelte, während er aus dem Sattel glitt und dem ersten der beiden die Zügel in die Hand gab. "Futter und Wasser", sagte er dem Jungen, "viel davon. Ich erwarte, daß jedes Pferd gestriegelt und sorgfältig versorgt wird und daß das Zaumzeug und die Sättel geölt werden."

Der Junge nickte nur stumm.

Sein Partner, ein wenig älter, stimmte ein: "Ja, Herr. Wir werden uns gut um sie kümmern, Herr. Ihr werdet gewiß nichts zu beanstanden haben."

"Da bin ich sicher", antwortete Montrovant beinahe lächelnd. "Ich bin auch kein Mann, den ihr enttäuschen wollt."

Beide Jungen schluckten bei diesem Satz, als sie die schlanke, imposante Gestalt, die über ihnen aufragte, betrachteten, und nickten dann eifrig. "Ja, Herr."

Montrovant lachte daraufhin und wandte sich dem Gasthaus zu. Die anderen stiegen hinter ihm ab, wobei sie die Zügel ihrer Pferde fallenließen und ihrem Anführer folgten. Die Pferde, die für Schlacht und Lager gleichermaßen trainiert waren, bewegten sich nicht mehr, als ihre Zügel einmal den Boden berührt hatten, aber die Tiere beobachteten mit vor Hunger rollenden Augen, wie ihre Gefährten in die Ställe geführt wurden.

Die beiden Stallburschen eilten wie besessen hin und her, während sie versuchten, die Tiere so schnell wie möglich unterzustellen, um mit ihrer Arbeit beginnen zu können. Sich um fünf so großartige Tiere in einer Nacht kümmern zu dürfen war sicherlich der Höhepunkt der vergangenen Jahre, aber mit der Bedrohung durch Montrovants Zorn, die über ihnen hing, und dem Gedanken, welche Belohnung ein solcher Mann anbieten konnte, wenn er zufrieden war, der in ihrer Köpfen wuchs, beeilten sie sich mit ihren Aufgaben.

Montrovant betrat das Gasthaus, die anderen kamen knapp hinter ihm. Das Innere war heiter, ein großes warmes Feuer prasselte an der Mitte der gegenüberliegenden Wand des einen großen Raums, mehrere rauhen Holztischen mit passenden Stühlen luden zum Verweilen ein, und eine Reihe von Schlaffellen neben dem Feuer versprachen eine geruhsame Nacht.

St. Fond hatte sich nur um zwei Zimmer gekümmert, beide groß und weiträumig, die für sie vorbereitet wurden, und Jean ging zum Sohn des Gastwirts hinüber, der sich um die Vorbereitungen kümmerte, um den Raum in Augenschein zu nehmen, den er und Montrovant benutzen würden. Du Puy würde sich ihnen als Wache anschließen, aber es war wichtig zu wissen, wie sie den kommenden Tag verbringen würden, bevor er Zeit darauf verwendete zu überlegen, wie er die Nacht verbringen würde.

Der Raum hatte eine niedrige Decke, und es gab nur ein einzelnes Fenster, das mit schweren Klappläden verschlossen war. Dicke Vorhänge säumten die Seiten des Eingangs, und Jean bewegte sich dorthin und zog sie mit einem kurzen Schulterzucken in der Mitte zusammen. Er drehte sich um, wobei er den Blick des Sohnes des Gastwirts über die Schulter auffing, und lächelte.

"Du kannst gehen, Junge, um alles weitere kümmern wir uns. Wenn wir etwas brauchen, dann bist du sicher der erste, der es weiß."

Der Junge zögerte sichtlich. Es war offensichtlich, daß er erwartete, mit mehr Informationen über ihre herausragenden Gäste versorgt zu werden. Jean betrachtete ihn für einen Moment, dann drehte er sich, ging einen Schritt zur Tür, und der Junge floh. Lachend wandte sich Le Duc als nächstes der Kammer zu. Wie er gehofft hatte, war diese groß. Der Raum war darauf ausgelegt, eine Gruppe von Reisenden aufzunehmen, und das Gasthaus war zu klein, um Einzelzimmer anzubieten, und die Kammer war groß genug für die Besitztümer mehrerer Leute. Sie wurde von dem Raum durch eine massive Eichentür getrennt, und Jean trat hinein, schloß sie und prüfte die Ritzen oben und unten. Es war so wenig Platz, daß er den Druck in dem engen Raum als Widerstand spürte, als er sie schloß.

Er trat vor sich hin nickend wieder hinaus. Es würde funktionieren. Nachdem das erledigt war, schloß er die Tür hinter sich und kehrte in den Hauptraum der Schänke zurück. Er wußte, daß sie mit du Puy als Wache vor der Kammer so gut wie sicher waren, wenn sie Tür und Fenster des Raumes gut verschlossen hielten - zumindest so sicher, wie sie es in einem öffentlichen Gebäude der Sterblichen sein konnten. Wenn der Gastwirt nicht übermäßig neugierig war und kein Mißgeschick passierte, würde es ein ruhiger Aufenthalt werden.

Er wollte nach draußen. Er wollte die Grenzen des Dorfes hinter sich lassen, wollte zu den umliegenden Häusern, den Jägern und Bauern. Er mußte den Geruch der Jagd spüren, die Angst seines Opfers, er brauchte den heißen, kupfrigen Geschmack von Leben, das über seine Lippen und seine Kehle hinunterfloß; die Wärme des Lebens eines anderen.

Montrovant hatte sich an einen Tisch bei einem mit Holzläden verschlossenem Fenster gesetzt, so weit vom brennenden Feuer entfernt wie möglich. St. Fond und die anderen hatten sich ums Feuer versammelt, zusammen mit einer kleinen Gruppe von Dorfbewohnern, um, wie man an den leeren Krügen vor ihnen vermuten konnte, an ihrem dritten Bier pro Person zu arbeiten.

Jean schüttelte den Kopf in stillem Gelächter und ging zu seinem Erzeuger an dem Tisch.

"Ich muß nach draußen", sagte er schließlich.

Montrovant nickte zustimmend. "Ich werde eine Weile warten und dir dann folgen. Wir brauchen labsal für unseren Geist und unseren Körper. Ich werde das Gefühl nicht los, daß er es wieder getan hat, daß Kodesh uns quer über das Land an diesen Ort manipuliert hat wie ahnungslose Kinder."

"Dann aber nicht ahnungslos", lachte Jean. "Und wenn, wo ist der Unterschied? Wir sind hier, sie sind hier, und das Spiel hat erneut begonnen. Es ist gut, wieder im Mittelpunkt der Geschehnisse zu stehen", fügte er hinzu. "Ich habe diese Spannung vermißt."

Montrovant lachte leise in sich hinein. "Geh schon. Du fängst schon an, wie Kodesh höchstpersönlich zu klingen. Als nächstes erzählst du mir, um wieviel unterhaltsamer es ist."

Jean lachte auch, stand dann auf und wandte sich der Tür zu. Die Nacht war noch jung, aber er wußte, daß er sich sehr weit vom Gasthaus entfernen mußte, um keinen Verdacht auf sich oder die anderen zu lenken. Das bedeutete einen schnellen Start und eine ebensolche Reise. Er brannte darauf, aufzubrechen.

Als Jean leise aus dem Gasthaus schlüpfte und Montrovant sich umdrehte, um die Gruppe am Feuer gedankenverloren zu beobachten, erreichten zwei Reisende die Kreuzung am Fuße des Berges. Sie teilten sich ein Pferd, und Abraham starrte voller Verlangen den Berg hinauf, als seine Gefährtin, die sich hinten an ihn anlehnte, sich an seinem Rücken festhielt und mit dunklen Augen die Straße in beide Richtungen absuchte.

Fleurette hatte seit dem Erwachen kein Wort gesprochen. Er hatte sie gefüttert und in der Nacht nach ihrem Kuß sein Blut mit ihr geteilt, und sie hatte es nicht in Frage gestellt und sich nicht gewehrt. Nun war sie still, beobachtete alles mit ihrer neuen Sicht, wobei sie jede Nuance der Landschaft in sich aufnahm, und hielt sich Schutzsuchend an ihm fest, auch wenn Abraham zur selben Zeit spürte, daß sie ihn wegstieß.

Er wußte, daß sie trotz der Verzögerung nicht sehr weit hinter Montrovant waren, aber was ihn mehr beunruhigte, waren die anderen. Er hatte keine Hinweise auf Lacroix oder Noirceuil gesehen, und das konnte zweierlei bedeuten. Entweder hatte die beiden die Spur verloren oder sie wußten genau, wo er war, und seine Zeit vor der Konfrontation war begrenzt. Wenn das zweite der Fall war, dann mußte er Entscheidungen treffen.

Er starrte grübelnd auf den sich kräuselnden Rauch aus der Stadt und dann hoch zum Berg. Er konnte ihre Anwesenheit spüren. Der Orden der Bitteren Asche war dort oben, wartete und beobachtete. Und hier unten - wer wußte das schon? Er konnte die Ortsansässigen nach Montrovant befragen, aber das ergab wenig Sinn. Der Dunkle würde auf den Berg steigen. Wenn er noch nicht da war, dann würde er bald kommen. Abraham mußte nur losziehen und ihn beobachten. Wenn er zuerst ankam, dann konnte er vielleicht noch seine alten Bekanntschaften erneuern. Zumindest würde er einige Antworten auf die Frage finden, warum man ihn zurückgelassen hatte.

Er riß sein Pferd herum und ritt den Pfad nach oben in langsamem Trott hinauf. Der Weg war voller tiefer Schatten und wandte sich schnell nach links. Er umrundete die Kurve und verschwand von der Kreuzung. Der Mond war gerade aufgegangen, und es blieb genug Zeit, den Hügel über sich auszuspähen und dann seine Pläne zu machen. Er wollte, daß auch Fleurette verstand, was sie taten. Er hatte sie in seine dunkle Welt gezogen; das war genug, um sie ihn ewig hassen zu lassen, sobald sie die Bedeutung dieser Tatsache erfaßte. Jetzt ritt er in Richtung der beinahe sicheren Vernichtung, entweder durch Lacroix und Noirceuil, Montrovant oder den Orden selbst... ein zweiter Tod, der wesentlich schmerzhafter und endgültiger sein würde als der erste, und ohne die Verheißung auf Erlösung.

Er plante, ihr die Freiheit anzubieten, soweit man das als solche bezeichnen konnte. Er konnte sie zwingen zu gehen, wenn er wollte. Sie war erst seit so kurzer Zeit ein Kainskind, und sie war sein Kind. Er hatte nie einen anderen seiner Art erschaffen, und die Verantwortung war ungewohnt, eine unangenehme Last auf seinen Schultern. Sie würde nicht viel gegen Noirceuil und Lacroix nutzen, außer vielleicht als kurzzeitige Ablenkung. Sie wußte nicht, wie man jagte oder was sie zu erwarten hatte, wenn sie die wie auch immer geartete Festung erreichen würden, die der Orden gebaut hatte. Sie war ihm eine Last und ein Rätsel, mit ihren dunklen Augen und ihrem Schweigen. Nicht zum ersten Mal verfluchte sich Abraham als Narr, sie nicht getötet zu haben und die Sache abzuschließen, als er noch die Chance hatte. Er wußte immer noch nicht so genau, warum er es nicht getan hatte, außer das irgendetwas tief in ihm nicht erlaubt hatte, sie zu verraten. Es war eine Sache, von denen zu trinken, die keine Rolle spielten oder die einen haßten; es war etwas ganz anderes, die Existenz von dem einzigen zu beenden, der sich für einen interessierte.

Er folgte dem ansteigenden Pfad für ein paar hundert Meter, dann blickte er zurück nach unten und traf seine Entscheidung. Die Straße war, so weit er nach oben sehen konnte, menschenleer, und unten erstreckte sie sich um eine Biegung und war ansonsten völlig frei. Wenn andere ihnen folgten, dann würden sie ihn und seine Gefährtin Sekunden, nachdem sie die Biegung umrundet hatten, sehen.

Er wandte sich dem Pfad zur Linken zu, wo es kaum zwanzig Meter bis zur Baumlinie neben ihm waren, um ihnen den Blick auf die Straße voraus abzuschneiden, aber auch, um sie vor suchenden Augen zu schützen. Der Weg wurde steiler und felsiger, kurz nachdem sie sich zur Seite gewandt hatten, aber ein bißchen mehr Anstrengung beim Klettern war ein kleiner Preis, den man für den möglichen Schutz seines Lebens durchaus zahlen konnte.

Er kletterte stetig weiter, rutschte von Seite zu Seite, schlüpfte um felsige Vorsprünge und umging Gruppen von Bäumen und überhängenden Büschen. Er bemerkte einen sehr dunklen Fleck zu seiner Rechten am Fuße einer Klippe und wandte sein Reittier neugierig dort hin.

Es war eine flache Höhle. Das Loch führte tief in die Erde, aber es war nicht höher als ein kleines Kind. Er starrte es für einen Moment lang an, blickte gen Himmel und seufzte. Es würde genügen. Es blieb immer noch über eine Stunde, bis die Sonne aufging, aber er brauchte die Zeit, um seinen Weg zurückzugehen und sicherzustellen, daß sie keine Spur hinterlassen hatten, und er brauchte Zeit, mit seinem stillen Kind zu sprechen.

Er drehte sich um, drückte sie sanft zur Seite, um zu zeigen, daß sie absteigen sollte, dann tat er es ihr gleich und band das Pferd lose an einen nahen Baum. Es gab keine Möglichkeit, das Tier oder ihren Aufenthaltsort zu verbergen. Ihre einzige Hoffnung lag darin, andere davon abzuhalten, ihnen in das dunkle Erdloch zu folgen. Er dachte für einen Moment an Noirceuil und erschauderte. Er legte seine Hände auf Fleurettes Schultern, führte er sie zu einer kleinen freien Fläche vor der Höhle und drückte sie nach unten, so daß sie ihm gegenübersaß.

"Du mußt mir zuhören", sagte er sanft. "Die Dinge werden für dich nie wieder so sein, wie sie waren. Es gibt keinen Weg zurück. Du bist jetzt wie ich, dein Hunger wird dich verfolgen und quälen, die Sonne ist dir verweigert, und du bist an mich gebunden, mußt tun, was ich fordere."

Fleurette antwortete ihm nicht, aber sie nickte, als sie seinen Blick erwiderte. Ihr Blick war allerdings argwöhnisch. Ihr scharfer Verstand schien nicht nachgelassen zu haben, aber sie war wachsam und tief in sich gekehrt.

"Das ist die gute Nachricht", sagte er leise. "Ich muß dir erzählen, warum ich hier bin und wer uns folgen wird."

Als er sprach, sich näher zu ihr herabbeugte, um seine Stimme sehr leise halten zu können, betrachtete sie ihn eingehend und hörte zu. Er erzählte sehr lange, und die Nacht schlich sich weg, stahl die Zeit, die er eigentlich dafür eingeplant hatte, andere Dinge zu tun. Der Wind frischte etwas auf, und in der Entfernung braute sich ein Sturm zusammen.

Weiter unten an der Kreuzung wehte derselbe Wind Zweige und Sand in spiralförmigen Böen umher, tanzte um und über Noirceuils Stiefel, als er abstieg und sein Pferd dorthin führte, wo sich die Straßen trafen, die den Berg hinauf und herunter führten.

Lacroix saß wartend und beobachtend auf seinem Pferd. Noirceuil hatte sich etwas beruhigt, seit sie wieder unterwegs waren, und die

Dinge hatten beinahe zu dem üblichen Niveau an Ruhe zurückgefunden. Noirceuil war beherrscht und still, wenn er jagte, es war seine Art, und nun hatten sie zwei Spuren, denen sie folgen konnten.

Der Jäger drehte sich langsam um und sprach mit leiser Stimme. "Der Neue ist den Berg hinaufgegangen", sagte er leise. "Ich spüre dort noch andere, eine große Zahl. Ich glaube, wir sind unserem Ziel sehr nahe, Freund."

"Ist Montrovant dabei?" fragte Lacroix.

Noirceuil betrachtete seinen Partner lange, dann wandte er seinen Blick wieder dem Pfad zu. "Nein, ich spüre den Dunklen nirgends. Es gibt eine leichte Spur, aber der Junge, Abraham, ist den Berg hochgegangen, und irgendetwas wartet dort. Ich weiß nicht, was Montrovant abgelenkt hat, aber der Orden und was auch immer er so eifersüchtig bewacht ist auf dem Berg."

Lacroix sah einen Moment lang besorgt aus. Er wußte, Montrovant würde sich nicht so leicht von seiner Mission abbringen lassen. Etwas schien schiefzulaufen, und er hatte über die Jahre gelernt, seinen Instinkten zu vertrauen.

"Der andere Weg", sagte Lacroix schließlich. "Dort unten gibt es ein Dorf... "

"Das Dorf ist eine Ablenkung", antwortete Noirceuil mit glitzernden Augen, "wir sind hier, um den Orden zu finden, mein Freund, und, wenn möglich, bei der selben Gelegenheit Montrovant aus dem Weg zu räumen. Ich habe dieser Mission zugestimmt, weil sie mir Gelegenheit gibt, daß zu tun, was ich am besten kann, und das ist Kainiten jagen und sie zu ihrer endgültigen Verdammung schicken. Der Berg ist voll von ihnen, und dort werde ich hingehen. Es steht dir frei, zuerst das Dorf weiter unten abzusuchen, wenn du willst."

Lacroix setzte zu einer Antwort an. Er hatte offiziell die Leitung der Mission, und während Noirceuil in gewissem Sinne recht hatte, daß der Orden und seine Geheimnisse ihr Primärziel waren, war es einfach unklug, Montrovant zu ignorieren, als sei der Dunkle von der Welt verschwunden. "Ich will Montrovant nicht hinter uns haben, das ist alles", sagte er schließlich.

"Montrovant wird uns nicht einholen, wenn wir jetzt weitermachen", sagte Noirceuil leise. "Ich kann ihn und seine Leute ganz in der Nähe spüren. Nicht mehr heute, aber morgen nacht können wir sie einholen. Wenn Montrovant in diesem Dorf ist, dann kann er nicht vor uns da sein, und wir werden in der Lage sein, die Straße zu überwachen.

So weit wir wissen, ahnt der Dunkle nicht einmal, daß wir ihn verfolgen. Es gibt keinen Grund zu befürchten, daß er uns in die Berge verfolgt, und wenn wir vor ihm ankommen, können wir das Gebiet oben ausspähen und unser Schlachtfeld wählen. Mach keinen Fehler, Freund. Es wird kein Gemetzel, sondern nur eine Schlacht werden. Es kann durchaus sein, daß wir diesen Berg nie mehr verlassen werden."

Lacroix er schauderte, doch dann nickte er. "Ich weiß das, Noirceuil. Ich habe es jedesmal, wenn wir eine Jagd begannen, gewußt, und doch sind wir immer noch unterwegs. So viele sind den Weg des Staubes unter unseren Händen gegangen, daß ich mich kaum noch an alle erinnern kann. Es ändert gar nichts, wenn dieser Moment kommt. Ich fühle den kalten Atem in meinem Nacken... ich habe ihn gefühlt, seit wir vor einiger Zeit die Stadt verlassen haben."

Noirceuil nickte - ob in bloßer Anerkennung von Lacroix' Worten oder in Zustimmung, war unmöglich zu sagen. Nachdem er sich abgewandt hatte, sprang der Jäger mit unglaublicher Gewandtheit in den Sattel zurück und wendete sein Reittier dem Pfad nach oben zu, um sich durch die Schatten zu bewegen.

Es war eine scharfe Kurve, und Lacroix merkte, daß er sich vor dem fürchtete, was dahinter lag. Er war so verunsichert, daß er den Atem anhielt, bis sie die Kurve hinter sich gelassen hatten, es aber nichts zu sehen gab. Der Pfad dehnte sich nach oben und verschwand in der Dunkelheit so weit entfernt, daß er nichts mehr erkennen konnte. Noirceuil bewegte sich den Pfad langsam hinauf, und er folgte ihm, wobei er sich fragte, ob dies das letzte Mal war, daß er der dunklen Gestalt ins Unbekannte folgte, oder ob es nur ein weiteres Kapitel einer weitergehenden Saga wäre.

Er fing gerade an, sich zu entspannen, als Noirceuil wieder anhielt und seine Nase in den Wind hielt, als wittere er etwas. Der Jäger schloß die Augen, drehte sich nur kurz um, um Lacroix ein strahlendes Lächeln zu zeigen, und lenkte dann sein Reittier von der Straße. Er ritt zwischen den Bäumen zur Linken des Pfades mit einer Geschwindigkeit hindurch, die etwas schneller war, als Lacroix sie angesetzt hätte. Lacroix gab seinem eigenen Pferd die Sporen, so daß er neben seinen Partner auskam.

"Was ist denn los?"

Noirceuil drehte sich wieder zu ihm um, seine Augen leuchteten.

"Sie sind in der Nähe. Abraham, Bischof Santorinis Narr, und die Junge. Sie sind ganz in der Nähe. Ich glaube, wir werden sie heute nacht noch erwischen."

Lacroix' Augen wurden für einen Moment lang dunkel. "Sie gehören nicht zu unserer Mission."

Noirceuil wandte sich zu ihm um, und seine Augen leuchteten grell, mit einem brennenden Feuer, einem besessenen Drang, den Lacroix nie verstehen würde. "Sie alle sind meine Mission. Ausnahmslos alle."

Er wandte sich wieder ab und ritt noch ein wenig schneller zwischen den Bäumen hindurch.

Abraham hörte die Hufschläge, die durch die Bäume donnerten, gerade rechtzeitig. Es blieb keine Zeit, eine Verteidigung aufzubauen oder zu fliehen, also tat er das einzige, das ihm einfiel, was nicht ihren sofortigen Tod bedeutete. Er griff sich Fleurette, trieb sie vor sich her und duckte sich in die kleine Höhle in der Klippe. Kriechend schob er sie vor sich her und flüsterte knapp:

"Geh weiter. Bleib nicht stehen, bevor du meine Berührung auf deinem Knöchel spürst oder soweit drin bist, wie es geht." Sie zögerte nicht, als sie seine Aufregung bemerkte, und er schlüpfte hinter ihr hinein und ließ die Taschen, sein Pferd, alles, was er mitgebracht hatte, für den zurück, der sich näherte.

Er dachte an Montrovant, aber irgendwie wußte er, daß er es nicht war. Es mußte Noirceuil sein, und wenn es so war, bedeutete in die Höhle zu kriechen keine echte Flucht. Sie schoben sich leise tiefer hinein, und schließlich spürte er, wie Fleurette zögerte und dann zur Seite wich. Er schlüpfte nach vorne und bemerkte, daß er dicht neben ihr herauskam... der Tunnel weitete sich.

Schweigend nickte sie zu einer Wand zu seiner Rechten hin. Es gab eine Steinplatte dort, die zur Seite geschoben, aber groß genug war, über den Tunnel zu passen. Es war also keine natürliche Höhle, sondern ein Tunnel, und dieser konnte nur zu einem Ort führen. Er drückte sich etwas weiter nach vorn, packte die Steinplatte und schob sie langsam über die Öffnung. Sie bewegte sich mühelos und leicht, aber als sie die andere Seite traf, gab es ein plötzliches Klicken. Sie ließ sich danach nicht mehr bewegen. Den Tunnel gab es effektiv nicht mehr. Er starrte für einen langen Moment in die tiefe Dunkelheit, wo der Stein ihren Weg blockierte, dann drehte er sich um, um weiterzukriechen und tippte Fleurette auf den Oberschenkel, so daß sie wußte, daß sie ihm folgen sollte.

Es blieb nur noch wenig Zeit bis zum Morgengrauen, er konnte den Druck der aufgehenden Sonne spüren, und als sie einen ausgehöhlten Bereich erreichten, der die doppelte Breite des ursprünglichen Tunnels hatte, entschied er sich anzuhalten, zog sein Kind zu sich und hielt es dort in der Dunkelheit und Stille. Wenn der Tunnel nicht häufig benutzt wurde, konnten sie während des Tages hier ruhen. Er hoffte nur, daß, wer auch immer ihnen folgte, nicht den Mechanismus finden würde, um den Stein zu bewegen.

Noirceuil erreichte die Klippe, sah das Pferd und das Gepäck der beiden und bemerkte nur Augenblicke später die Höhle. Seine Augen verengten sich zu Schlitzen. Es würde ein Moment der Abrechnung kommen, wenn er ihnen folgte, wie er es sich wünschte. Lacroix würde nicht umhin können, ihn zu sehen, wie er war, wenn er in den Schoß des Berges kroch und die Kainiten herauszog, ohne selbst dabei zu sterben. Es war noch keine Zeit für die Offenbarung, die dies bedeutete.

Er legte seine Hand auf den Stein über der Öffnung. Er schrie laut hinein... horchte aufmerksam auf das Echo. Seine Augen flackerten, als es schnell erscholl. Kein großer Hohlraum. Die Höhle hatte ein Ende, und das hieß, sie mußten herauskommen. Irgendwann, früher oder später. Er würde auf sie warten.

Lacroix zugewandt lächelte er zum ersten Mal seit Tagen.

"Laß uns hier unser Lager aufschlagen", sagte er. "Sie haben sich bis zur Nacht versteckt, und wir werden hier bis morgen abend sicher sein."

Lacroix nickte zustimmend. Er stieg schnell ab, wobei er das Loch im Berg argwöhnisch betrachtete und dann herzutrat, um ein silbernes Kruzifix in die Öffnung zu stellen. Danach griff er in seine Tasche, brachte eine Flasche Wasser hervor, das der Kardinal in Grenoble geweiht hatte, und schüttete es in einem Halbkreis um das Kreuz. Noirceuil schaute einen Moment lang amüsiert zu und wandte sich dann erneut ab.

"Ich werde mich in der Umgebung umsehen, bis es zu hell für Montrovant ist, uns zu überraschen", sagte er.

Lacroix spürte, daß er müder war, als er bemerkt hatte. Nickend suchte er unter einem nahen Vorsprung aus Stein Schutz, auf dem ein kleiner, krummer Baum hing, der Schatten spendete. Er brachte seine Tasche mit, schob sie unter seinen Kopf und zog seinen langen Mantel eng um sich, während er sich zurücklehnte und auf den Weg blickte, den sie gekommen waren.

Noirceuil verschwand derweil zwischen den Bäumen, wobei er sich schnell bewegte und sein Pferd zurückließ. Als er sicher war, genug Entfernung zwischen sich und Lacroix gelegt zu haben, stoppte er. Als er die Augen schloß, erlaubte er seinem Verstand, sich zu entspannen, und seine Füße glitten weich durch die Erde, bis zu den Fersen... Knöcheln... Hüften... langsam versank er in der Umarmung des Bodens auf dem Berg. Er würde aufstehen, ehe Lacroix mißtrauisch wurde, und dann würde er einen Weg finden, die Hasen aus ihrem Loch zu scheuchen. Die Jagd ging weiter.

FÜNFZEHN

Jean kehrte zu ihrem Zimmer im Gasthaus zurück, um den Dunklen dort bereits vorzufinden. Montrovant saß am Fenster und starrte in meditativer Stille in die Dunkelheit hinaus. Jean glitt in den Stuhl gegenüber seinem Erzeuger, lehnte sich zurück und wartete. Er war voll, gesättigt und fühlte die ersten Auswirkungen der aufgehenden Sonne, die seine Vitalität dämpften und aus seinen Gliedmaßen stahl.

"Der Kreis schließt sich", sagte Montrovant leise, als er sich vom Fenster abwandte, um Jeannes Blick zu erwidern. "Ich spüre es. Ich habe dieses Ding so lange gejagt, habe diese Sisyphosarbeit so lange auf mich genommen, daß ich mich selbst schon als Narr gesehen habe. Ich kann so nicht mehr weitermachen."

"Es waren nicht immer schlechte Zeiten, mein Freund", sagte Jean sanft.

"Nein", sagte Montrovant und lachte plötzlich, "nein, das waren sie nicht. Aber diese eine Sache war immer die Wurzel allen Übels. Der Gral war so lange eine fixe Idee in meinem Kopf, daß ich ihn in meinen Händen spüren kann, auch wenn ich noch nie einen Blick darauf werfen konnte. Ich kann ihn spüren, wie er mich ruft, mich verspottet und beständig an mir nagt. Ich war zu Lebzeiten ein vernünftiger Mann, ein bißchen impulsiv, aber ein guter Anführer. Ich war vom Schicksal für Großes ausersehen, glaube ich. Das endete, aber selbst nach dem Tod war ich vorsichtig, lernte, suchte Wissen, wenn ich es nicht schon besaß.

Dann erzählte mir Euginio die Geschichte von Kli Kodesh und dem Gral. Ich träumte immer noch vom Sonnenlicht damals... wußtest du das? Ich dachte immer noch an die guten Zeiten, in denen ich unbeschwert mit Frauen zusammen war, mich mit ihnen wegschlich, nicht um ihr Leben zu stehlen und meines fortzusetzen, sondern um heiße, feuchte Momente und Geheimnisse bei Mondlicht zu teilen. Als er mir die Legenden über den Gral erzählte, war das der Anfang eines neuen Traums.

Ich glaubte, er könne mir etwas zurückgeben. Ich glaubte, mit dem Gral sei ich in der Lage, mich von den Schatten zu befreien und zum Licht zurückzukehren. Sicherlich würden alle, die ich kannte, tot und begraben sein, aber was machte das für jemanden aus, der ewig jung und schön war? Ich sah mich selbst als König der Welt der Lebenden, und das berauschte mich.

Über die Jahre", seine Stimme wurde leiser, und sein Blick wanderte zum Fenster zurück, "bin ich zu einer anderen Perspektive gekommen, auch wenn das Feuer, den Gral zu besitzen, nicht weniger intensiv ist. Ich weiß nun, daß es kein Zurück zu dem gibt, was einmal war. Ich würde nicht mehr in die Welt der Lebenden passen, auch wenn ich mir wünsche dazuzugehören. Der Kuß hat mich nicht geringer gemacht, Jean, sondern erfüllt. Heute bin ich, was ich wirklich bin.

Das ist der Grund, warum ich auf diesen Berg steige. Ich weiß genauso wie du, daß wir keine Chance haben, Kli Kodesh den Gral abzunehmen. Es gibt keine Macht auf Erden, auf die ich setzen würde, wenn sie gegen Kodesh anträte. Aber Kli Kodesh ist ein verrückter alter Narr, und er wird uns eine Chance geben. Und ich werde diese Chance nutzen. Ich habe sie zuvor genutzt, und es hat nichts gebracht, außer, daß die Jagd weiterging, aber irgendwie fühlt es sich jetzt anders an. Kodesh wird dieses Spiels müde, genauso wie ich. Er wird nicht länger spielen, sondern sich darum kümmern, daß das Muster zu einem Ende kommt."

"Sei dir da nicht so sicher", sagte Jean, der sich plötzlich vorbeugte. "Er hat immer irgendwelche Muster geflochten, und wir haben immer genau das getan, was er wußte, daß wir tun würden, er hat uns immer in den Teppich seiner kleinen Spiele eingewoben, ohne Optionen zu bedenken, die den Ausgang ändern könnten.

Du bist aber keine Schachfigur. Du hast nicht nur eine bestimmte Zugmöglichkeit, von der du nicht abweichen kannst. Du mußt dieses Muster, das er webt, vorhersehen. Und zwar wahrscheinlich mehr als einmal. Er wird natürlich erwarten, daß wir etwas neues ausprobieren, und wir müssen das tun, aber vielleicht gibt es einige Dinge, die wir tun können, um das Muster zu verändern. Vielleicht gibt es sogar Wege, es völlig zu verändern.

Das Ziel wird bleiben, und dieser Teil des Puzzles untersteht seinem Kommando, aber der Weg zu diesem Ziel, der hängt nur von dir ab."

Montrovant blickte immer noch aus dem Fenster, aber Jean konnte sehen, daß seine Worte durchdrangen.

"Der Trick", fügte Jean leise hinzu, "ist zu wissen, was den Alten am meisten amüsieren würde. Das wird das Muster sein, und wenn wir es erst einmal kennen, können wir daran arbeiten, es aufzulösen."

Als Montrovant dann sprach, war seine Stimme tief, sonor und bedächtig. "Wenn wir einen Weg finden, sein Vergnügen zu stören, einen Weg, die Dinge in eine Richtung zu lenken, die ihn nicht befriedigt, können wir seine Zugfolge beeinflussen. Er könnte zu schnell reagieren, versuchen, die Sachen, die wir ändern, richtig zu stellen, das zu füllen, was eine schreckliche Leere in seiner Existenz wäre, das langweilige Ende eines langen, herausgezögerten Spiels. Es ist möglich, daß er, wenn er glaubt, daß er zu einfach gewinnt, die Waagschale zu unseren Gunsten ausbalancieren wird und wir diesen Moment zu unserem Vorteil nutzen können.

Es gibt eine Sache, an die ich glaube. Wenn wir gewinnen, dann wird er uns ziehen lassen. Er wird den Gral in meiner Hand sehen und lächeln, und er wird mit diesem neuen Wissen und Bild in seinem Kopf anfangen, aufs neue zu planen. Die Veränderungen, die möglich sind, wenn auch nur die Hälfte von dem, was ich alles über den Gral gehört habe, wahr ist, wären enorm. Der Unterhaltungswert davon kann ihm nicht entgangen sein.

Wenn es nicht durch mich geschieht, dann muß er planen, die Artefakte eines Tages freizugeben. Ich muß davon ausgehen, daß sein Entwurf dieses Spiels beide möglichen Ausgänge vorsieht. Er kümmerte sich sicherlich nicht darum, ob ich Santos tötete oder Santos meine Existenz beendet, so lange wir nur aufeinander trafen und kämpften. Genauso wenig wird er sich zweifellos um seine eigenen Gefolgsleute kümmern, da er sie schon gegen Kräfte eingesetzt hat, denen sie sich sicherlich nicht öfter entgegenstellen können, als ich es kann, nur um sie im letzten Moment da heraus zu holen."

"Nun, was auch immer wir tun, wir müssen auf den Einbruch der Nacht warten", sagte Jean, der langsam aufstand, "und das Morgengrauen ist für mein Wohlbefinden zu nahe."

Er ging zur Kammer, zog die Tür auf und trat hinein. Montrovant sah zu, dann wandte er sich zum Fenster, ehe er ebenfalls aufstand.

"Da ist noch etwas", sagte er ruhig. "Ich spürte es, als ich heute nacht jagte, eine Präsenz, eine Macht. Nicht Kli Kodesh, das hätte ich erkannt. Irgend etwas anderes, ebenfalls gefährliches. Ich frage mich, ob es ein Teil des Puzzles des Alten ist oder ein neues Teil, das erst noch eingepaßt werden muß, eines, das wir zu unserem Vorteil nutzen können."

Jean lächelte. "Wenn es einen Weg gibt, dann werden wir ihn finden, Montrovant. Ich bin selbst inzwischen begierig darauf, den Gral in Händen zu halten. Ich würde es hassen, so nahe vor dem Ende noch enttäuscht zu werden."

Montrovant lachte leise in sich hinein. "Ja, wir werden dann zusammen aus diesem Kelch trinken, mein Freund. Du bist länger mit mir zusammen als sonst jemand, du warst eine größere Unterstützung als mein eigener Erzeuger und seine ‚Familie'. Wenn die Zeit kommt, werden wir unsere Existenz beenden oder neu beginnen, zusammen."

Dann schlossen sie die Tür leise hinter sich. Du Puy schlief bereits halb betrunken und schnarchend an der Wand neben der Tür zur Kammer. Als die Tür geschlossen wurde, bewegte sich der Ritter, suchte den Raum still und ohne aufzustehen ab und setzte dann seinen Schlummer fort. Du Puys Ruhe war trügerisch. Selbst ein paar Becher Wein würden nicht ausreichen, um seine Instinkte daran zu hindern, die Kontrolle zu übernehmen, wenn jemand die äußere Tür zu ihrem Zimmer öffnete. Sie war verschlossen, und es gab strikte Anweisungen, jeden am Eindringen zu hindern, selbst die Männer, die mit ihnen reisten. Wenn sich die Tür bewegte (und sie würde nicht leicht nachgeben, weil ein massiver Holzstuhl in einem Winkel unter den Griff verkeilt war), würde du Puy auf den Beinen und bereit sein, bevor jemand eindringen konnte.

Es war aber wahrscheinlich eine unnötige Vorsichtsmaßnahme. Es gab keinen Grund für die Dorfbewohner, irgendetwas verdächtig zu finden, und der Gastwirt wäre sicher nicht bereit, etwa zu tun, was den ständigen Fluß von Gold zum Versiegen brachte, der seine Börse anschwellen ließ, seit sie das Wirtshaus betreten hatten.

Montrovant war niemand, der Risiken einging, und du Puy brauchte auf jeden Fall einen Platz, um sich auszuschlafen. Der Raum versank in sanften Schatten, und das einzige Geräusch war das schwere, regelmäßige Atmen des großen Ritters. Aus der Kammer ertönte kein Laut.

Droben auf dem Berg, tief in der Erde, ruhte Noirceuils Körper, aber sein Geist schweifte umher. Er konnte die Ruhe nicht finden, die das Licht ihm hätte bringen sollen, auch wenn er außerhalb seiner Reichweite war. Er konnte keinen Frieden finden, sondern nur ausharren, bis die Nacht wiederkam und die Jagd erneut beginnen konnte. Es war die einzige Zeit, in der der Schmerz aufhörte, der einzige Weg, wie er sich mit seiner Existenz in irgendeiner Weise, die nicht zum Wahnsinn führte, aussöhnen konnte.

Noirceuil hatte versucht zu beten. Da, wo er einst Gott nahe seinem Herzen gespürt hatte, der ihn gehalten und in seinem Fühlen und Denken unterstützt hatte, fühlte er nur Leere. Wo seiner Stimme früher jeden Morgen und jede Nacht Flügel zu wachsen schienen, folgten seine Gedanken und Träume nun Wegen in Reiche jenseits seines Verständnisses, wo Antworten immer gewartet hatten, seinen Kopf mit Frieden zu füllen, gab es keine Antworten mehr. Noirceuils Worte, Gebete und Träume fielen in eine tiefe, dunkle Grube, aus der es kein Entrinnen gab.

Noirceuil erinnerte sich so lebhaft an die Kirche. Er konnte sich immer noch an das Gefühl der Sonne erinnern, warm am Morgen, wie sie durch die Buntglasfenster über dem Altar fiel, wenn er betete. Es war eine kleine Kirche gewesen, eine Gemeinde mit so wenigen Gläubigen, daß es Sonntage gab, an denen er die Messe mit nur einem anderen gehalten hatte, aber es war so wertvoll gewesen, so vollständig. Jetzt war nichts mehr in seinem Leben vollständig.

Jeder Gedanke erregte seinen Zorn. Jede Erinnerung brachte Noirceuil Wut. Er wußte, was er war und daß er verdammt war. Er kannte die Leere, die nie warm erfüllt oder vollständig sein würde, aber er verlor trotz allem nicht das Vertrauen auf seinen Gott. Wenn er ihm nicht dienen und erlöst werden konnte, dann konnte er dienen und die Seelen anderer erretten. Wo seine eigene Seele verloren war, heiligte der Zweck die Mittel. Er würde sie alle zur letzten Ruhe bringen, einen nach dem anderen. Er würde sie endgültig und vollständig töten, sie daran hindern, anderen das Leben, die Seele und das Leben nach dem Tode zu rauben. Er würde nicht ruhen, bis alle im Sonnenlicht zerfielen oder bis er schließlich selbst aufhören würde zu existieren. Seine Gebete richteten sich nicht länger auf einen Platz im Himmel, sondern auf das Fehlen einer Hölle.

Lacroix verstand Noirceuil nicht. Er sah die funkelnde Spitze seines Zorns, seiner Wut, aber er sah nicht den Schmerz an der Wurzel. Er sah den dunklen Jäger, aber er sah nicht den wütenden jungen Priester, dem man seine Erlösung geraubt hatte. Er sah die Besessenheit und das schwindende Interesse an der Kirche, und diese Dinge ärgerten und verängstigten ihn. Lacroix war ein Mann, der seinen Verstand und sein Herz einer durch und durch weltlichen Zukunft verschrieben hatte, einem netten, ruhigen Beruf in Rom und einem langen, opulenten Ruhestand.

Er war so lebendig gewesen, als Noirceuil ihn zum ersten Mal getroffen hatte, so voller Feuer und Liebe für die Jagd. Lacroix wäre ein Ritter, kein Priester gewesen, wenn es nicht die Jagd gegeben hätte. Die Idee, daß die Dunkelheit existierte und mächtig in der Welt war, faszinierte und beschäftigte ihn. Als Noirceuil ihm gezeigt hatte, wie man sie jagen, aufspüren und auslöschen konnte, war die Saat gesät gewesen. Rom hatte über Jahre, wenn nicht Jahrhunderte hinweg von den Verdammten gewußt.

Es gab Legenden und Geschichten, mit denen man Kinder erschreckte, es hatte sie seit Anbeginn der Zeit gegeben. Und es gab keine Geschichten ohne einen Kern von Wahrheit. Noirceuil hatte diese Worte als Kind gehört; nun lebte er sie.

Lacroix hatte nie die Gewohnheiten seines Begleiters in Frage gestellt, auch wenn andere in der Kirche sicherlich sonderbare Blicke in seine Richtung geworfen hatten. Es waren die Ergebnisse, die ihnen Recht gegeben hatten. Manche ahnten Noirceuils Geheimnis – wie konnten sie auch nicht? Gerüchte machten die Runde. Auch wenn er scheinbar eine logische Begründung für seine sonderbaren Handlungen hatte, war seine tägliche, unabänderliche Routine mehr als einmal bemerkt worden. Es war unnatürlich - und das war noch das wenigste, was man sagte -, nie das Licht der Sonne zu sehen, selbst wenn man von der Nacht besessen war.

Er wollte existieren, wie die Verdammten existierten. Er wollte nur wandeln, wenn sie wandelten, nur sehen, was sie sahen, und ihre abscheuliche Existenz bei jeder Gelegenheit zu beenden, alles im Namen Gottes. Das war seine Geschichte, sein beschmutztes *Leben nach dem Tode*, alles, was von seinen Träumen und dem Feuer seiner Liebe, die er für Gott - der ihn lange aufgegeben hatte - gespürt hatte, übrig war.

Wenn es noch Hoffnung für ihn gab, dann würde er sie in der Rache suchen. Wenn es wirklich "viele Wohnungen im Hause seines Vaters" gab, dann würde er seine in den Herzen so vieler abscheulicher, blutsaugender Dämonen suchen, die er auf der Reise aufbringen konnte. Sie waren Verdammte wie er, und sie sollten nicht auf der Erde wandeln. Sie sollten nicht die Leben und Seelen anderer ausborgen, um ihre eigene unreine Existenz zu verlängern. Sie sollten überhaupt nicht existieren. Es war sein Ziel, dafür zu sorgen.

Die Sonne ging auf und küßte die Erde, die Bäume, den Wind, der das Gras und die Tiere streichelte, die aus ihren Löchern und Verstekken kamen, um auf der Lichtung auf der Suche nach Nahrung herumzuhüpfen. Und Noirceuil wartete. Keine Ruhe, kein Frieden, nur der Schmerz zu wissen, daß die Zeit, bis die Sonne wieder unterging, vertane Zeit war.

Zunächst irritierte Noirceuils kleiner Spaziergang in den Wald, von dem er am Morgen nicht zurückkam, Lacroix überhaupt nicht. Er betrachtete immer noch argwöhnisch die Öffnung in der Klippe, aber er glaubte nicht, daß Abraham und seine Junge, wenn sie denn tatsächlich dort hineingegangen waren, in die helle Sonne heraustreten würden, so daß er vor ihnen sicher war.

Traurigerweise war es sein Begleiter, mit dem er lange Jahre auf der Straße verbracht hatte, der ihm Angst einjagte. Er verlor schnell sein Vertrauen in Noirceuil und ihre gemeinsame Arbeit, was fatale Folgen haben konnte. Sie mußten sich aufeinander verlassen können, und ohne Noirceuils unglaubliche Fähigkeit, die Verdammten zu finden, aufzuscheuchen und zu vernichten wäre Lacroix schon hunderte von Malen tot gewesen oder zu einem dunklen Unleben auferstanden. Er konzentrierte sich darauf, als er sich unter dem Steinüberhang in seine Decke rollte. Sie waren schon so weit gekommen, und dies sollte ihre wichtigste Mission sein. Er konnte es sich nicht leisten, aufgrund seiner kindischen Angst zum schwächsten Glied der Kette zu werden.

Überraschenderweise spürte er, wie seine Augenlider schwer wurden, und es dauerte nicht lange, bis er eindämmerte und die Gefahren ignorierte, die ihn umgaben. Eines, was seine Zeit mit Noirceuil charakterisiert hatte, war ihr Feind. Bei Tag gab es keinen Feind. Sie jagten bei Nacht, eine Praxis, die er jetzt zu hinterfragen gedachte, aber bei Tag war der gesamte Wahnsinn davon entfernt und verschwunden.

Die Sonne berührte ihn nicht, als sich der Schatten des Felsens um ihn legte, und er schlief, auch wenn dunkle Schatten ihn durch seine Träume verfolgten.

SECHZEHN

Abraham spürte den Druck der Sonne, der mit zögernder Zurückhaltung von ihm wich. Er schüttelte Fleurette sanft, weil er wußte, daß sie langsamer aufstehen würde, aber er brauchte sie so schnell wie möglich in Bewegung. Wenn dies ein Weg in die neue Festung des Ordens der Bitteren Asche war, dann waren zwei Dinge ziemlich sicher. Die Insassen wußten, daß es ihn gab, und sie würden ihn als Ausgang benutzen. Keine dieser Tatsachen munterte ihn auf, während sie hier so Seite an Seite begraben unter einem Berg von Erde lagen. Dies war kein guter Ausgangspunkt, um etwas auszuhandeln.

Sobald Fleurette sich rührte, drängte er sie vorwärts. Es gab kein Zurück, und es gab keine Möglichkeit, sicher zu sein, daß Noirceuil nicht ein Weg finden würde, das Portal auf der anderen Seite zu öffnen. Noch weniger als den Orden der Bitteren Asche wollte er diesen Mann in einem solchen dunklen, beengten Raum treffen.

So bewegten sie sich weiter und tiefer in den Berg. Es waren nicht mehr als fünfzehn Meter, bis der Gang einen Bogen machte, und sobald sie um die Biegung waren, kamen sie zu einem anderen Portal. Dieses war verschlossen, aber Abraham geriet nicht in Panik. Er glitt vorwärts, nachdem er seiner Gefährtin Zeichen gegeben hatte, für einen Moment zu bleiben, wo sie war. Der Gang hatte sich beträchtlich geweitet, und es gab auch etwas mehr Freiraum über ihren Köpfen, so daß es kein Problem war, sich zu bewegen. Abraham untersuchte vorsichtig die Steintür, drückte mir seinen Fingern da und dort, glitt mit der Hand über die Kanten, ließ sie dann über die Mitte fahren und suchte nach einem Riegel. Er fand nichts, und als er weitersuchte und ein wenig hektischer wurde, spürte er, wie sich Fleurette hinter ihm bewegte.

Sie blieb lange ruhig, dann schossen ihre Hände vor, glitten an seinen ausgestreckten Armen vorbei und drückten gegen den Stein. Mit einem schnellen Ruck ihrer Schultern drückte sie die Steinplatte hart zur Seite. Sie glitt einfach seitlich weg und versank in einem Schlitz in der Tunnelwand. Sie blickte ihn wieder an, und er vermeinte, nur für eine Sekunde das kleinste Aufflackern eines Lächelns in ihren Augen tanzen gesehen zu haben, aber dann war es vorbei, und sie war so still und undurchschaubar, wie sie es seit dem Abend war, als sie tot erwachte.

Wortlos glitt Abraham durch den kleinen Eingang, und sie folgte ihm. Sobald sie drinnen war, zog er die Steinplatte vorsichtig zu, um die Tatsache ihres Eindringens so lange wie möglich geheimzuhalten. Es gab Ordensmänner, die sich an Abraham erinnern würden, sogar solche, von denen er früher geglaubt hatte, sie Freund nennen zu können. Aber jetzt war er sich da weniger sicher, und es hatte keinen Sinn, das Boot zum Schaukeln zu bringen, solange man nicht wußte, wie tief das Wasser war.

Er glitt an der nächsten Wand entlang, wobei Fleurette ihm mit Leichtigkeit folgte, und stellte fest, daß sie sich am Ende eines langen, engen Stollens befanden. Es bog nach links ab, wurde dann gerade und mündete in einen größeren Gang. Entlang dieses breiteren Ganges konnte er einen schwachen Luftzug spüren. Er drehte sich in die leichte Brise, während er immer noch so nahe wie möglich an der einen Wand blieb, dann bewegte er sich vorsichtig hinein. Nur wenige Momente später sah er die Treppe vor sich. Fackeln flackerten an den Wänden und erleuchteten den Gang trübe. Abraham wußte sofort, daß sie auf der untersten Ebene der Festung waren, die zugänglich war.

Der Kern des Ordens der Bitteren Asche hatte von Gustavs ursprünglicher Gruppe von Nosferatu den Kuß empfangen. Abraham hatte die Geschichte immer und immer wieder hören müssen, auch wenn sie endlos faszinierend war. Nach ihrem Kuß hatte der Alte, Kodesh, der für Abraham als kaum mehr als eine Legende erschien, mit ihnen sein eigenes Blut geteilt, und das hatte sie irgendwie verändert, sie an ihn gebunden, und ihr Aussehen verändert. Gustav war Nosferatu und zur Zeit der Umwandlung sehr alt, und seine Züge trugen immer noch die Narben dieses sonderbaren, verunstalteten Clans.

Die anderen hatte mehr Glück gehabt. Ihr Haut leuchtete leicht. Während die Haut anderer Verdammter blaß, manchmal sogar weiß waren, war ihre opak und milchig. Selbst Gustav hatte viel von der Grobheit seiner Züge verloren, seine Mißbildungen waren irgendwie weniger offensichtlich. Und es gab noch andere Veränderungen.

Während seines Aufenthalts beim Orden der Bitteren Asche hatte Abraham sie nicht einmal trinken sehen. Möglicherweise verboten ihre Statuten öffentliches Bluttrinken, aber Abraham war sich sicher, daß es mehr als das war. Sie tranken nicht, weil sie weniger Blut als andere Verdammte brauchten. Sie fühlten den Hunger, aber mehr als störendes Jucken denn als ein verzehrendes Feuer.

Da war auch noch die unglaubliche Fähigkeit, am Morgen noch nach dem Sonnenaufgang wach zu bleiben und aufzustehen, bevor es ihm möglich erschien. Nie hatte Abraham einen von ihnen sich morgens zurückziehen sehen, und jedes Mal, wenn er aufgestanden war, waren sie dagewesen, wachsam und beschäftigt, hatten sich um ihre Aufgaben kümmerten, als wären sie die ganze Zeit auf gewesen.

Sie verbrachten ihre Nächte, falls sie sich nicht um Angelegenheiten kümmerten, an denen Abraham nie Anteil hatte, mit ihren Studien. In dem Berg, auf dem sie ihn zurückgelassen hatten, waren die Bibliotheken und Laboratorien riesig und beeindruckend gewesen. Die Weisheit vieler Zeitalter war in diesen Mauern aufbewahrt worden, und Abraham war bereit zu wetten, daß sie ebenfalls mitgenommen, oder langsam weggeschafft worden war, ein Stück nach dem anderen, die ganze Zeit über, während sie unter dem Berg gewesen waren.

Nun stellte er sich selbst gegen diese Gruppe machtvoller Kainiten. Zusammen mit einer frisch erschaffenen Gefährtin auf seiner Seite und mit einem Monster wie Noirceuil hinter sich, bedeutete das eine noch sicherere Vernichtung als die, die seiner ohnedies geharrt hatte. Nicht zum ersten Mal fragte sich Abraham, warum er sich nicht in ein fernes Land begeben und nie mehr zurückgeblickt hatte, als Bischof Santorini ihm die Briefe und das Gold gegeben und ihn losgeschickt hatte.

Abraham kümmerte sich nicht um die Kirche. Er hatte jede Form der Erlösung aufgegeben, als ihm sein Leben genommen und ihm in verzerrter, verdunkelter Form zurückgegeben worden war. Früher, als er als Mensch umhergezogen war, schien es gut zu sein, sein Leben Gott anzuvertrauen und auf seine Erlösung zu hoffen. Verdammt, wie er jetzt war, spielte es kaum noch eine Rolle, und es erschien ihm geradezu frivol, sich darüber Sorgen zu machen.

Aber der Orden der Bitteren Asche verhieß etwas. Seine Existenz, seine sonderbaren Kräfte, seine Geheimnisse und sein Wissen, das waren die Ziele, die es wert waren, sich an sie zu hängen und ihnen zu folgen. Das waren die Dinge, an die es sich zu glauben lohnte.

Langsam erreichte er den Fuß einer Steintreppe, die in die Schatten nach oben führte. Es gab keine Geräusche, kein Anzeichen dafür, daß irgend jemand außer ihm selbst und Fleurette das Gebäude bewohnte. Zum ersten Mal, seit sie den Pfad hochgekommen waren, fragte er sich, ob er falsch gelegen hatte. War dies der Ort, den sie gesucht hatten, oder war es ein abgefeimter Betrug? Es wäre typisch für den Orden gewesen, diese große Festung zu bauen, sie über Jahre mit nichts zu füllen, dann hinein- und wieder herauszuschlüpfen, um auf der anderen Seite des Berges zu entkommen und in Vergessenheit zu geraten.

Diese Gedanken brachten einen Hauch von Verzweiflung in seine Bewegungen, und er begann, die Treppen schneller zu erklimmen. Fleurette griff von hinten nach ihm, legte eine Hand auf seine Schulter und bremste ihn. Er drehte sich um, um ihren Arm wegzuschlagen, aber ihre Augen hinderten ihn daran. Sie hatte natürlich recht. Er konnte die Treppen nicht hinaufstürmen, ohne darüber nachzudenken, was dort oben warten mochte. Nicht, daß er irgendeinen Plan für diesen Fall hatte. So nahe war er seinem Ziel, und doch noch so weit entfernt von der Lösung.

Sie erreichten das obere Ende der Treppe - hier teilte sich der Gang in zwei Richtungen, wobei eine weitere Treppe direkt vor ihnen weiter nach oben führte. Abraham blickte den Gang in beide Richtungen entlang. Türen säumten den Gang, und aus den Abständen schloß er, daß es wahrscheinlich Privatgemächer waren. Es war immer noch ein Kellergeschoß, das während des Tages komplett von der Sonne abgeschnitten war.

"Wir müssen noch höher gehen", sagte er leise. "Sie werden bei Nacht nicht hier sein."

Fleurette nickte zustimmend, und als er den Gang überquerte, um die zweite Treppenflucht nach oben zu nutzen, folgte sie dicht hinter ihm. Er hatte sich nicht darum gekümmert, ihr genau zu erklären, was sie taten oder auf welche Gefahren sie treffen konnten. Es hätte zu lange gedauert, und ihr Schweigen begann an seinen Nerven zu zerren. Es war beinah davon überzeugt, daß sie ihre Fähigkeit zu sprechen durch den Kuß verloren hatte.

Er bewegte sich nun noch langsamer als zuvor. Es gab keinen Weg herauszufinden, wie tief dieses Gebäude in den Berg reichte oder wie weit sie klettern mußten, um zur Spitze zu kommen. Er ging beständig weiter, wobei er sich in die Schatten an der Wand drückte, beobachtete und lauschte auf den kleinsten Laut einer Bewegung, den sanftesten Luftzug.

Vor sich sah er, wie die Treppen in einem weiteren Gang endeten, trat in den Türrahmen, blickte nach rechts und links und hielt inne. Gustav stand keine zehn Fuß von ihm entfernt und sah ihn aufmerksam an. Der alte Nosferatu bewegte sich nicht und schien auch nicht besonders gestört oder überrascht zu sein, seinen jungen Möchtegern-Gefolgsmann zu sehen.

"Hallo, Abraham", sagte Gustav leise. "Es ist lange her, daß wir gesprochen haben."

Abraham erstarrte, und Fleurette, die beim Geräusch der Stimme neben ihn getreten war, sah Gustav still an.

"Nicht so lange", sagte Abraham schließlich. "Zumindest nicht lange genug, um dich meinen Namen vergessen zu lassen. Warum hast du mich zurückgelassen, Gustav? Warum hast du nach so vielen Monaten auf meine Gesellschaft verzichtet? Bin ich denn so verabscheuungswürdig?"

"Du gehörst nicht zum Orden", antwortete Gustav einfach. "Ich habe den Orden der Bitteren Asche nicht erschaffen, und es steht mir nicht zu, jemanden aufzunehmen, auch wenn ich die Handlungen der anderen hier überwache. Ich habe getan, was ich tun mußte, wie du auch. Es ist gut, dich wieder zu sehen."

"Wer bist du?" sprach Fleurette, und Abraham drehte sich um, als habe ihn jemand geschlagen.

Gustav hingegen beobachtete amüsiert das Kind. "Wenn du ein paar hundert Jahre Zeit hast, Mädchen, dann wäre ich erfreut, mich hinzusetzen und es dir zu erzählen. Leider kann jedoch keiner von uns so viel Zeit für eitle Scherze erübrigen."

"Was meinst du?" fragte Abraham.

"Montrovant natürlich", antwortete Gustav, als er sich abwandte und langsam den Gang entlang ging und sie zurückließ, es ihnen überließ, stehenzubleiben oder ihm zu folgen, je nachdem, was sie vorzogen. "Er ist dir direkt auf den Fersen, das weißt du. Er und Jean Le Duc. Es wäre nicht gut für uns, den Dunklen zu unterschätzen, wenn er sich die Zeit nimmt, die Reise bis zu unserer Festung auf sich zu nehmen."

"Dann ist es eine Falle", rief Abraham ihm nach, während er dem Vampir die Halle entlang folgte, wobei seine Angst von vor einigen Augenblicken durch Neugier mit einem Hauch von Ärger ersetzt wurde. "Es geschah alles, um den Dunklen hierher zu locken, und mich noch dazu, falls ich überleben sollte. Sag mir, Gustav, warum konntest du nicht einfach in dem Berg bleiben, die Schätze behüten und warten? Warum mußtest du gehen? Warum ausgerechnet jetzt? Sicher weißt du, daß die Kirche von deinem Verschwinden weiß? Rom ist voll von denen, die dich jagen wollen, und nicht alle sind machtlos, es zu tun."

Gustav blickte nicht zurück, aber er antwortete leise:

"Es war nicht meine Wahl. Es ist nur selten meine Wahl. Komm, in einigen Augenblicken wirst du mich besser verstehen."

In diesem Moment umrundeten sie eine Ecke und kamen zu einem riesigen, offenen Durchgang, der in eine große Kammer führte. In der Mitte des Raumes stand ein langer, rechteckiger Tisch mit einer dunklen, harten Platte. Um den Tisch herum standen viele Stühle. Auf jedem dieser Stühle saß ein Mitglied des Ordens der Bitteren Asche, die die Tür betrachteten, als hätten sie den ganzen Abend auf Abrahams Ankunft gewartet. Am Kopf des Tisches räkelte sich träge eine Gestalt, die Abraham noch nie zuvor gesehen hatte.

Der Vampir war alt und gebrechlich, dünn bis zur Ausgezehrtheit, sein langes, zerzaustes weißes Haar, das von seinem verzerrten Gesicht wie eine halb verblühte Löwenzahnblüte abstand, sah aus, als könnte es von einem starken Windstoß weggeblasen werden.

Selbst aus der Entfernung fielen die Augen des Vampirs auf. In einem Raum, wo alle Züge ein bißchen aus dem Rahmen fielen, verzerrt oder verrottet waren, wo einen nichts verwundern sollte, wo das Normale sehr viel bizarrer war als alles, was sich Abraham vorstellen konnte, stachen diese Augen heraus. Sie lachten ohne Humor, saugten sich an Abrahams Blick fest und brachten ihn zum Verstummen, zum Stehenbleiben. Wenn Fleurette nicht das plötzliche Fehlen der Bewegung gespürt und ihm sanft gegen das Bein getreten hätte, dann hätte Abraham an diesem einen Punkt stehen bleiben und für Stunden starren können.

"Kodesh", hauchte er. Es war keine Frage. Es gab keinen anderen, der es sein konnte, und in Anbetracht all dessen, was innerhalb und um die Festung herum passierte, gab es keinen anderen Ort, an dem man den Alten zu finden hätte erwarten können.

"Und du bist Abraham", antwortete Kodesh grinsend. "Ich höre, du hast meinen Freund Montrovant direkt zu meiner Schwelle geführt."

Abraham sah den Alten lange schweigend an, ehe er antwortete, während er versuchte, den Anblick von ihm mit den Worten und Geschichten in Einklang zu bringen, mit denen er sein eigenes Bild erschaffen hatte. Es war schwierig.

"Ich habe ihn nirgendwo hin geführt", sagte Abraham schließlich. "Ich bin ihm hierher gefolgt."

"Das sehe ich", antwortete Kodesh mit tanzenden Augen, "und doch bist du zuerst hier. Eine interessante Methode der Verfolgung, eine, die wir später ausführlich diskutieren sollten. Es reicht, daß Montrovant gekommen ist, wie ich wußte, daß er es tun würde."

Abraham fand den Humor des Alten in der Situation wenig amüsant, und er hätte mehr gesagt, wenn er die Chance erhalten hätte, aber Kodesh fuhr fort:

"Es scheint nach Auskunft unserer Späher, daß Montrovant und seine Männer das Dorf unten verlassen haben und ihren Weg den Berg herauf begonnen haben. Es ist beinahe an der Zeit, sich auf ihre Ankunft vorzubereiten, nicht zu vergessen das passende Willkommen für Noirceuil, den ich seit Jahren nicht gesehen habe. Es sollte eine interessante Ablenkung sein, wenn ich ein Treffen der beiden auf dem Berg arrangieren kann."

"Noirceuil ist ein Jäger", warf Abraham ein. "Er tötet seinesgleichen."

"Ich glaube, daß er das mit dir diskutieren würde, mein junger, hitziger Freund", antwortete Kodesh schnell. "Noirceuil kämpft in Gottes Armee, und so wie er die Geschichte erzählt, ist er der einzige wirklich qualifizierte Krieger in dieser Gruppe. Er wird sein bestes geben, den Dunklen zur letzten Ruhe zu schicken, dessen kannst du dir sicher sein. Noirceuil tötet im Interesse der Rettung von Seelen, und auch wenn er etwas übereifrig ist, hat er sich über die Jahre als sehr effektiv erwiesen. Ich würde es hassen, sitzen zu bleiben und die

Zahl der Verdammten zu zählen, die er seit seinem Kuß zur endgültigen Ruhe gebracht hat. Was für eine köstliche Ironie Noirceuils Existenz doch bisher war!"

"Warum sie dann hierher bringen?" fragte Abraham. "Wenn es dein Ziel war, Montrovant zu einer letzten Konfrontation hierher zu locken, warum dann noch mehr Ärger einladen? Der Jäger ist nicht von sich aus hier, er wurde von der Kirche, von der Inquisition geschickt. Wenn er oder sein Partner, Lacroix, nicht zurückkehren, wird dieses Gebiet bald vor Agenten aus Rom wimmeln, die jeden Baum und Felsen umdrehen werden, um etwas zu suchen, daß sie nur vage verstehen. Warum so etwas so offenkundig provozieren?"

Kli Kodesh warf den Kopf zurück und begann irre zu kichern, wobei er sich auf den Arm seines Stuhls legte und in einem plötzlichen, unkontrollierten Anfall von Freude beinahe umfiel.

"Wenn du überhaupt irgendwas von mir gehört hast, Junge", Kodesh drehte sein Grinsen zu Gustav, der zu seiner Rechten saß, "und in dieser Gesellschaft bin ich sicher, daß du das hast, dann weißt du, daß ich Dingen nur aus einem Grund tue, nur aus einem einzigen Grund. Sie erlösen mich von meiner endlosen, ermüdenden, immerwährenden Langeweile. Sie geben mir Grund weiterzumachen, auch wenn alles, was zu tun ist, getan wurde, und alles, was zu sehen ist, gesehen wurde. Das einzige, was bleibt, ist der Verstand, die subtilen Nuancen des Willens, ein Herz, das gegen den Widerstand eines anderen angesetzt wird. Es hält mich in Bewegung, es macht mich heil... und es amüsiert mich ohne Ende."

Dann kehrte das Lachen wieder zurück, der Alte lehnte sich erneut in seinem Stuhl zurück und ließ es über sich kommen.

"Dann laß mich helfen", rief Abraham mutig aus. "Ich habe genauso viele Gründe, Montrovant zu hassen, wie jeder andere, der bei Tag oder Nacht auf Erden wandelt. Ich habe gesehen, wie der Hunger die Existenz eines anderen vernichtete, nur weil es ihm paßte. Ich will Anteil an Montrovants Ende haben, wenn dies dein Plan ist. Ich will ein Teil des Ordens der Bitteren Asche sein."

Kodesh sprang plötzlich aus dem Stuhl und landete mit den Füßen in einem unglaublichen Schauspiel von Schnelligkeit und Gewandtheit auf dem Tisch, was durch seine zerbrechliche, alte Erscheinung noch lächerlicher wirkte. Seine Augen brannten, und seine Lippen waren zu einem verächtlichen Lächeln gefletscht.

"Du willst tatsächlich einer von ihnen sein?" Kli Kodeshs Augen glitten erst über Abrahams Züge, dann über die versammelte Mannschaft seiner eigenen Gefolgsleute. "Du würdest mit Gustav gehen, studieren und die Geheimnisse der Zeitalter kontrollieren wollen? Du würdest dich gegen Montrovant stellen und gegen diejenigen, die denken, sie könnten die Schätze nehmen und zu ihrem eigen machen?"

Abraham versuchte zu sprechen, aber Kli Kodesh fing ihn mit Leichtigkeit mit seinem magnetischen Blick ein, während er mit der Eleganz einer großen Raubkatze auf ihn zukam. Abraham wollte fliehen, aber er hätte sich nicht bewegt, selbst wenn er die Kraft gehabt hätte. Es war der Moment, auf den er gewartet hatte, seit er vor so vielen Jahren von Loris Höhle zur Tür der Feste des Ordens gegangen war. Er würde jetzt ein zweites Mal sterben oder aufstehen, um etwas besser zu sein.

"Es wird funktionieren", grinste Kodesh und nickte. "Ich werde dir geben, was ich ihnen gegeben habe, unter der Bedingung, daß du mein Köder wirst. Du wirst zu beiden gehen, zu Montrovant und Noirceuil, und wirst sie sehen lassen, was aus dir geworden ist, was dir angeboten und ihnen verweigert wurde. Dann wirst du sie in den Untergang führen oder bei dem Versuch selbst vernichtet werden. Zumindest wirst du für einen Moment lang das haben, was du so lange gesucht hast, wovon du spät in den Nächten und während deiner Ruhe beim Licht des Tages geträumt hast. Du wirst ein Mitglied des Ordens der Bitteren Asche werden, ein Wächter von Geheimnissen."

Fleurette hatte sich dicht hinter Abraham geschlichen und umarmte ihn plötzlich. "Tu es nicht", sagte sie eindringlich. "Er läßt es wie eine gute, besondere Sache klingen. Er wird dich in den Tod schikken."

"Und wenn schon?" antwortete Abraham, als er seinen Blick von Kodeshs dunklen, tiefen Augen losriß, um in ihre zu blicken. "Wenn ich sterbe, dann sterbe ich dabei, das zu erreichen, was ich mir vorgenommen habe."

"Nicht, wenn du in Montrovants Händen stirbst, dann nicht", sagte sie und packte ihn am Arm. "Du wirst dasselbe wie er tun", sie drehte sich zu Gustav und zeigte mit einem schlanken Finger auf den Alten, während ihre Augen brannten und die Worte von ihren Lippen sprangen, als würde speie sie sie aus. "Du wirst dem, was du erschaffen hast, den Rücken zuwenden, derjenigen, die du jetzt führst. Du wirst das tun, was sie dir angetan haben, mich genauso schnell aufgeben, wie du mir das Leben und meine Hoffnung auf Erlösung genommen hast. Du wirst diese neuen Verdammnis annehmen, und du wirst mich hier lassen... um was zu tun? Um Kli Kodesh zu dienen? Um meinen eigenen Weg in der Welt zu gehen und mich von denen zu nähren, die ich einmal meine Freunde genannt habe? Ganz allein?"

Dann kreischte sie, sprang mit einer so plötzlichen Wut auf Abraham zu, daß er mehrere Schritte zurückgetrieben wurde und einen tiefen Riß unterhalb seiner Augen hinnehmen mußte, bevor es ihm gelang, ihre Handgelenke zu packen und sie festzuhalten. Immer noch wehrte sie sich, die Augen voller kalter Wut. Abrahams Kopf raste. Was sie gesagt hatte, war wahr.

"Halt", befahl er, und auch wenn das Feuer in ihren Augen nur ein wenig nachließ, tat sie, was er befohlen hatte. Sie hatte, gebunden durch das Blut, keine Wahl oder sie hätte den Kampf weitergeführt, bis er gezwungen gewesen wäre, etwas dauerhafteres zu tun, um sie aufzuhalten.

"Sie ist voller Feuer", kicherte Kli Kodesh. "Du bist ohne sie besser dran."

"Nein." Abraham wandte sich zu ihm um. "Ich werde tun, was du verlangst, und ich werde sie hierher führen, aber du mußt das Angebot uns beiden machen. Ich habe vor langer Zeit geschworen, keinen anderen in diese höllische Existenz zu führen, aber jetzt habe ich es getan. Ich werde nicht zu dem werden, was ich verabscheue. Ich werde sie nicht dem Leid überlassen, dem man mich überließ."

Kli Kodesh zögerte. Es entsprach nicht seinem Plan, aber es war klar, daß Fleurettes Handlungen seine Aufmerksamkeit erregt hatten. Sie versprach Ablenkung. Unterhaltung.

Er nickte zustimmend. "Gut, so sei es. Ich werde also den Einsatz verdoppeln. Wenn du sie auf dem Berg verlierst, dann wird das auf dein eigenes Gewissen zurückfallen. Kommt nun beide her zu mir."

Mit einem Sprung war Kli Kodesh vom Tisch und stand vor ihnen, streckte seine ausgetrocknete Hand vor, und sie traten beide sofort vor, dazu getrieben. Fleurette versuchte erst dagegen anzukämpfen, aber es war vollkommen sinnlos. Abraham bewegte sich in Trance, hypnotisiert durch den Augenblick, durch die sonderbaren Verwirrungen der Ereignisse, die ihn dorthin geführt hatten, wo er jetzt stand.

Sie bewegten sich beständig vorwärts, und als sie näher kamen, umschloß Kli Kodesh jeden von ihnen mit einem alten Arm, sein Gesicht leuchtete vor – Wahnsinn. Anders konnte man e snicht bezeichnen. Als seine Arme sie umschlossen, brachte er je ein Handgelenk an ihre Lippen und wartete nicht darauf, daß sie zubissen, sondern durchbohrte sich selbst mit ihren Fängen, wobei er sie mit der Gewalt und Plötzlichkeit der Handlung vom Boden hob. Sie kämpften beide für einen Augenblick, dann veränderte sich ihr Ausdruck subtil... vollständig.

Ihre Augen starrten glasig, und ihre Kiefer drückten fest zu, als handelten sie unisono. Kodesh versteifte sich lange, spürte den Fluß des Blutes, während die beiden Bisse seine Handgelenke in einer Parodie der Nägel der Kreuzigung durchbohrten, als Symbol der Kirche, die sie jetzt jagte. Dann schüttelte er sich, und sie fielen, als seien sie abgeworfen worden, und taumelten zu Boden. Keiner bewegte sich zunächst, und Kli Kodesh zog seine Arme an seinen Körper, schloß die Augen und senkte für einen Augenblick den Kopf, dann hob er ihn wieder, wobei sein dunkles Grinsen zu dem irren Ausdruck von etwas viel wilderem geworden war.

"Es hat begonnen", sagte er leise, als erst Abraham und dann Fleurette sich auf ihre Knie aufrichteten und dann aufstanden.

Abraham starrte auf seine Hände, dann drehte er sich um, und sein Blick hob sich, um dem Kodeshs zu begegnen. Er versuchte zu sprechen, aber er fand keine Worte. "Ich... "

"Geht", sagte Kodesh sanft. "Geht den Weg zurück, den ihr gekommen seit, durch den Tunnel, und findet sie. Wenn ihr zuerst Noirceuil trefft, weil er euch jagt, dann nutzt das aus, um Montrovants Aufmerksamkeit zu erregen."

"Und was ist, wenn wir zuviel Aufmerksamkeit erregen?" Fleurettes Stimme war nun glatter, leiser, kälter. Ihre Augen senkten sich nicht, als Kli Kodesh sich umdrehte, um sie erneut in seinem Blick einzufangen.

"Dann müßt ihr euch auf einen Kampf vorbereiten, Kleine", antwortete er mit einem Lächeln. "Noirceuil wird nicht von eurem phantastischen neuen Blut beeindruckt sein. Er wird versuchen, euch daran zu hindern, mehr Seelen zu verdammen."

Fleurette nickte, und als Abraham konsterniert dreinschaute, wandte sie sich ohne einen Blick zurück von dem Alten ab und ging in Richtung des Ganges, durch den sie hereingekommen waren. Er sah ihr einen Moment lang nach, dann drehte er sich wieder zu dem Tisch um, als Kli Kodesh erneut zu lachen anfing.

"Du holst sie besser ein, Freund Abraham", gackerte Kodesh, "sie scheint nicht auf dich zu warten."

Abraham wandte sich ab und folgte Fleurette schnell in den Korridor und die Treppen hinunter, wobei er seine Schritte beschleunigte, als das irre Lachen hinter ihm ausbrach. Alles an der Art, wie er dachte und fühlte, hatte sich in einem Augenblick verändert. Er hatte sich danach gesehnt, gewartet, davon geträumt und nun... nun war es sein. Er hatte das Geschenk empfangen. Er war einer von ihnen geworden, und es gab keine Gelegenheit, es zu genießen. Er konnte die Dinge um sich herum schärfer wahrnehmen. Er spürte, wie der Hunger, der ihn zuvor so wahnsinnig gemacht hatte, zurückgedrängt wurde. Er war da, aber so schwach, so klein, daß es zuerst schwierig war, ihn überhaupt als Hunger zu erkennen.

Fleurette hatte keine Erfahrung, gegen die sie das alles abwägen konnte, aber trotzdem waren ihre Aktionen entschlossener. Als sie den Fuß der zweiten Treppe erreichte und um die Kurve in den Gang zu dem Tunnel strebte, packte er sie plötzlich an der Schulter und drehte sie mit dem Gesicht zu sich um. Er sprach zunächst nicht, sondern erwiderte nur ihren festen Blick.

"Was tust du?" fragte er nach einem Moment der Stille. "Warum gehst du einfach weg?"

"Wenn ich wirklich weggehen könnte, dann würde ich es jetzt tun", spie sie ihm entgegen. "Du hast zweimal in einer Zeitspanne von weniger als einer Woche mein Schicksal verändert, ohne mir eine Wahl zu lassen. Ich kam hierher, weil du mich dazu getrieben hast, und mit meinem neuen Hunger brauchte ich deine Instruktionen, deine Unterstützung. Du hättest mich einfach aufgegeben. Dann, in einem Anflug von Schuld über meine Anschuldigungen, die alle wahr waren, hast du mich hier hinein gezogen. Hast du gefragt, ob ich dieses *Geschenk* haben wollte? Das hast du nicht."

"Ich... " Er starrte Fleurette an, und zum zweiten Mal in dieser Nacht wußte er, daß sie recht hatte. "Es tut mir leid", sagte, zu spät und zu sinnlos.

Als sie sich von ihm abwandte, ging sie den Weg zum Tunneleingang und zog die Steinplatte zur Seite, um in die völlige Dunkelheit dahinter zu starren. "Wir werden das diskutieren, wenn das hier vorbei ist", sagte sie mit tonloser Stimme. "Ich spüre, daß der Einfluß, den du auf mich hattest, gebrochen ist. Wir müssen das überprüfen."

Dann war sie verschwunden, gewandt in den Tunnel gekrochen, und Abraham blieb nur zu folgen, so gut er konnte, in der Hoffnung, daß ihr Ärger sie nicht beide in etwas hineinmanövrieren würde, auf das sie nicht vorbereitet waren. Das Schlimmste war das Wissen, daß Fleurette sich nicht darum zu kümmern schien, ob sie das tat oder nicht. Für sie war Noirceuil vielleicht sogar die beste Antwort von allen. Zumindest sein Verstand war klar und konzentriert.

Dann wurden sie schnell von den Schatten verschluckt.

DAVID NIALL WILSON

SIEBZEHN

Noirceuil kehrte zum Eingang der Höhle zurück, nachdem die Sonne untergegangen war. Lacroix hatte das geahnt. Es wurde kein Wort gesprochen, aber Noirceuil kniete sofort neben dem Eingang nieder. Lacroix selbst war erst seit einigen Augenblicken wach, die Strapazen der Reise hatten ihn schließlich eingeholt und ihm einen langen, tiefen Schlaf gebracht. Vielleicht den letzten für lange Zeit.

Noirceuil schnüffelte an der Öffnung, stutzte leicht und glitt zurück auf seine Fersen, wobei sein Kopf hin und her ruckte. Er sah aus wie ein Tier, das seine Witterung verloren hatte, und das erregte mehr Besorgnis in Lacroix als alles andere, seit sie beide Partner geworden waren. Irgend etwas war falsch oder zumindest nicht so, wie Noirceuil es erwartet hatte. Dies war eine schwierige Kunst. Wenn ihr Feind auch nur einen Moment lang einen Vorteil hatte, konnte es der letzte Moment ihrer Existenz sein.

Sofort zog sich Lacroix zu dem Felsen zurück, wo er geschlafen hatte, zog seine Waffe und suchte die Schatten, die die kleine Lichtung umgaben, mit verengten Augen ab.

"Was ist denn los?" rief er vorsichtig.

Noirceuil antwortete ihm nicht sofort. Als er schließlich nickte und vom Eingang zurücktrat, war seine Stimme tief. "Sie sind nicht da. Sie könnten diesen Weg zurückgekommen oder tiefer in den Berg eingedrungen sein. Ich bin nicht sicher. Ich denke, daß ich sie hier spüre... in der letzten Stunde oder so, aber die Spur ist zu schwach, um ihr zu folgen."

Noirceuil wandte sich mit flammendem Blick Lacroix zu. "Warum hast du den Eingang nicht bewacht?"

Lacroix' Augen verengten sich, als er sah, wie sich sein Partner von dem Höhleneingang entfernte. "Du warst noch nicht hier, und ich habe keinen von ihnen gesehen, bis du kamst. Ich dachte, es sei noch nicht spät genug, um sich Sorgen zu machen."

Noirceuil sah so aus, als sei er bereit, noch etwas zu sagen, dann hielt er inne und legte den Kopf zur Seite.

"Nun, sie sind weg. Wir können die Möglichkeit nicht ausschließen, daß sie früher als die meisten anderen aufstehen und daß sie mit uns hier draußen sind."

Er fluchte leise und spähte in die Schatten. Lacroix' Herz beruhigte sich etwas. Mit Noirceuil an seiner Seite fühlte er sich zumindest, als habe er gegenüber seiner Beute gleiche Chancen, wenn sie sich nicht selbst in die Beute verwandelt hatten. Er hatte zu viele fallen gesehen, um zu glauben, die Chancen stünden nun schlecht für sie, aber er haßte es, bei einer Unachtsamkeit erwischt worden zu sein. Er haßte es auch, als Narr dazustehen, und Noirceuils Gesichtsausdruck Augenblicke zuvor hatte genau das sehr beredt ausgedrückt.

Es gab keine Bewegung in ihrer Nähe, aber etwas ließ die Haare in Lacroix' Nacken sich sträuben, und er wußte, daß sie nicht allein waren. "Sie sind hier", hauchte er.

Noirceuil nickte nur stumm. Er war ganz zu dem Stein zurückgewichen, und seine Haltung war die einer aufgerichteten, zusammengerollten Schlange, die bereit war, zuzuschlagen. Es war keinerlei Angst in ihm, kein Gedanke an eine Niederlage. Er wollte nur eins: ein Ziel. Lacroix war nicht so begierig darauf, Vampire zu treffen, die so früh aufstehen konnten, wie sein Partner es zu sein schien, aber er wußte, er würde glücklicher sein, wenn sie erst einmal in Sicht waren. Wenn er schon sterben sollte, zog er es vor, das Instrument dieses Todes zu sehen.

Dann ertönte ein Rascheln zu ihrer Linken, und das Warten war vorbei. Das Mädchen trat unvermittelt ins Freie, die Hände in den Hüften, und starrte sie an, als seien sie Ungeziefer, das sich in der Ecke ihrer Küche zusammenkauerte.

Ein weiteres Geräusch zu ihrer Rechten, und Abraham stand ebenfalls am Rand der Lichtung, die Augen dunkel und unlesbar. Noirceuil bewegte sich vor und zurück, wobei er angespannt erst die eine und dann den anderen beobachtete.

Dann erstarrte Noirceuil plötzlich.

"Was ist denn los?" fragte Lacroix schnell. Sein erster Gedanke war, die beiden seien nicht allein, und er ließ seinen Blick wild umherschweifen, aber es waren keine anderen zu sehen.

"Irgendetwas ist falsch", sagte Noirceuil ruhig. "Sie sind nicht so, wie sie sein sollten. Sie sind viel stärker. Schau dir ihre Haut an... "

Lacroix tat das, indem er sich darauf konzentrierte, das dämmrige Licht zu durchdringen. Er wählte das Mädchen, die angenehmer anzuschauen war. Auf den ersten Blick sah sie nicht anders aus als jedes Mädchen auch, vielleicht ein bißchen bleicher, aber dann schaute er sie sich genau an. Noirceuil war niemand, der Alarm schrie, wenn er keinem Wolf gegenüberstand.

Dann bemerkte er zwei Dinge gleichzeitig. Erstens zeigte das Mädchen nicht die kleinste Spur von Angst. Inzwischen war es sicher, daß sie wußte, wer Noirceuil war und warum er hinter ihnen her war, egal, wie neu für sie ihre Verdammnis war. Das andere war, daß ihre Haut noch bleicher war als er zunächst geglaubt hatte, durchscheinend und bleich, ihre Augen glänzten mit einem tiefen, inneren Licht. Lacroix hatte schon viele Vampire gesehen, aber da war irgendwas völlig anderes, völlig irritierendes an ihrem Anblick. Sein Blick wandte sich dorthin, wo Abraham erschienen war, aber da war jetzt niemand mehr.

Im selben Moment sprang Noirceuil von dem Stein, wobei er sich mit unglaublicher Geschwindigkeit dorthin bewegte, wo das Mädchen stand, das sie schweigend anstarrte. Sie bewegte sich überhaupt nicht, und irgendwie war das für Lacroix ein Hinweis in letzter Sekunde, und er sprang vor und versuchte das Cape seines Partners zu packen, auch wenn er wußte, daß er zu langsam und es zu spät war.

Abraham glitt aus den Schatten wie ein dunkles Messer, erwischte Noirceuil von der Seite und warf den Jäger zu Boden. Das Mädchen verschwand einfach, und als Lacroix ein tiefes, wütendes Knurren seines Partners und den Antwortschrei des Vampirs hörte, bewegte er sich selbst nach rechts, wobei er entlang der Wand der Klippe tauchte und sich abrollte, während seine Augen die tiefer werdende Dunkelheit absuchten.

Er richtete sich so schnell es ging auf die Knie auf, dann sah er dorthin, wo Noirceuil in den Schatten verschwunden war. Absolut nichts. Die beiden waren außer Sicht gerollt, und nun war Lacroix ganz allein. Er zog die hölzerne Klinge, die er bei sich trug, aus der Scheide, die er nah am Herzen hielt, und ohne nachzudenken glitt seine Hand hinauf, um das Silberkruzifix zu umfassen, das er um den Hals trug. Er wußte, daß beides wahrscheinlich sinnlose Gesten waren, wenn er nicht zumindest einen Blick auf seine Beute erhaschen konnte, und je länger er nichts von seinem Partner hörte, um so wahrscheinlich wurde es, daß Noirceuil endlich einen ebenbürtigen Gegner gefunden hatte.

Dann ertönte ein schriller Schrei, und Lacroix erkannte die Stimme anhand des vorhergehenden ersten Schreies als die Abrahams. Es war eindeutig ein Schmerzensschrei, und Lacroix bewegte sich. Er wußte nicht, was passiert war, aber er wußte, daß, wenn er Noirceuil am Leben und an seiner Seite halten konnte, er eine bessere Chance hatte, seinem Richter am Himmelstor und nicht in dieser dunklen Lichtung entgegenzutreten.

Er bewegte sich nahe am Boden, wobei er argwöhnisch nach Spuren des Mädchens suchte, und als er die Baumlinie erreichte, sprang er mit einem leisen Fluch hindurch, wobei er dem Weg folgte, den die beiden Gegner wenige Augenblicke vorher entlang gerollt waren. Es gab ein Geräusch vor ihm, das Rascheln von Füßen und einen weiteren Schrei, diesmal von Noirceuil. Lacroix bewegte sich schnell, brach wieder zwischen den Bäumen hervor, um Noirceuil und Abraham im Dreck rollen zu sehen, mit den Händen fest die Kehle des jeweils anderen umklammernd, die Augen nur Zentimeter voneinander entfernt.

Ihre Erschöpfung war offensichtlich, aber was Lacroix innehalten ließ, war Noirceuils Gesicht. Die Augen lagen tiefer, waren weit aufgerissen und glühten mit einem tiefen roten Haß. Die Hände des Mannes, eher schon Klauen, hielten sich mit derselben Wildheit fest wie die seines Gegner. Lacroix blieb plötzlich stehen und trat dann einen Schritt zurück.

"Nein", hauchte er.

Noirceuil hörte ihn und wandte seinen wilden Blick seinem Partner zu. "Komm her und hilf mir, du Narr", keuchte er.

Lacroix schüttelte den Kopf und trat nicht näher. Seine Lippen bewegten sich, aber kein Laut ertönte. Fakten und Ereignisse in seinem Verstand und seinen Erinnerungen ordneten sich zu ganz neuen Zusammenhängen an und raubten ihm die Konzentration.

"Nein", wiederholte er. Er trat einen weiteren Schritt zurück, und ihm war, als spüre er die sanfte Berührung einer Hand auf seiner Schulter.

Als er herumwirbelte, sah er das Mädchen, Hunger flutete durch ihre Augen, sie trat näher, und er schwang seine Klinge, um sie direkt in ihr Herz zu stoßen und sich dann umzudrehen, zu seinem Pferd und dann den Weg den Berg hinunter und nach Rom oder wohin auch immer hin wegzulaufen.

Sie erwischte sein Handgelenk mit Leichtigkeit, verdrehte es und schickte dann das scharfe Holzmesser mit einer lässigen Drehung ihres Handgelenks auf einen Flug in die Schatten. Sie schien keine Eile zu haben, ihrem Partner zu Hilfe zu kommen, sondern war statt dessen auf Lacroix fixiert, auf seine Kehle, den sanften Puls seines Blutes, der mit jeder Sekunde wilder und stärker wurde.

Sie zog ihn mit einem plötzlichen Ruck an seinem Handgelenk an ihre Brust, und er verlor beinahe sein Gleichgewicht.

"Duck dich, du Narr", zischte Noirceuil in seinem Rücken.

Lacroix wußte nicht, was er sonst tun sollte, also gehorchte er. Als sie an seinem Arm zog, duckte er sich nach vorne an ihr vorbei und entkam ihrem Griff, als sie sich überrascht nach ihm umdrehte. Er ignorierte seine verlorene Klinge, warf sich zu Seite und tauchte in die Schatten ein.

Hinter sich hörte er sie einmal zischen, es erklangen mehrere sanfte Schritte, und dann hielt sie inne. Der Kampf hinter ihr mußte sich zu Noirceuils Vorteil entwickeln. Sie folgte ihm nicht, und Lacroix war zurück auf der Lichtung und bewegte sich in Sekunden zu seinem Reittier. Noirceuil, ihre Mission, alles war vergessen außer Flucht.

Er sprang in den Sattel ,zerrte sein Pferd herum und riß die Zügel von dem Ast weg, an dem er sie in der Nacht zuvor festgebunden hatte. Das verängstigte Tier wieherte laut und bockte, aber Lacroix hielt sich fest, und Augenblicke später flog er durch die Bäume, wobei Äste gegen seine Arme und sein Gesicht schlugen und peitschten. Er betete, daß er sich nicht ein Knie an einem der Bäume aufreißen würde, als das Pferd durch die Dunkelheit stürzte.

Er war noch nicht weit gekommen, da registrierte sein Verstand ein neues Geräusch. Er versuchte, sich zu konzentrieren, aber Panik hatte seine Gedanken ergriffen, und er hörte die donnernden Hufe nicht, bis er auf den Pfad hinausbrach und beinahe über St. Fond und du Puy hinweggaloppiert wäre, die ihn wüst beschimpften. Er bemerkte sie im Vorbeirasen, erfaßte, wer sie sein mußten, und gab seinem Pferd die Sporen, so daß es sich mit halsbrecherischen Geschwindigkeit den Berg hinunterstürzte. St. Fond drehte sich um, um die Verfolgung aufzunehmen, aber du Puy schüttelte den Kopf, und die beiden wandten sich statt dessen dem Rand des Weges zu und folgten dem Pfad, den Lacroix aus den Bäumen genommen hatte.

Weiter unten auf dem Weg sahen Montrovant und die anderen den Mann den Pfad entlang auf sie zupreschen, während er jetzt mit allem, was seine Lungen hergaben, schrie, und machten wortlos Platz.

Le Duc sah zu, wie der verrückte Reiter an ihnen vorbeischoß, und dann blickte er Montrovant an, eine Frage in den Augen. Der schüttelte den Kopf.

"Laß ihn ruhig gehen. Uns interessiert nur das, was auch immer ihn jagt."

Montrovant wandte sein Pferd, trieb ihm die Hacken in die Flanken und eilte den Pfad entlang, bis er dort, wo seine Leute den Pfad verlassen hatten, die Richtung änderte und in die Dunkelheit eintauchte. Mit einem Achselzucken folgten ihm Jean und die anderen.

Sie brachen Augenblicke später auf eine Lichtung, wo sich gerade eine wilde Szene abspielte. Fleurette zog Noirceuil roh von Abraham weg, aber Abraham war zu langsam beim Aufstehen, und der Jäger hatte sich gegen sie gewandt, wobei er sich selbst zum Angriff bereit machte.

In diesem Moment brachen St. Fond und du Puy zwischen den Bäumen hervor und unternahmen direkt einen Angriff auf die beiden Gegener. Abraham hatte es trotz der Tatsache, daß er verletzt war, geschafft, sich auf eine Seite zu rollen und einmal mehr in die Schatten zu schlüpfen, und die beiden Ritter, erfüllt von der Energie und dem Adrenalin ihres Angriffs, zogen ihre Klingen und machten einen Schwenk, bereit, sich jedem zu stellen, der ihnen unter die Augen kam.

Noirceuil schrie vor Enttäuschung auf und wandte sich um, um sich dieser neuen Bedrohung mit einem Knurren entgegenzustellen. Er zögerte, wollte sich erst auf Fleurette stürzen und die Ritter ignorieren, aber im selben Moment wollte er sie kopfüber angreifen. Die Entscheidung fiel Sekunden später, als der Dunkle hinter den beiden mit Le Duc an seiner Seite erschien.

Es kostete den Dunklen nur Sekunden, die Situation einzuschätzen, und er trieb sein Reittier schnell vorwärts, wodurch die Schulter des Tieres Noirceuil hart traf und ihn taumelnd in die Schatten schleuderte. Der Jäger ging nicht zu Boden, sondern führte einen schnellen, tödlichen Hieb mit seinen scharfen Klauen über Fleurettes Gesicht, als er an ihr vorbeikam, aber der Schlag glitt ab, und sie trat mit Leichtigkeit zur Seite und wandte sich den Bäumen zu. Le Duc fing Fleurette ab, zog sie hart empor, und obwohl sie versuchte, in die andere Richtung zu springen, tauchte St. Fond mit gezogener Klinge direkt hinter ihr auf.

Noirceuil verschwand mit einem zornerfüllten Schrei in die Dunkelheit, die sie umgab.

"Er ist nicht fort", schrie Montrovant laut. Der Dunkle huschte sich über die Lichtung, bemerkte die Zeichen des Kampfes, dann blickte er einen Moment lang das Mädchen an.

"Da ist noch einer. Bleibt dicht beisammen. Was auch immer ihr tut, geht nicht aus dem Sichtbereich der anderen und kommt den Schatten nicht zu nah."

Dann stieg er sehr schnell ab und trat an Fleurettes Seite. Er ließ seinen Blick rasch an ihr auf und ab wandern, wobei er ihre junge Gestalt, die Tiefe ihrer Augen und die kühle, unnachgiebige Stärke ihres Blicks in sich aufnahm.

"Wie lange?" fragte er mit weicher Stimme.

Sie antwortete nicht, sondern erwiderte nur kühl seinen Blick. Er trat näher, wobei er nach ihr griff, um scheinbar ihre Schulter zu pakken, und zog sie dann hart zu sich empor.

"Wie lange, seit du den Kuß empfangen hast?"

Sie antwortete ihm immer noch nicht, und ein Schrei aus den umgebenden Bäumen brachte einen leisen Fluch über Montrovants Lippen. Er sprang rasch zur Seite, tauchte in die Dunkelheit, und Jean Le Duc machte mehrere Schritte, um ihm zu folgen. In diesem Moment, als die Aufmerksamkeit von ihr abgelenkt war, war sie fort. St. Fond und du Puy starrten sich zwar gegenseitig vollkommen konsterniert an, aber sie nahmen nicht die Verfolgung auf. Montrovants Wort war für sie Gesetz, und sie hatten keine Eile herauszufinden, was der Dunkle in den Schatten fürchtete. Es war besser, ein wenig offene Fläche zum Kämpfen zu haben.

Montrovant und Le Duc kamen von entgegengesetzten Seiten und fanden Noirceuil vor, der Abraham festhielt, dessen Arme schlaff an der Seite herunterhingen. Der Jäger hatte ihn gegen einen Baum gepreßt, schien aber nicht die Kraft für den tödlichen Schlag sammeln zu können. Montrovant zügelte sein Pferd, sah einen Moment lang zu und wandte sich dann schnell ab.

"Jetzt", sagte der Dunkle leise. "Jetzt ist die richtige Zeit."

Ohne ein weiteres Wort stürzte er sich in Richtung Klippe. Le Duc, der solche Planänderungen gewohnt war, folgte dem Dunklen und ließ die beiden Vampire zurück, um ihren Kampf so zu beenden, wie sie es wollten. Die Klippe ragte Augenblicke später über ihnen auf, schroff und unpassierbar, aber bevor Jean das kommentieren konnte, war Montrovant auf den Beinen, dann auf den Knien und bewegte sich auf eine niedrige Öffnung in der Steinwand zu.

Es war eine kleine Höhle. Es gab eine Öffnung in der Wand, und Jean lächelte, als er schnell aus dem Sattel glitt, um Montrovant zu folgen. Der verschwand bereits in dem schwarzen Loch, als Le Duc auf dem Boden landete und von der Lichtung glitt, wobei er sein Pferd, seine Besitztümer und möglicherweise seine Existenz zurückließ.

"Wohin führt das?" fragte er krächzend.

"Hinein und nach oben", antwortete Montrovant knapp. "Hast du sie gesehen, Jean? Das war Abraham, der, den ich zum Sterben in der Festung zurückgelassen hatte, und das Mädchen war nicht länger als eine Woche Kainskind, und trotzdem waren sie stark. Ihr Blut war mächtig, war anders."

"Der Orden", hauchte Jeanne.

"Ja", antwortete Montrovant, "und das ist der einzige Weg, über den sie so schnell vom Orden zurückkommen konnten. Ich habe die Pferde der anderen beiden, dieser Jäger, hier bei der Wand gespürt und vermutet, was ich finden würde. Wenn sie diesen Pfad heruntergekommen wären, dann hätten sie uns getroffen und nicht diese sonderbaren Gestalten."

"Warum sind wir hergekommen und nicht geblieben, um den anderen zu helfen?" fragte Jean, an dessen Herz ein Funken Schuldgefühl nagte.

"Deine Worte", grunzte Montrovant, als er tiefer in den Berg eindrang. "Kli Kodesh würde von mir erwarten, daß ich kämpfen Der eine war ein Jäger, und dem kurzen Blick nach zu urteilen, den ich auf seine Ausrüstung auf seinem Pferd werfen konnte, war er von Rom geschickt worden. Er jagt seine eigenen Leute, Jean. Kodesh weiß, daß mich das ärgern wird, und ich hoffe, daß er sich darauf verläßt, daß mich das einige Zeit beschäftigt halten wird. Ich habe mich von dieser Schlacht abgewandt, weil es das letzte war, was ich tun wollte. Wir werden bald sehen, ob ich recht habe oder ob er mich wieder einmal zum Narren gehalten hat."

Jean grinste in die Schatten und folgte ihm. Sie kamen zu einem ersten offenen Portal und glitten hindurch. Jean zögerte und spielte mit dem Gedanken, es zu schließen, doch dann zuckte er mit den Schultern. Wenn sie erst einmal drinnen waren, spielte es keine Rolle, wer ihnen folgte. Wenn andere ihnen folgten und Unruhe verursachten, dann konnten sie für eine gute Ablenkung sorgen, wenn eine gebraucht wurde.

Sie folgten dem Weg zum inneren Portal, das verschlossen war, und Montrovant fummelte daran herum, bis er es mit einem leisen Schrei zur Seite schieben konnte. Sie glitten hindurch und erreichten schweigend die unteren Stockwerke der Festung, wobei sie den Stein wieder zurück an seinen Platz schoben. Dann schlüpften sie in die Halle und zu den Treppen dahinter.

Fleurette beobachtete die beiden sterblichen Ritter mit dunklen, funkelnden Augen von den Schatten einer riesigen Eiche aus. Der Hunger war nur ein entferntes Pulsieren, und sie spürte keinen Drang, sich zu nähren, aber genauso wenig schien es richtig zu sein, nur zu warten. Indem sie mit den Schatten rings um sie verschmolz, umkreiste sie die Lichtung und konnte schließlich wieder die Geräusche des Kampfes ausmachen.

Rascheren Schrittes brach sie auf die Lichtung hinaus und sah Noirceuil, der auf Abrahams regloser Gestalt saß, die Arme weit erhoben, wobei eine Klinge hell in seinen Händen leuchtete. Es war kein Kampfgeist mehr in Abraham, aber Fleurette wußte, daß er noch nicht vernichtet worden war. Sie war sich nicht sicher wie, aber sie wußte, daß sie es in dem Moment wissen würde, wenn er aufhörte zu existieren, und das es weh tun würde, sehr weh.

Mit einem leisen Knurren sprang sie aus den Schatten und zog ihre Klinge. Sie hatte dort gesteckt, wo sie sie auch zu Lebzeiten getragen hatte, festgebunden an ihrem Oberschenkel, und der Griff aus einem geschwungenen Knochen lag gut in ihrer Hand an, als sie sie zum ersten Mal zog, seit Abraham ihr in der Gasse vor so langer Zeit, vor so vielen Meilen zu Hilfe gekommen war.

Noirceuil schreckte auf und drehte sich halb, aber es war zu spät, ihrem Angriff auszuweichen. Die Klinge erwischte ihn tief in der Kehle und warf ihn zu Boden. Sie folgte ihm, rollte sich aus dem Schwung des Sprunges ab und riß den Dolch aus seiner Kehle, als sie wieder auf die Füße kam. Ihre Bewegungen waren schneller, als sie sie zu Lebzeiten für möglich gehalten hätte, ihre Gewandtheit war die einer großen Katze, aber Noirceuil war älter, schneller und hatte schon häufiger auf Leben und Tod gekämpft.

Er knurrte vor Zorn, nahm seine Klinge in die andere Hand und rollte sich auf die Füße. Seine Hand glitt zu seiner Kehle und preßte sich auf die Wunde, die einen Moment lang blutete, so daß das Blut im sanften Mondlicht, das durch die Bäume fiel, glitzerte. Dann bewegte sich Noirceuil. Er kam direkt auf Fleurette zu, ohne auszuweichen oder Finten zu schlagen. Er war stärker und wollte das voll ausnutzen, um sie zurück und zu Boden zu treiben und schnell mit ihr endgültig fertig zu werden.

Das machte sie wütend. Sie hatte sich ihren älteren Brüdern, Kriegern und Betrunkenen in den Tavernen gestellt. Sie zog sich nicht zurück, als Noirceuil angriff, sondern wartete ab und ließ sich erstarren, um Angst vorzutäuschen. Ihre Augen glitzerten wütend, und als er sprang, bewegte sie sich leicht, ihr Stiefel trat schnell zu, und ihr Körper schob sich gerade so weit zur Seite, daß er sie verfehlte.

Seine blitzende Klinge schnitt durch die Luft, aber das war alles, was sie durchschnitt, und er taumelte an ihr vorbei, wobei ihr Stich mit der Rückhand ihre Klinge tief in seine Schulter bohrte und in einer gezackten Linie zu ihr gezogen wurde. Sie schrie auf, als sie ihr aus der Hand gerissen wurde, und tänzelte zurück auf die Lichtung. Noirceuil heulte vor Frustration und Schmerz auf.

Er wirbelte herum, war sofort wieder bei ihr, bewegte sich erneut schnell auf sie zu, beobachtete sie diesmal aber vorsichtiger. Sie wußte, daß der Trick kein zweites Mal funktionieren würde, und hatte keine Waffen mehr. Ihr Augen huschten umher, suchten nach etwas, das sie für ihre Verteidigung nutzen könnte, aber das einzige war Abrahams leblose Gestalt, die ausgestreckt im Gras lag.

Sie hielt ihre Position, und da lächelte Noirceuil und kam näher.

"Du bist ein böses, geschicktes kleines Ding", sagte er zischend, "aber das wird dir nichts nützen, Mädchen. Ich werde dich zu deinem dunklen Meister schicken, dich und deinen verdammten Schöpfer. Kein weiteres unschuldiges Blut wird durch deine Hand fließen. Kein Auserwählter Gottes wird deinem Hunger mehr zum Opfer fallen."

"Du bist ein Narr", sagte sie sanft. "Du bist nicht anders als ich, nicht besser. Du wirst dich an denen nähren, die ich zurücklasse, um ihr Blut zu nutzen, deine eigene verzerrte Existenz zu erhalten, während du Gott spielst und die Verdammten richtest."

"Verdammt bin ich vielleicht", antwortete Noirceuil, "aber ich tue Gottes Werk. Täusch dich da nicht. Du bist in Seinen Augen eine Ausgeburt der Hölle, und ich werde dich von Seiner Erde tilgen."

Fleurette bemerkte eine leichte Bewegung Abrahams und hielt ihre Position. "Du tust das nur für dich selbst oder für Satan, falls es ein solches Wesen gibt", spie sie ihm entgegen. "Du weißt nicht mehr von Gott als ich, und ich kenne keinen Gott, der seinen Kindern erlauben würde zu werden, was wir sind. Wer bist du, daß du entscheiden kannst, was böse ist und was nicht?"

Noirceuil zögerte einen Augenblick. Es geschah nicht allzu oft, daß er denen, die er töten wollte, sagen konnte warum. Stolz war Noirceuils Lieblingssünde.

"Ich kenne Gott besser als du glaubst, Mädchen. Ich kenne seine Liebe, und ich kenne seine Erlösung. Sie wurden mir entrissen, aber ich erinnere mich an diesen Schmerz. Ich werde nicht zulassen, daß du weitermachst und sie so auch den Herzen der anderen entreißt. Du mußt zur Strecke gebracht werden."

Abrahams Schrei war laut und eiskalt. Er erhob sich nur auf die Knie, und sein intakter Arm schoß zurück, griff das Schwert, das er Augenblicke vorher hatte fallenlassen, und schleuderte es in einem gewaltigen, allumfassenden Anfall von Wut, Enttäuschung und Zorn.

Die Klinge schoß durch die Luft wie ein übergroßer Dolch. Fleurette sah ihr entgegen, hypnotisiert von dem glitzernden Stahl. Noirceuil wollte ausweichen, war aber zu langsam. Die Klinge drehte sich, bewegte sich, traf ihn mit unglaublicher Genauigkeit seitlich, und der Stahl glitt widerstandslos in seinen Nacken, durchtrennte ihn und schleuderte seinen Kopf wirbelnd in die Dunkelheit, mit einem Knurren, das nachhallte und einem überraschten Ausdruck der Schmach, der in seine dunklen Züge eingegraben war.

Sein Körper bewegte sich einen Schritt nach vorne, die Arme ausgestreckt, die immer noch nach Fleurette griffen, die dastand und seine Annäherung beobachtete. Dann fiel er, und sie wandte sich ab, um sich schnell an Abrahams Seite zu begeben und ihre Arme um ihn zu legen.

"Schnell", hauchte er, während er versuchte aufzustehen. Sie half ihm auf, und zusammen stolperten sie von der Lichtung. "Wo ist Montrovant hin?"

"Ich weiß nicht", sagte sie leise. "Er und der andere haben die Lichtung verlassen, als Noirceuil dir nachschlich."

Fluchend wandte sich Abraham dem Berg zu. "Dann ist es vielleicht zu spät, ihn aufzuhalten", keuchte er. Sein Arm heilte langsam, aber er konnte ihn immer noch nicht benutzen, so daß er nutzlos an seiner Seite baumelte, sein Vorankommen bremste und ihn aus dem Gleichgewicht brachte, aber er ging weiter.

"Was ist denn los?" fragte Fleurette sanft.

"Er hat nicht gekämpft", fluchte Abraham. "Es ist nur hinter dem Gral her. Wir müssen ihn aufhalten."

Auch wenn sie im Stillen glaubte, Kli Kodesh sei sich dieser Möglichkeit bewußt, stützte sie ihn mit ihrer Schulter, und die beiden beeilten sich, zurück zu der Klippe und dem Tunnel zu kommen. Abraham hatte sie, ob nun zum Guten oder Schlechten, wieder einmal gerettet. Das mindeste, was sie tun konnte, war, ihn zu zu begleiten, was auch immer das Schicksal für sie bereit hielt. Sie glitten in den Tunnel und verschwanden.

ACHTZEHN

Gustav und Kodesh standen auf den Zinnen der Feste und starrten den Berg hinunter. Keiner von ihnen hatte gesprochen, seit sie auf den Wehrgang hinausgetreten waren, aber die Spannung lag in der Luft.

Schließlich hielt es Gustav nicht mehr aus.

"Du hast sie alle hierher geführt. Du hast Jahre damit verbracht, diesen Ort zu bauen, ihn zu verstecken, ihn durch mich befestigen zu lassen. Wir haben so lange dran gearbeitet und mehr hier hineingesteckt, als ich zu denken wage."

"Ja", nickte Kodesh, ohne ihm wirklich Aufmerksamkeit zu schenken, "du hast deine Sache gut gemacht."

Gustav blieb stehen und stieß den Alten mit blitzenden Augen gegen die Steinmauer. "Aber *warum* haben wir es getan? Warum bewegst du uns auf diesem lächerlichen Schachbrett umher, als kenntest du deinen Gegner kennen, lachst dann und wirfst uns weg, indem du uns opferst, bevor das Spiel wirklich beginnt?"

Kodesh war für Moment lang überrascht. Mit einem Zwinkern blickte er Gustav an, und ein kurzes Lächeln glitt über sein Gesicht. "Du wirst doch nicht geopfert, alter Freund. Du bist noch nicht einmal dafür vorgesehen zu verlieren. Wenn du darüber nachdenkst, gibt es wenige, die dich hätten aufspüren können und die möglicherweise eine Gefahr für das darstellen könnten, was du erreicht hast. Ich habe sie alle auf einmal hergebracht, um sie los zu werden. Das ist schon alles."

Gustav starrte den Alten düster an. "Das ist Wahnsinn", flüsterte er. "Ich hätte in Rom jederzeit mit ihnen fertig werden können, und das weißt du. Ich hatte mehr als genug Wissen und Macht, um Montrovant herzulocken und ihm eine Falle zu stellen, und er wäre gekommen. Die anderen wären gar nicht erst aufgetaucht, wenn Montrovant aus dem Weg gewesen wäre."

Kli Kodesh betrachtete ihn einen Moment lang, bevor er antwortete.

"Du hast in der Tat vieles erfahren, Gustav, Geheimnisse, die Santos so lange gehütet hat, daß sie vielleicht zu Staub zerfallen wären, wenn wir sie seinem Griff nicht entrissen hätten. Die Bücher, das Wissen, die Jahre, sie haben dir gut gedient. Ich bin sehr froh, dich ausgewählt zu haben, und du hast bisher herausragende Arbeit als Wächter geleistet.

Doch du solltest wissen, daß diese Geheimnisse aus gutem Grund bewacht werden. Ich habe sie hier wegschließen lassen, außerhalb selbst deiner Reichweite, weil ich nicht bereit bin, dafür verantwortlich zu sein, daß sie auf die Welt losgelassen werden."

"Ich hatte nicht geplant, irgendwas auf die Welt loszulassen", sagte Gustav, während sein Zorn wieder hochkochte. "Ich hätte sie benutzt, um Montrovant für uns loszuwerden, das ist alles."

"Du verstehst die Natur solcher Objekte nicht, Gustav", antwortete Kodesh, wobei sein Blick in weite Ferne ging. "Ich glaube wirklich, du denkst, das hättest du getan, und ich glaube wirklich, du hättest dein Ziel erreicht. Es gibt einige sehr machtvolle Gegenstände, die sich unter deiner Kontrolle befinden.

Diese Macht hätte dich korrumpiert. Vielleicht nicht gleich, aber was bedeutet Zeit für uns, Gustav? Die schiere Langeweile der Existenz hätte dir das angetan. Dann hätte es keinen mehr gegeben, der sich dir hätte entgegenstellen können. Es ist eine Schlacht, die man nur verlieren kann, Gustav. Jede Dekade oder jedes Jahrhundert wäre dir ein bißchen mehr von dem, was du warst, entglitten, und du hättest etwas hektischer versucht, dieses entstehende Vakuum zu füllen, egal womit. Das Problem ist, daß nichts ausgereicht hätte. Nichts kann die Löcher füllen, die übrigbleiben, wenn du zum Monster zerfällst."

Der Ärger in Gustavs Blick war durch diesen Ausbruch nicht verloschen, aber er hatte sich beruhigt. Kopfschüttelnd wandte er sich ab und spie seine Antwort aus.

"Du hast mich dann also nur zu einem schwächlichen, gescheiterten Versuch gemacht, die Löcher in deinem eigenen Verfall zu stopfen. Du hast sie hierher gebracht, ihnen eine halbe Chance auf Erfolg gegeben und überläßt es mir, dich zu unterhalten, indem ich ihr Vorrücken zurückschlage. Deine Worte über Macht mögen wahr sein, aber wenn sie es sind, dann bist du das beste Beispiel in der ganzen Geschichte. Ich bedaure nur, daß ich einmal stolz darauf war, Teil davon zu sein."

Gustav schritt schnell davon, schlüpfte durch einen der Steinbögen und eilte die Treppe in die riesige Festung hinunter. Er blickte nicht zurück, und Kodesh machte keine Anstalten, ihm zu folgen oder weiterzusprechen. Seine Augen verdunkelten sich für einen Moment, dann kehrte das Glitzern zurück, und ein sonderbares Lächeln, das halb schon ein höhnisches Grinsen war, kräuselte sich über seine Lippen. Mit langsamen Bewegungen ging er die Mauer entlang, erreichte eine Ecke und glitt auf die Zinne, um in die Schatten darunter zu spähen.

Ohne ein Geräusch glitt er über die Kante und war verschwunden, als er die glatte Wand herunterkroch, als seien Stufen in den Stein geschlagen. Weiter unten waren die einzigen Geräusche die der beiden Ritter, die sich durch die Büsche schlugen und nach Hinweisen suchten, wohin ihre Gefährten gegangen waren und ob sie noch lebten.

Ein Schrei zeigte an, daß St. Fond den vertrockneten Leichnam gefunden hatte, der einstmals Noirceuil gewesen war. Kodesh glitt schnell zwischen den Bäumen hindurch und gelangte an den Rand der Lichtung, wo das Gefecht stattgefunden hatte. Kli Kodesh war überrascht. Er hatte gedacht, der Jäger würde Abraham fertigmachen. Nun ja, in diesem Punkt hatte er eigentlich recht gehabt. Es war das Mädchen gewesen, das er unterschätzt hatte, und er kicherte.

Er hatte gehofft, er würde einen guten Kampf zwischen Noirceuil und Montrovant bekommen würde, aber das wäre im Endeffekt nicht so interessant gewesen. Montrovant war viel älter, und er war gerade jetzt sehr konzentriert. Noirceuil wäre ihm schnell und mit Leichtigkeit zum Opfer gefallen. So mußte Kli Kodesh mit einem Kampf auskommen.

Die beiden sterblichen Ritter, die Montrovant gefolgt waren, saßen still Seite an Seite auf ihren Pferden und blickten verwirrt über die Lichtung. Es gab kein Zeichen von den anderen, keinen Hinweis darauf, wohin sie gegangen waren.

Du Puy ritt langsam um die Lichtung und kam nahe an Kli Kodesh vorbei, der von den Schatten aus beobachtete. Sein Pferd scheute, dann beruhigte es sich, und er rief leise:

"Sieh mal hier. Irgend jemand ist diesen Weg entlang gekommen, in Richtung des Berges." Der Ritter trieb sein Pferd vorwärts, und St. Fond folgte ihm, so schnell er konnte. Kli Kodesh beobachtete, wie sie davonritten, und sobald sie außer Sicht waren, trat er zu Noirceuils Überresten hinüber und starrte auf sie hinab. Er beugte sich darüber, ergriff eine Goldkette, die um den Hals des Jägers hing, und riß sie mit einem Ruck los. Ein Kreuz baumelte vor seinen Augen, und er lächelte breit. Es war aus Knochen geschnitzt, sehr alt, und der Alte kannte seine Geschichte.

Es war aus dem Fingerknochen des letzten Opfers des ersten Vampirs geschnitzt, den Noirceuil vor sehr langer Zeit getötet hatte, und obgleich der Jäger seine Bedeutung nicht verstanden hatte, kannte Kodesh sie. Dieser Vampir hätte damals wesentlich schwerer zu töten gewesen sein sollen; er war tatsächlich alt gewesen.

Kli Kodesh packte das Amulett in seine Tasche, da er wußte, daß es schließlich mit dem Rest zusammen enden sollte. Dann nahm er Noirceuils Klinge zur Hand. Sie sollte zur Kirche zurückgebracht werden, dachte er, und grinste bei dem Gedanken an die Gesichter derer, die den Jäger losgeschickt hatten.

Mit einer raschen Drehung ging er auf den Fuß der Klippe zu. Die beiden Ritter waren inzwischen abgestiegen. Sie standen am Eingang und starrten zweifelnd hinein. Sie würden nicht in die Höhle hineingehen. Es war zuviel, so viel Mut von ihnen zu erwarten.

Während er aus den Schatten glitt, sprach Kli Kodesh leise, wobei er unmittelbar hinter der Baumlinie stand, die den bewaldete Hang säumte.

"Sie werden zurückkehren oder auch nicht, aber es gibt nichts, was Ihr tun könnt," sagte er. Seine Stimme war ruhig, aber seine Worte kamen mit solcher Kraft, solcher Präsenz über seine Lippen, daß weder St. Fond noch du Puy sofort darauf reagieren konnten. Kli Kodesh trat einige Schritte nach vorne und präsentierte Noirceuils Klinge.

"Ich glaube, daß Ihr das behalten wollt", sagte er. "Rom wird daran interessiert sein, vom Schicksal des Jägers zu erfahren, egal, wie das hier ausgeht."

"Wer seid Ihr?" knirschte du Puy und griff mit einem plötzliche Ruck nach seiner Klinge. "Wer seid Ihr und woher wißt Ihr soviel über all das hier? Wenn Ihr ein Freund Montrovants seid, warum helft Ihr ihm dann nicht... und wenn Ihr sein Feind seid, warum habt Ihr nicht versucht, uns zu töten, anstatt zu reden?"

Kli Kodesh lachte. "Beides gute Fragen", sagte er mit lautem Kichern. "Ich bin nicht Montrovants Freund, aber auch nicht sein Feind. Ich bin der, der beobachtet und wartet, und ich kenne ihn schon lange. Er wird ohne mich versagen oder Erfolg haben, und ich fürchte, diesmal auch ohne Euch. Wenn ich einer von Euch wäre, würde ich mich hier hinsetzen, den Ausgang gut im Auge behalten und warten. Das ist Eure einzige Wahl."

Dann war er fort. Er bewegte sich so schnell, daß du Puy, der zwinkerte, den Alten in einem Moment vor dem Hintergrund der Bäume stehen sah und im nächsten nur noch ein Schwert erblickte, dessen Klinge in den steinigen Boden getrieben worden war, und das noch durch den Aufprall, dort hineingeschlagen worden zu sein, zitterte. Es blieb kein Anzeichen dafür, daß sie nicht die ganze Zeit allein gewesen waren.

St. Fond fluchte leise vor sich hin, während er seinen Schwertarm sinken ließ. Er drehte sich um und setzte zum Sprechen an, aber dann wurde er still. Er drehte sich zu seinem Reittier, packte seine Taschen und hob sie herunter, bewegte sich zur Seite und fand denselben Felsvorsprung, der Lacroix während des Tages geschützt hatte.

Du Puy starrte lange auf die Bäume, ohne sich zu bewegen. Es gab nichts zu sehen, und als die Nacht langsam weiter voranschritt, setzte er sich mit einem schweren Seufzer der Enttäuschung neben die Öffnung der Höhle, das Schwert über die Knie gelegt. Noirceuils Klinge stand wie ein Grabstein oder ein dünnes Kreuz da, wo Kli Kodesh sie zurückgelassen hatte, während der Mondschatten immer länger wurde, als die Stunden mit endloser Langsamkeit vorbeiglitten.

Montrovant erreichte den ersten Treppenabsatz und starrte den Gang in beide Richtungen mit zusammnegekniffenen Augen entlang. Er suchte nicht die, die diesen Ort bewohnten, sondern die Schätze, die sie bewachten. Die Logik trieb ihn nach unten und innen, er mußte sich in Richtung des Herzens des Berges bewegen. Er blickte lange auf die Treppen, die nach oben führten, dann schüttelte er den Kopf und wandte sich nach rechts.

Jean war ihm dicht auf den Fersen, als er sich schnell, aber eng an die Wand gepreßt bewegte. Beide wußten, daß Heimlichkeit wahr scheinlich sinnlos war. Wenn sie recht hatten und auf diesem Weg nicht so früh erwartet wurden, dann hatten sie eine Chance. Wenn sie entdeckt wurden, dann würde der einzige Weg mitten durch Gustav und seine Brut führen... eventuell noch über Kli Kodesh. Der Ausgang eines solchen Gefechts stand außer Frage.

Sie umrundeten die erste Ecke und bemerkten, daß der Gang sich weiter vorne weitete. "Er führt nach innen", sagte Montrovant leise. "Die Schatzkammern werden am tiefsten, sichersten Punkt sein."

Jean nickte. Sie bewegten sich den Gang entlang und ließen ihre Augen über die Wände und alle Seitengänge wandern. Es gab auf diesem Stock kaum Zeichen von den Bewohnern der Festung, auch wenn sie staubige Fußabdrücke fanden, die nach innen führten. Montrovant folgte ihnen, ohne genau zu wissen, warum. Die Fußabdrücke führten sie in einem sich windenden Pfad zum Mittelpunkt des Berges, und plötzlich hielt Montrovant an und drückte Jean schnell an die Wand.

Vor ihnen veränderte sich der Gang wieder, da sie erst geradeaus weiterführte und dann nach rechts abbog. Hinter der Ecke, wo die Fußspuren hinführten, spürte Montrovant andere.

"Wachen", zischte er leise.

Jean nickte mit leuchtenden Augen. Wenn dort vorne Wachen waren, dann war es der Ort, den sie suchten. Aber wie sollten sie an den Wachen vorbeikommen? Es würden Mitglieder des Ordens sein, stark, aber nicht alt; tatsächlich nicht viel älter als Jean selbst, aber sie würden keine einfachen Ziele sein. Der Lärm des Scharmützels könnte den Rest der Festung alarmieren.

"Warte", sagte Montrovant. Die Augen des Dunklen glitzerten, aber er lächelte, und Jean sah erstaunt zu, wie sein Erzeuger schnell um die Ecke schritt, um gerade auf die Türen zuzugehen, als hätte er jedes Recht auf der Welt, hier zu sein.

Es ertönte ein überraschtes Keuchen, aber kein Schrei. Die beiden Wachen standen nur da und sahen für einen Moment lang zu, wie Montrovant näherkam.

"So", sagte Montrovant gut gelaunt, "das ist es also. Das ist es, worüber sich Gustav all die Jahre ereifert hat."

Die Wachen waren nur für einen Augenblick verwirrt, aber das reichte. Als sie zur Seite traten, um sich bei seiner Annäherung zu ducken, sprang Montrovant vor.

Er war nur ein dunkler, huschender Schatten, und die Wache zur Linken der Tür war in seinem Griff gefangen, noch ehe Jean die Bewegung bemerkt hatte. Mit einem Sprung um die Ecke lenkte Le Duc den zweiten Wachmann ab, und das war alles, was nötig war. Ein Kopf rollte an Jeans Füßen vorbei, als er sich bewegte, und er wich ihm aus und sprang auf die zweite Wache. Doch er kam zu spät. Montrovant war bereits da, hatte den Vampir hoch über seinen Kopf gehoben und dann heruntergeschleudert.

Mit einem einzigen, leichten Zucken seiner starken Schulter schlug der Dunkle mit seiner Hand zu, die Nägel zu Klauen gebogen, und riß die Kehle der zweiten Wache auf, wobei er die Überreste mit einem ekelerregenden Knacken gegen die Wand schleuderte, hinterher ging und einen Stiefel auf den zerrissenen Hals der Wache setzte. Seine Hände packten langes Haar, und er riß hart dran, um so den Kopf mit einer einzigen Bewegung vom Körper zu trennen und ihn in den Gang hinter sich zu werfen.

Das ganze Gefecht hatte nur Sekunden gedauert, und Jean stand da, während die Wut aus seinem Kopf wich, ehe sie richtig zur Blüte gekommen war. Er starrte Montrovant nur verwundert an. Er hatte seinen Erzeuger sich noch nie mit einer solchen Zielstrebigkeit bewegen sehen, genauso wenig, wie er gesehen hatte, daß er je eine solche Bösartigkeit gegenüber anderen Verdammten zur Schau gestellt hatte.

"Es endet diese Nacht", sagte Montrovant ruhig. Er wandte sich zu der großen Steintür und trat näher, wobei sein Blick schnell über die Oberfläche der Tür glitt. Es gab keinerlei Hinweis auf einen Riegel oder ein Schloß, aber es war offensichtlich, daß die große Steinplatte eine Tür war. Die Frage war, wie man hindurchgelangte.

"Es ist ein Rätsel", sagte Montrovant schließlich. Er zeigte schnell auf mehrere Stellen der steinernen Oberfläche, und als Jean genauer hinsah, konnte er kleine Flecken sehen, wo der Staub aufgewirbelt worden war.

"Es ist eine Art Code. Es gibt so viele Kombinationen, daß es Jahre dauern würde, eine nach der anderen auszuprobieren... und das wissen sie. Wir müssen die Abfolge herausfinden, die sie ausgewählt haben."

Jeans Augen weiteten sich. "Und wie machen wir das?"

Montrovant dachte angestrengt nach. Seine Finger schossen blitzschnell vor und drückten eine bestimmte Abfolge. Nichts geschah. Mit einem Stirnrunzeln versuchte Montrovant es erneut. Jean sah zu und fragte sich, wie viele Versuche es brauchen würde, bis die Sinnlosigkeit offensichtlich wurde.

Dann drückte der Dunkle mit einem leisen Aufschrei eine dritte Abfolge, und lautlos begann die große Steinplatte zur Seite zu gleiten. Jean trat zurück und stieß einen Schrei aus. "Was", fing er an, "was im Namen der Hölle hast du gedrückt?"

Grinsend trat Montrovant durch das offene Portal in die Schatten, die dahinter lagen. "Es waren mehr als fünf Vertiefungen", sagte er leise. "Es waren zweiundzwanzig, so viele wie Buchstaben im hebräischen Alphabet. Es war nur die Frage, den Namen herauszufinden, der der Code sein würde... Kli Kodesh ist zu begeistert von Spielen, um es schwieriger als unbedingt nötig zu machen."

Jean starrte ihn immer noch an.

"Ich habe zuerst Gustav probiert", erklärte er. "Nichts. Dann habe ich Gustav rückwärts ausprobiert, um sicher zu gehen. Dann fiel es mir ein. Wer bewacht die Schätze hier, wer ist der Wächter?"

"Du meinst - Santos?" Jean hauchte den Namen mit einer plötzlichen Abscheu, aber dann fing er leise an zu lachen. "Dann bewacht er sie also immer noch, selbst noch nach seiner Vernichtung."

Montrovant nickte, wandte sich dem Inneren zu und suchte den Raum vorsichtig ab. Er war leer, ein steinerner Fußboden erstreckte sich bis zu einer anderen Tür, die aus Holz und weniger groß war. Eine große, offene, steinerne Fläche ertsreckte sich von dem Punkt, an dem sie standen, zu der Tür, und der karge Charaktere des Raumes ließ Montrovant auf der Stelle stehen bleiben.

Er sah nach unten und fluchte leise vor sich hin. Er konnte gerade noch die Fußabdrücke ausmachen, denen sie vom Gang bis hinter diese Tür gefolgt waren. Sie sprangen vor und zurück, erst hierhin, dann drei Fuß nach rechts, dann wieder nach links, in einem sonderbaren Tanzschrittmuster.

"Beweg dich nicht", sagte er leise. Er setzte seinen Fuß direkt auf den ersten der Abdrücke, wich nach links aus und traf auf den Boden, wo der nächste Fleck sich zeigte, und sprang dann plötzlich nach rechts. Jean beobachtete ihn aufmerksam, und als Montrovant sicher voraus war, folgte er ihm mit den selben Bewegungen.

Sie kamen nur langsam voran, aber es gab keinen Weg, es zu beschleunigen. Ein falscher Schritt würde die Sicherheitsvorkehrung auslösen, die es hier mit Sicherheit gab, und sie wußten beide, daß sie sowohl für menschliche als auch vampirische Eindringlinge ausgelegt sein würde. Die Zeit schien sich endlos zu dehnen, aber er waren nur wenige Augenblicke, bis sie Seite an Seite vor der zweiten Tür standen. Diese hatte einen großen, verzierten Bronzeknauf, und Jean griff danach, bereit, das Portal nach innen zu drücken und weiterzugehen. Montrovant packte sein Handgelenk hart.

"Nein", zischte der Dunkle. Er zeigte auf den Türgriff. Er glitzerte und war glänzend und glatt, und Sekunden später verstand Jean. Er hatte keine Flecken. Der Knauf war nie berührt worden, zumindest nicht in letzter Zeit, und trotzdem hatte jemand die Schatzkammer vor ihnen betreten.

Während Jean die Tür absuchte, fand er eine kleine quadratische Einkerbung. Als er sich näher beugte, bemerkte er einen kleinen Flekken auf der Mitte und drückte die Stelle sanft. Die Tür schwang lautlos auf. Beide standen sehr still da, während sie abwarteten, was dahinter lag, bevor sie weiter hineingingen.

Die zweite Kammer war wesentlich kleiner und schmaler. Es gab einen kurzen Weg, der zu der Tür dahinter führte. Kein breiter Boden, um kryptische Schritte zu tanzen, und doch sandte etwas ein Kribbeln Jeans Rücken hinunter.

Montrovant blickte aufmerksam zu Boden. Er untersuchte jeden Stein, aber er fand nichts. Es gab so weit drinnen keinen Staub; die versiegelten Türen hatten die Böden und Wände glatt und sauber gehalten. Er sah sich jede Wand genau an. Es gab schattige Nischen entlang des kurzen Wegs, aber es war unmöglich, von ihrem Standort aus auszumachen, was sich darin befand. Die steinernen Ecken blokkierten seinen Blick.

Mit einem Griff in die Tasche zog er eine Börse voller Goldstücke hervor. Nachdem er eine Sekunde lang Jean angeblickt hatte, warf er die Börse vor sich und duckte sich zurück gegen den Türrahmen. Die Börse landete auf dem Steinboden direkt zwischen zwei der Nischen. Nichts geschah. Sie warteten nur Sekunden, dann trat Montrovant erst einen und dann noch einen Schritt in die Halle.

Jeanne hörte das Geräusch zuerst, und indem er Montrovant rauh bei den Haaren packte, zog er ihn zurück. Der Dunkle schrie auf, wirbelte herum und schlug nach Jean, als würde er angegriffen, aber in diesem Moment schnitt eine lange, rasiermesserdünne Klinge durch die Luft, wo Augenblicke zuvor sein Hals gewesen war, und verschwand in dem steinernen Alkoven auf der anderen Seite, direkt über dem Geldbeutel. Eine zeitverzögerte Reaktion.

Als er schnell aufstand, grinste Montrovant Jean an, der das Lächeln erwiderte. Sie traten in die Halle und bewegten sich zu der Börse und dem ersten Satz von Alkoven... und Montrovant blickte nach oben. Handgriffe waren dort in den Stein eingelassen und geschickt als Risse und Nischen getarnt. Er lächelte und sprang, um sich dann wie eine große Fledermaus an der Decke entlang zu bewegen. Jean, der etwas mehr auf der Hut war, wartete, bis sein Erzeuger den Weg überquert und sich vor der nächsten Tür fallengelassen hatte, bis er selbst ihm folgte. Keine Fallen wurden ausgelöst, und beide erreichten ungehindert die nächste Tür.

Diese hatte eine einfache bronzene Druckplatte, und ein Handabdruck war darauf klar und deutlich sichtbar. Achselzuckend drückte Montrovant die Tür auf und trat hindurch.

Sie blieben beide still stehen und blickten schweigend und vollkommen überwältigt in den nächsten Raum. Große Holzkisten säumten die Wände. Es waren Tücher darüber geworfen, und keine stand offen, aber sie wußten beide, daß sie ihr Ziel erreicht hatten. Dies war sie, ie Schatzkammer. Eine dieser Kisten etnhielt, falls sie nicht nach all den Jahren Narrengold hinterhergerannt waren, das, was sie suchten.

Es gab ein Geräusch hinter ihnen, und Montrovant bewegte sich schnell... ohne nachzudenken. Er verschloß die Türen und sprang zu der ersten Kiste, die der Tür am nächsten war. Sie war schwer, sehr schwer, und er schob sie gegen die Tür, so daß ein Ende hochstand.

"Beweg dich", schrie er." Schnell, durchsuch sie alle."

Jean sprang herzu, um dem Befehl zu gehorchen, weil er wußte, daß sie nur wenig Zeit haben würden, und weil ihn plötzlich das Feuer erfaßte, das seinen Erzeuger so lange gefangen gehalten hatte, der Gral. Er war hier, er spürte ihn, so nahe, daß er ihn finden konnte, wenn er nur die richtige Kiste berührte.

Er sprang zur ersten, riß den Deckel ab und wühlte schnell den Inhalt durch, wobei er eine kleine Glasflasche achtlos zur Seite fallenließ. Das Glas bekam einen Sprung, aber es brach nicht, und die Made darin begann sich in stiller Wut zu winden, als die Flasche gegen die Steinwand rollte und vergessen wurde.

DAVID NIALL WILSON

NEUNZEHN

Gustav hatte keine Zeit daraufverschwendet, seine Männer zu sammeln und sich auf den Weg in die unteren Stockwerke zu machen. Montrovant würde den Weg in die Festung bald finden, wenn er es nicht schon getan hatte, und auch wenn die Schatzkammern sehr sicher waren, beruhigte das nicht die Angst in Gustavs Herz, daß sie nicht genug getan hatten. Diese Schatzkammer würde eine Armee von Männern aufhalten, und die meisten Vampire würden wegen der Myriaden von Fallen, die den Boden und die Wände vor und innerhalb der Schatzkammer säumten, aus Angst vor dem endgültigen Tod erschaudern.

Montrovant war kein Mensch, schon seit Jahrhunderten nicht mehr, und er war sicherlich auch nicht wie die meisten Vampire. Wäre das der Fall gewesen, dann wäre Kodesh schon lange vorher des Dunklen überdrüssig geworden. Fünf von ihnen stiegen die die Treppen hinunter, die anderen gruppierten und verteilten sich in andere Richtungen, durchsuchten jede Ebene und die Mauern oben. Gustav und seine Begleiter begaben sich direkt zur Schatzkammer.

Der Tunnel, den Abraham und das Mädchen wohl genommen hatten, konnte immer noch offen sein. Es gab wirklich keine Möglichkeit, das herauszufinden, ohne zum nachschauen hineinzukriechen, und es war keine Zeit dafür übrig. Wenn Montrovant bereits drinnen war, würde er sofort zu der Sache gehen, die er suchte. Wenn nicht, dann wollte Gustav trotzdem dort sein, wenn Montrovant erschien.

Sie umrundeten die Ecke, und Gustav knurrte tief aus der Kehle und sprang vorwärts. Er sah, was von den zwei Wächtern und ihren abgetrennten Köpfen übrig war, was auf dem Boden verfiel, verrottete und zu Staub zerfiel. Er kam zu spät. Die Tür stand offen, was bedeutete, daß der erste Code geknackt worden war. Während Gustav um die Ecke glitt, betrachtete er den ersten Raum vorsichtig. Irgendwie war trotz des komplizierten Musters, das man brauchte um durchzukommen, Montrovant nicht da... und die Tür dahinter war ebenfalls offen.

Gustav trat vorsichtig durch die Tür, achtete auf seine Füße und konzentrierte sich. Es war nicht ratsam, der Versuchung nachzugeben, vorwärtzuspringen und anzugreifen. Er würde in der Falle sterben, die er für Montrovant vorgesehen hatte, dabei die Fallen auslösen und die Flucht viel einfacher machen. Er machte den ersten Schritt, sprang zur Seite, dann zurück, während er langsam für sich zählte und sich wie ein dunkleres Stück Schatten über den Boden bewegte.

Seine Gefolgsleute blieben zurück, bis er begonnen hatte, dann folgten sie, wobei sie vorsichtig seine Schritte imitierten. Sie machten kaum Geräusche, aber trotzdem ertönte vor ihnen plötzliches ein scharrendes Geräusch, und Gustav wußte, daß der Dunkle sie gehört hatte. Fluchend verdoppelte Gustav seine Geschwindigkeit und ging das Risiko ein. Er hatte dies tausendmal gemacht, vielleicht öfter... er würde durchkommen, und wenn er es tat, würde er dies zu Ende bringen.

Das erste Mal, als er dem Dunklen gegenüber gestand hatte, hatte es keine Chance gegeben, ihn auf die Probe zu stellen. Das zweite Mal hatten sie sich unter dem Blick von Montrovants Erzeuger und Kli Kodeshs getroffen, und es war kein Konflikt erlaubt worden. Diesmal würde es ein für alle Mal entschieden. Er näherte sich der Tür, als einer seiner Gefolgsleute einen Fehltritt machte. Es war kein großer Fehler, ein einzelner Stein am Boden, weniger als einen Fuß von dem entfernt, wo er hätte hintreten sollen.

Gustav fluchte und sprang, als er sich abstieß und sich den Türen entgegenstreckte, aber zu spät. Der Boden der Kammer gab nach, und wo Sekunden vorher Steine gelegen hatten, schossen bösartig scharfe Holzpfähle hervor. Es waren nicht nur ein paar vereinzelte Spitzen, denen man hätte ausweichen können, sondern ein Wald von ihnen. Es gab einen pro Fuß, ihre gefährlichen Spitzen leuchteten, poliert und durch Feuer gehärtet.

Durchdringende Schreie hallten überall um ihn herum, als er sich in die Luft warf, wobei er versuchte, mit seinen Finger den Türrahmen zu erreichen, um sich selbst aus dem Wald von Spitzen zu retten. Er befand sich knapp über den scharfen Spitzen, und das Geheul derer hinter ihm überflutete seine Gedanken. Dann erreichte Gustav den

Türrahmen. Er berührte ihn, streckte die Hände ganz aus und trieb die Krallen in den Türrahmen. Er zog sich hoch und über die Spitzen hinweg, drehte sich und landete genau im Türrahmen auf seinen Füßen. Dann wirbelter er herum, um den Raum hinter sich zu überblikken.

Sie waren alle fünf verloren. Der, der den Fehltritt gemacht hatte, stand aufrecht da, eine Spitze war direkt durch seinen Körper getrieben, eine weitere durch sein Bein, eine dritte hatte seinen Arm durchbohrt. Die erste Spitze ragte aus seinem Kopf heraus, hielt ihn fest, und auch wenn er schwach dagegen ankämpfte, gab es keinen Weg, ihn zu retten... nichts, was man tun konnte. Der Mechanismus, um die Spitzen zu senken, lag jetzt auf der anderen Seite des Raumes. Es führte kein Weg zurück.

Er drehte sich um, und ein dumpfes Knurren entstand tief in seiner Brust, als Gustav sprang und mit Leichtigkeit die Handgriffe an der Decke packte, um sich so schnell, wie seine Arme es ihm erlaubten, hinüberzuschwingen. Die Tür am anderen Ende war zu, aber das würde ihn nicht aufhalten. Wenn Gustav sie aus den Angeln brechen mußte, dann würde er das tun, um Montrovant zu erreichen. Der Dunkle würde nach so vielen Jahren nicht gewinnen, nicht nach so vielen Mühen, nicht nach so vielen Schmerzen. Oder zumindst nur über Gustavs Leiche.

Gustav ließ sich fallen und rammte die Tür, nur um abzuprallen, wobei er durch den Aufprall beinahe auf den Boden hinter ihm gestürzt wäre, genau in die Falle, die er gerade umgangen hatte. Frustriert stürmte er wieder vor, warf sich noch fester gegen die Tür. Es spürte sie knirschen, fühlte sie sich heftig biegen, aber sie gab nicht nach. Sie war von der anderen Seite blockiert, und sie war stabil. Sie war gebaut worden, um den Angriffen eines enorm starken Wesens standzuhalten.

Hinter der Tür konnte Gustav Bewegungen hören, und er wußte, daß der Dunkle den Raum plünderte. Er wußte auch von den Dingen, die er finden würde, und den Auswirkungen, die sie haben konnten, nicht nur für ihn selbst, sondern für die Welt. Zumindest in einer Hinsicht hatte Kodesh recht gehabt. Es gab Geheimnisse, die die Welt besser vergessen sollte, und viele dieser Geheimnisse lagen genau hinter dieser hölzernen Tür.

Es wäre noch schlimmer gewesen, wenn der Dunkle nicht so vehement nach einer Sache suchen würde. In dem Raum befanden sich viele Kisten und Truhen, viele Schätze und Wunder. Keines würde ohne das Wissen, wo man suchen mußte, leicht zu finden sein, und die vierte Schutzvorrichtung mußte erst noch überwunden werden. Gustav fragte sich ernsthaft, ob sich seine Vorkehrung möglicherweise als nicht ausreichend erweisen würden.

Abraham humpelte mit Fleurettes Hilfe durch die Tür, und sie wandten sich nach rechts. Es gab genug frische Schleifspuren auf dem Boden, um ihnen zu zeigen, in welche Richtung die anderen gegangen waren, und sie verschwendeten keine Zeit. Es gab wenig, was sie tun konnten, falls Montrovant sich bis zu seinem Ziel durchgekämpft hatte, aber Abraham hatte vor, am Ende dabei zu sein. Es hatte keine gute Gelegenheit gegeben, sich zu nähren, bevor er den Tunnel betreten hatte, nicht ohne wertvolle Zeit zu verschwenden, aber er merkte, daß das Blut, das er von Kodesh genommen hatte, andere Eigenschaften besaß.

Er konnte seinen Arm immer noch nicht voll benutzen, aber er war nahe dran, und er merkte, daß er sich nicht mehr so stark auf Fleurette stützen mußte, um das Gleichgewicht zu halten. Das Kriechen durch den Tunnel war anstrengend gewesen, aber machbar. Abraham brauchte seinen Arm nicht so dringend, um durch die Dunkelheit zu kriechen, und Fleurette war hinter ihm hergekommen, um ihn zu schieben, wenn er nicht vorankam. Es hatte sie eine bemerkenswert kurze Zeit gekostet, um in die unteren Stockwerke der Festung zurückzukehren.

Trotzdem war es, als sie sich durch den Gang bewegten, offensichtlich, daß die Dinge ohne sie begonnen hatten. Sie konnte mehrere Paar Fußabdrücke ausmachen, die entlang des Weges nach innen führten, der, als sie das erste Mal vorbeigekommen waren, keine Zeichen von Benutzung gezeigt hatte.

"Die Schatzkammer", sagte Abraham nüchtern.

Fleurette nickte zustimmend. Sie bewegten sich schnell und blieben nahe der Wand, weil sie keine besseren Ziele bieten wollten als unbedingt nötig und keine Ahnung hatten, wo sie hineingeraten würden, wenn sie ihr Ziel erreichten.

Sie kamen um die erste Ecke und blieben stehen. Unmenschliche Schreie drangen an ihr Ohr, Geräusche von schlimmster Qual. Die Körper der Wachen zogen zuerst ihren Blick auf sich, dann erst die offene Tür. Sie bewegten sich langsam an der Wand entlang, bogen um die Ecke des Ganges und spähten vorsichtig durch den Türrahmen.

Abraham stolperte zurück, und Fleurette konnte nur starren, gelähmt von dem Anblick, der sich ihr bot. Der nächste derer, die aufgespießt waren, war nur ein paar Schritte von der Tür entfernt, sein Kopf war ihnen zugewand, sein Gesicht verzerrt, eine hölzerne Spitze ragte mit einem abstoßenden, irritierenden Winkel aus seiner Schläfe, und seine Augen, die sich noch immer bewegten und sie anblickten, flehten sie an.

Schließlich riß sich Fleurette von der Szene los, und zum ersten Mal, seit sie ihn auf ihren Schultern aus dem Wald gestützt hatte, spürte Abraham, wie sie in seinen Armen zusammenbrach. Er hielt sie lang fest, dann hob er sie auf die Füße.

"Wir müssen da durch", sagte er sanft. "Es muß einen Weg geben, die Spitzen runterzulassen, und wir müssen ihn finden. Montrovant ist da drin, und möglicherweise auch der Gral. So darf es nicht enden."

Fleurettes Augen bekamen einen glasigen Ausdruck, und er schüttelte sie grob. Dann bewegte sie sich plötzlich, zog sich ein Stück zurück und starrte ihn an.

"Jetzt, Fleurette!" schrie er.

Er ging zur Tür und ließ seine Hände suchend und prüfend über den Rahmen gleiten. Fleurette sah ihn lange nur an, wobei ihr Gesichtsausdruck versunken und unlesbar blieb. Dann ging sie zur anderen Seite der Tür, an der sie standen, und begann ihre eigene Suche.

Sie bewegten sich schnell und methodisch, fanden aber am Türrahmen nichts. Mit einem Stirnrunzeln wandte Abraham sich der Wand daneben zu. Hier fand er nach einigen Augenblicken eine Reihe von

Vertiefungen. Zwei davon waren verschmiert, und ohne nachzudenken drückte er beide gleichzeitig.

Die Steintür begann, langsam zur Seite zu gleiten und schloß sich unerbittlich, und er sah während sie sich bewegte, wie sich auch die Spitzen langsam in den Boden zurückzogen. Wer auch immer in dieser Falle gestorben war, sollte auch dort drinnen gefangen werden.

Fleurette sah die Tür sich schließen und bewegte sich schnell, bevor Abraham wußte, was sie tat. Sie schnappte sich ein Schwert, das eine der toten Wachen fallengelassen hatte, und lief so schnell sie konnte zur Tür. Indem sie die Klinge seitlich drehte, schob sie sie zwischen die sich schließenden Türflügel aus Stein.

Es gab ein schreckliches Knirschen, und Abraham zog sie zurück. Die Klinge hielt, bog sich dann in der Mitte auf unmögliche Weise, und es sah aus, als würde sie brechen. Die Spitzen waren nicht verschwunden, aber sie waren inzwischen nahezu auf Bodenniveau, und die Körper derer, die gepfählt worden waren, waren heruntergerutscht, um flach über den schrecklichen Spitzen zu liegen, keiner von ihnen bewegte sich, und die schrecklichen Schreie hatten dankbarerweise aufgehört, als die Kehlen, die sie ausgestoßen hatten, zu Staub zerfallen waren.

Sie standen da und beobachteten den Raum. Der Stein war zum Stillstand gekommen, und der Druck schien, wenn er schon nicht nachgelassen hatte, zumindest nicht mehr weiter zuzunehmen. Die Türflügel waren angehalten.

”Wir können darauf nicht laufen”, sagte Fleurette leise. “Der Boden hat sich nicht wieder geschlossen.”

Abraham nickte, während er nachdachte. Dann fielen seine Augen auf die Leichen der Wachen, vertrocknet und gealtert, und nachdem er schwer geschluckt hatte, wußte er, daß er die Antwort hatte.

Er sprach nicht und fragte nicht, was sie dachte. Wenn Fleurette sich gegen ihn gestellt hätte, hätte er nicht gewußt, ob er tun konnte, was zu tun war. Er hob die zerfallenden Überreste des ersten Leichnams auf, ging zur Tür und hob sie vorsichtig an, um sie gerade so weit in den Raum dahinter zu werfen, daß er die Entfernung ohne Probleme überspringen konnte. Die Knochen und der Hautsack spießten sich sehr schnell selbst auf und lagen dann still.

Fleurettes Augen hatten sich geweitet, als er den Leichnam angehoben hatte, aber er sah, als er sich zu ihr umdrehte, daß ihr Blick wieder kalt geworden war. Sie ging zu der zweiten Wache, zog den Körper näher heran und warf ihn in Richtung des ersten. Mit zusammengebissenen Zähne und im Versuch, nicht darüber nachzudenken, sprang Abraham in den Raum, kam auf dem ersten Körper auf, so leicht er konnte, zum stehen, und griff nach dem zweiten, bevor er wirklich darüber nachdenken konnte. Es war weit genug bis zur zweiten Tür, daß sie jeden Leichnam würden zweimal nutzen müssen.

Als er den zweiten Körper zum zweiten Mal warf, landete Fleurette hinter ihm und ergriff nach Halt suchend seine Schultern. Abraham bewegte sich, sobald sie sicheren Stand hatte, und erlaubte ihr, um ihn herumzuschlüpfen.

Einer von denen, die gepfählt worden waren, lag in seiner Nähe, und er streckte sich danach, um den Leichnam bei der Hand zu packen und abrupt zu sich zu ziehen.

Der Körper riß mit einem nassen Geräusch wie eine reife Melone, die man aufschnitt, und er schauderte, aber hielt fest, um den Torso in Fleurettes Richtung zu werfen, die zusah, wie er auf die Pfähle aufschlug, dann danach griff und ihn vor sich hin rollte.

Sie setzten ihren Weg durch den Raum fort, wobei sie die schaurigen Trittsteine benutzten und schließlich beide nahe genug am zweiten Portal waren, um die restliche Entfernung zu springen. Hier hielten sie zunächst inne. Sie konnten den anschließenden kurzen Gang überblicken, und auf der anderen Seite stand Gustav. Der alte Vampir zerrte wie ein wahnsinniges Tier an einer geschlossenen Holztür vor ihm.

"Gustav!" schrie Abraham. "Gustav, warte doch! Wie zum Teufel kommen wir hier durch?"

Der alte Nosferatu drehte sich um, die Augen glasig vor Wut und Wahnsinn, wobei er kaum die beiden sah, die ihm gegenüberstanden. Er betrachtete sie für einen Moment, unterbrach sein Kratzen an der Steintür, dann drehte er sich mit einem Grunzen wieder um.

"Ihr kommt nicht", schrie er zurück. "Ihr bleibt , wo ihr seid. Ich werde Montrovant aufhalten. Es ist mein Schicksal, den Dunklen zu stoppen. Die Schätze befanden sich unter meinem Schutz. Wenn es vorbei ist und falls ich nicht überlebe, dann ist es deine Aufgabe."

Er kehrte zur Tür zurück, und mit einem gewaltigen Krachen schlug er die Fäuste gegen die Tür und stolperte in den Raum. Die Truhe, die gegen die Tür gelehnt gewesen war, wirbelte wild durch den Raum, und die beiden im Inneren drehten sich um, zweifaches Knurren und glitzernde Augen, als Gustav kopfüber fiel, stolperte und sich nur allein durch die Kraft seines Willens dazu zwang, aufzustehen und sich denen drinnen zu stellen.

Montrovant wirbelte herum, als die Tür nachgab, sah, wie Gustav vorwärts in den Raum fiel, dann wandte er seine Augen nur einen Moment lang ab. Eine Kiste war noch übrig. Sie hatten den Raum durchsucht, sich durch jede Truhe gewühlt, den Inhalt durch den Raum verteilt, aber keinen Hinweis auf etwas gefunden, das wie ein Kelch aussah. Hier war kein Gral. Eine Kiste stand noch zwischen Montrovant und seinem Schicksal, seiner Bestimmung. Eine Kiste und Gustav, der wieder auf die Beine kam.

Jean bewegte sich. Jean Le Duc war nicht so alt wie Gustav, der beinahe so lange ein Kainskind war, wie der Dunkle selbst, aber er hatte andere Vorteile. In dem Augenblick, in dem die Tür angefangen hatte nachzugeben, hatte er seine Waffe gezogen. Montrovant war zu den Kisten gegangen, aber Jean war bereit für mehr, für etwas sicheres.

Als Gustav wieder auf die Beine kam, war Le Duc bereits über ihm und stieß mit unglaublicher Geschwindigkeit auf ihn herab. Ein tiefes, gutturales Knurren drang tief aus Jeans Kehle, als er sich bewegte und seine Klinge in einem glitzernden Bogen gegen den Hals des älteren Vampirs schwang, schrie er laut auf, während seine Sinne von dem roten Schleier der Schlacht vernebelt wurden, und der Raum um ihn herum langsamer wurde und beinahe zum Stillstand kam.

Gustav hörte ihn in letzter Sekunde und rollte sich mit einem Grunzen nach unten weg, als Le Ducs Klinge ein Stück von seinem Mantel im Vorbeiziehen abriß. Es gab kein Zögern nach dem Fehlschlag - die Klinge beschrieb schnell die Ziffer Acht in der Luft und schlug dort nieder, wo Gustav rollte, folgte ihm, glitt seitwärts und traf dieses Mal die Hüfte des alten Nosferatu.

Kreischend veränderte Gustav seine Taktik, warf sich in den Schlag, wobei er den Schaden an seinem Bein hinnahm, und hieb mit einem Arm nach Jeans Bein. Jean sah die Bewegung, bewegte sich entsprechend mit, sprang in die Luft und wirbelte herum. Dann landete er wieder, die Beine weit gespreizt und ausbalanciert, und hob sein Schwert erneut. Auch wenn Gustav sich mit unglaublicher Geschwindigkeit bewegte, hatte der Schleier der Schlacht sich sicher über ihn gelegt, und für Jean erschien die ganze Szene unendlich Verlangsamt und mit verschwommenen Bildern. Er sah seinen Gegner nach vorn springen, sah den langen, bösartigen Dolch aus den Falten des Mantels gleiten, als geschähe alles in Zeitlupe, und er wich dem Stoß mit Leichtigkeit aus, indem er zur Seite glitt, spürte, wie Gustav vorbei streifte, und trieb seine Faust, die immer noch denn Schwertknauf fest umklammert hielt, in die Seite von Gustavs Kopf, um ihn so in Montrovants Richtung wirbeln zu lassen.

Montrovant sah mit einem Knurren auf. Er hatte seine Hände am Schloß der letzten Kiste, um sich darauf vorzubereiten, den Deckel wegzureißen, aber es war keine Zeit dafür. Gustav bewegte sich mit, als er bemerkte, daß ihn der Impuls seines Taumels zu seinem Ziel bringen würde, und streckte Dolch und Hand aus, die Augen haßerfüllt.

Montrovant tauchte weg, um Gustavs Angriff zu begegnen, während er ihn voller Raserei anstarrte. Er war da, und Gustav stach zu, aber die Klinge schnitt nur durch die Luft, und was wie der Dunkle ausgesehen hatte, erwies sich nur als Fetzen eines Schattens, während sein Besitzer hoch aufgerichtet hinter Gustav stand, die Arme erhob und hart auf den Rücken des Nosferatu niedersausen ließ, um ihn auf den Boden zu schlagen. Montrovant trat vor, um zu beenden, was er angefangen hatte, aber Gustav rollte sich weg, und dann war da eine andere Ablenkung, Stimmen an der Tür, und Abraham, dicht gefolgt von dem Mädchen, das nach dem Blut Kli Kodeshs stank, schwang sich durch das Portal von den Handgriffen, die an der Decke dahinter hingen.

Vor Wut schreiend trat Montrovant nach der Stelle, wo sich Sekunden zuvor Gustavs Schädel befunden hatte. Gustav jedoch hatte die Neuankömmlinge ignoriert, weil er sie bereits erwartet hatte, und die Sekunden genutzt, um zur Seite zu gleiten und wieder aufzustehen. Jean Le Duc drehte sich dahin, von wo sich Abraham näherte, schrie laut auf und sprang vor. Er hätte den jüngeren Vampir mit seinem ersten Angriff erwischt, aber Fleurette war zu schnell für ihn. Sie stieß Abraham nach vorn, und als er aufschrie, weil er aufgrund des unerwarteten Stoßes von hinten stürzte, ließ Fleurette sich fallen.

Jean hatte das nicht erwartet. Sein Impuls war gewesen, Abraham mit voller Wucht zu erwischen, und Abraham war auf der Türschwelle gewesen. Er versuchte anzuhalten... seine Arme auszubreiten und sich selbst zu fangen, aber als er seinen letzten Schritt vorwärts machte, erwischten seine Stiefel Fleurette, wo sie zu Boden gegangen war, ließen ihn stolpern und lang ausgestreckt hinfallen.

Er wedelte wild mit den Armen, während er vor Überraschung und plötzlicher Angst aufschrie und in den Gang hinter der Tür torkelte. Es gab ein lautes, zischendes Geräusch, als er am ersten Alkoven vorbeikam, einen schrillen, hohlen Schrei, und Fleurette, die gerade wieder auf die Beine kam, sah mit erschreckender Faszination, wie große Klingen aus dem Alkoven schossen... vier von ihnen, die Le Ducs Körper in Viertel schnitten. Er flog an ihnen vorbei, die Stücke dessen, was er einmal gewesen war, passierten den zweiten Alkoven, um so drei weitere Klingen auszulösen, von denen eine seinen Kopf erwischte, der zu fallen begonnen hatte, und ihn wieder nach oben durch die Luft fliegen ließ.

Fleurette sah seine Augen, hohl und leer, die Wut auf seinen Lippen hatte nicht durch die Endgültigkeit seines Fehltrittes nachgelassen. Seine Klinge fiel scheppernd und knirschend zu Boden, wobei sie an den anderen abprallte, die ihren Weg kreuzten, und gegen die Wand prallte, um so den letzten Satz Klingen auszulösen. Als sie durch den Durchgang glitten, sah sie seinen Kopf ein letztes Mal - und die Klinge, als sie sich trafen. Die Klinge stieß fest in Le Ducs Schädel, wirbelte die Überreste davon herum und beförderte ihn gegen die Wand, wobei der Schädel mit einem leisen, feuchten Geräusch zerteilt wurde.

Fleurette riß sich von dem Bild los und wandte sich wieder dem Raum zu. Abraham umkreiste langsam Montrovant und Gustav, die einander wieder gegenüberstanden. Fleurette glitt zur anderen Seite hinüber, wobei sie wußte, daß sie nahezu nutzlos bei einem offenen Kampf zwischen zwei so alten Vampiren war, aber daß es die Chancen ändern würde, wenn sie ihre Kräfte teilten und damit Montrovants Aufmerksamkeit teilten. Als Ablenkung war sie mehr als geeignet.

"Du wirst ihn nicht kriegen, Dunkler", sagte Abraham leise. Seine Augen wandten sich zur Seite, wo sein Blick auf der letzten Kiste hängen blieb. ”Hier sind zu viele von uns, und du hast keine Chance. Wie fühlt man sich, wenn alles so ausgeht, Montrovant? Wie gefällt dir die Idee, daß dein Versagen in den Händen dessen liegt, für den du entschieden hast, daß er lebend und als dein Verfolger interessanter sei?”

Montrovants Augen glitzerten, und seine Lippen verzogen sich zu einem Lächeln. Ein kurzer Schatten huschte über sein Gesicht, als er zu der Tür hinaus starrte, durch die Le Duc verschwunden war. Noch ein Ende. Ein weiterer Teil, dessen, was er gewesen war, der ihm entglitt.

”Schmeichle dir nicht selbst”, antwortete Montrovant schließlich, seine Augen zielstrebig auf Gustav gerichtet, der ihn langsam umkreiste. Der Dunkle hielt mühelos mit seinem Gegner Schritt. ”Ich werde heute dein Blut aus dem Gral trinken, Junge, und du wirst nicht mehr sein, als die Erinnerung, die du hättest sein sollen, seit wir uns das letzte Mal trafen.”

Gustav sprang ansatzlos vor. Montrovant, bereit und nur um den Bruchteil einer Sekunde schneller, glitt zur Seite, während er den Arm ergriff, der den Dolch in Richtung seiner Kehle stieß, und ihn an sich vorbeizog, wobei er seinen Gegner hart gegen die Wand schleuderte, wo er mit einem Krachen landete, das ihn nur für eine Sekunde lähmte. Montrovant wandte sich dann Abraham zu, sprang los, aber in dieser Sekunde tauchte Fleurette von der Seite auf und vollführte einen schnellen Tritt gegen seinen Kopf.

Montrovant wich dem Tritt gerade eben noch aus, aber das bremste seinen Vorwärtsimpuls stark genug, daß Abraham in der Lage war, sicher aus dem Weg zu kommen und selbst einen Tritt zu landen, dem der Dunkle *nicht* ausweichen konnte. Er traf ihn hart, und Montrovant rollte weg, ein Blitz von einem Schatten, und war plötzlich auf der anderen Seite des Raumes, von wo aus er seine Gegner anstarrte. Er stand leicht zu der Seite geneigt, wo Abrahams Tritt seine Rippen getroffen hatten. ”Es wird viel mehr erfordern als das, Abraham, um dem Alptraum ein Ende zu setzten, der ich für dich geworden bin. Mach nicht den Fehler, auch nur für eine Sekunde zu glauben, daß ich nicht über der Erde laufen werde, die dich bedecken wird, wenn dein kurzer Auftritt hier vorbei ist.”

Gustav war wieder auf den Füßen, und Montrovant wirbelte herum, so daß er mit dem Rücken zur Truhe stand. Ungeachtet des Nachteils, in den er sich damit manövrierte, bewegte er sich nicht von seinem Ziel weg. Seine drei Gegner bewegten sich wieder gemeinsam vorwärts, und er ging leicht in die Knie, nahm eine Verteidigungshaltung an und betrachtete sie argwöhnisch. Er wußte, daß er schneller und stärker als sie alle war, aber er würde keinen Gegner in einem so entscheidenden Moment unterschätzen. Er hatte das in der Vergangenheit getan und den Preis dafür bezahlt.

Bevor er jedoch eine Bewegung machen oder sich einem weiten Angriff entgegenstellen konnte, drang aus dem Gang leises Gelächter in den Raum herein, und alle froren an ihrem Platz fest. Sekunden später tauchte Kodesh in der Tür auf, ein Büschel Haare hoch erhoben, an dem noch ein Teil von Jeans Skalp hing.

"Es scheint, als hätte dein hitzköpfiger junger Protegé einen taktischen Fehler gemacht, Montrovant", kicherte der Alte. "Oh, das ist wirklich köstlich."

Er warf das Stück Skalp mit einem Achselzucken zur Seite und trat in die Mitte des Raumes, wo er alle ignorierte und sich umdrehte, um die Szene mit leuchtenden Augen in sich aufzunehmen. Montrovant hatte den Alten schon vorher in dieser Stimmung gesehen, und es war kein gutes Zeichen für die Ereignisse, die folgen würden.

"Du hast uns einen langen Weg geführt, wenn es dein einziger Plan war, die Sache selbst zu Ende zu bringen", sagte Montrovant schließlich. "Ich werde dieses Spiels langsam müde."

Während er sprach, konzentrierte sich der Dunkle. Er hatte jedes mögliche Szenario durchdacht, zumindest hatte er das bis vor einem Augenblick geglaubt. Er hatte gewußt, daß es einen Konflikt geben würde, hatte gar gewußt, wen und was dieser Konflikt umfassen konnte. Er hatte Abraham unterschätzt, aber der Junge war keine Gefahr. Keiner außer Kli Kodesh hatte jemals wirklich in seinem Weg gestanden.

Aber das würde ein Ende haben. Als Kli Kodesh sich einmal mehr zu ihm umdrehte, um sich für einen weiteren nichtigen Kommentar bereit zu machen, wie unterhaltsam das alles gewesen war und wie es enden würde, schlug Montrovant zu. Er peitschte mit seinem Verstand um sich, konzentriert und mächtig, als er jede Unze seines Willens in diesen Angriff steckte, jede aufgestaute Enttäuschung, jeden Traum und jedes Verlangen seiner langen Suche.

Der Effekt war etwas, was er vor langen Jahren von Euginio gelernt hatte, eine Sache, die er ausprobiert und mit einem Schulterzucken beiseite geworfen hatte, um sich vor kurzem wieder darauf zu besinnen. Manchmal waren die alten Methoden nicht die falschesten. Manchmal gab es durchaus Dinge zu lernen, wenn man zuhörte.

Es gab ein Knistern von Spannung in der Luft, einen plötzlichen Schlag und ein Abfließen von Energie, als der Effekt eintrat, und Montrovant stolperte zurück. Er war selbst für einige Sekunden geblendet, zumindest teilweise, aber das Keuchen und die Schreie um ihn herum sagten ihm, daß er zumindest zum Teil Erfolg gehabt hatte. Selbst Kodesh ließ ein plötzliches klagendes Heulen hören. Zum ersten Mal hatte der Alte nicht alles vorhergesehen, was Montrovant tun mochte.

Mit einem Blinzeln öffnete Montrovant die Augen und sah sich um. Die anderen stolperten blindlings umher, die Fäuste auf die Augen gepreßt, verloren. Mit einem durchdringenden Triumphschrei drehte er sich um, glitt zur Truhe und nahm den Verschluß fest in die Hand, um ihn mit unglaublicher Stärke hoch und herauszureißen und den hölzernen Deckel mit einem Krachen anzuheben. Er hatte keine Ahnung, wie lange die Blindheit anhalten würde.

Leute in der Nähe zu blenden schien nie eine wichtige Fertigkeit zu sein, als er noch nicht lange ein Kainskind war. Euginio hatte den Kopf geschüttelt, darauf bestanden und ihm immer und immer wieder gesagt, daß es keine Waffen gab, auf die man verzichten könnte, daß es beizeiten immer einen Moment gab, an dem sich jeder Fetzen Wissen als nützlich erweisen würde. Obwohl es für einen Angriff feige war, hatte dieses Stückchen Lernen schließlich die passende Anwendung gefunden.

Als er den Deckel aufriß, trat er schnell zurück. Eine Staubwolke war aufgestiegen, als sei sie hochgeschleudert worden, und bevor er reagieren konnte, fiel sie auf ihn nieder. Er schüttelte den Kopf wegen dieser lästigen Störung, trat wieder näher und spähte hinein, während seine Hände die ersten Lagen der Verpackung wegrissen. Er war durch die erste Schicht durch, vor allem Seidenstoffe, und zog Pakete aus dem Inneren, als er bemerkte, daß seine Arme plötzlich schwerer zu werden schienen. Blinzelnd kämpfte er gegen die plötzliche Lethargie an, während sich seine Augen verengten.

Er zog ein großes Paket aus der Kiste und riß die Seidenverpackung mit einem Knurren weg. Ein Stein, nur ein simpler Stein. Er holte ein weiteres Paket heraus, und wieder war es dasselbe, flach und länglich, aber ein Stein. Ein dumpfes Heulen erhob sich tief aus Montrovants Brust. Er krallte sich an die Kiste, seine Knie wurden weich, als er zu spät seinen Fehler bemerkte, die Kiste zu hastig geöffnet zu haben. Fluchend kämpfte er darum, aufrecht stehen zu bleiben, jedes Paket herauszuziehen, während er die Steine fallen ließ und seine hellen, hungrigen Augen in Panik sahen, wie sie davon rollten.

Dann fiel er nach vorne, unfähig, aufzustehen, während die Bewegung eine weitere Wolke des sonderbaren Staubs aufwirbelte. Von weit weg hörte er Stimmen... hörte er Kli Kodesh.

"Bleibt da weg!" bellte der Alte. Die Stimmen kamen näher, und Montrovants benebeltes Gehirn bemerkte, daß die Blindheit sich gelegt hatte. "Geht nicht in seine Nähe, bis er ganz still ist und ich die Kiste schließen kann, oder ihr endet auf dieselbe Art."

Montrovant spürte seinen Kopf auf die Truhe aufschlagen... hart... spürte, wie die Welt unter ihm wegrutschte, und schaffte nur noch einen Fluch voller frustrierter Wut, als sich sein Verstand leerte und von ihm wegschwebte. Sein letzter zusammenhängender Gedanke war, wie sehr er Kli Kodesh kicherndes, uraltes Lachen haßte, als es durch seinen Kopf hallte und ihn in die Dunkelheit verfolgte.

ZWANZIG

Montrovant erwachte langsam und schüttelte den Kopf, um die sonderbare Lethargie, die ihn beim Öffnen der Kiste übermannt hatte, loszuwerden. Zuerst konnte er sich nicht daran erinnern, wo er war oder was passiert war, aber als sich die Schleier lüfteten und seine Gedanken zurückkamen, bäumte er sich auf, wobei er aufzustehen versuchte, die Augen plötzlich weit geöffnet, während er sich von rechts nach links warf. Er konnte sich nicht rühren. Seine Arme wurde festgehalten, und seine Beine waren so vollständig gebunden, daß er sie nicht bewegen konnte. Das einzige, was er tun konnte, war, auf dem kalten Steinboden, auf dem er lag, zu kriechen wie ein Wurm.

"Ah", sagte eine kalte, krächzende Stimme leise, "er ist zu uns zurückgekehrt."

"Kodesh," spie Montrovant aus. Er versuchte sich wieder zu bewegten, und es gelang ihm tatsächlich, ein oder zwei Zentimeter über den Boden auf Kli Kodeshs Stiefel zuzukriechen, bevor er auf der Stelle liegenblieb und sich aufbäumte, wobei er gegen was auch immer ihn festhielt, ankämpfte.

"Du wirst bemerken, daß diese Fesseln wirklich ausreichend sind, dich festzuhalten", sagte Kodesh leise. "Sie haben den jungen Abraham hier gehalten, so daß du schon seit langer Zeit davon überzeugt sein solltest."

Montrovant schüttelte sich wieder und brüllte vor Wut. Er war hilflos.

Sein Blick wanderte durch den Raum, und er bemerkte, daß er nicht länger in der Schatzkammer war. Es war eine große Kammer, reichlich mit Gobelins behangen und luxuriös eingerichtet. Da waren viele andere, die sich um ihn versammelten, aber nur vier Personen standen nahe bei ihm. Kodesh, Gustav, Abraham und das Mädchen, das er gesehen hatte, das Mädchen, das Jean getötet hatte.

"Er war nicht in der Kiste", sagte Kodesh leise. "Ich habe dich nach unserem ersten Treffen nie unterschätzt, Dunkler. Du hättest ihn gefunden und mitgenommen, wenn ich es dir so einfach gemacht hätte. Diese anderen Schätze waren sehr real, und da waren Kräfte in dem Raum, die, wenn du ihr Geheimnis gekannt hättest, die Welt, wie wir sie kennen, hätten vernichten können. Das Gral ist abgesehen davon etwas besonderes. Er ist nach wie vor in Sicherheit. Du hast den Deckel weggezogen, aber du hast nicht unter die Kiste geblickt, wo die Sicherung der zweiten Schatzkammer beginnt."

"Du lügst", spie Montrovant mit flammenden Augen hervor und bäumte sich wieder vom Boden auf. "Du lügst schon wieder, als sei es für dich leichter als jede andere Art der Rede. Wenn ich ein Narr bin, dann deshalb, weil ich geglaubt habe, du hättest den Gral überhaupt."

"Ich sage dir die Wahrheit", sagte Kodesh, wobei er in einem brüchigen, rauhen Tonfall lachte, der jeden Humor aus diesem Geräusch nahm, "ich bin nie in der Lage gewesen, mich von ihm zu trennen. Du bist verdammt, Montrovant, aber ich bin doppelt verflucht. Es ist mir nicht erlaubt, meine Existenz, so, wie sie ist, zu beenden, selbst wenn ich das wollte. Ich bin auf Arten gebunden, die du nie verstehen kannst, und der Gral ist sehr real. Du hattest recht, ihn zu begehren, nach ihm zu suchen. Du lagst damit falsch, daß du glaubtest, daß du Erfolg haben könntest. Ich bin nicht die einzige Macht, die zwischen dir und einem solch heiligen Relikt steht."

"Du wirst es mir nicht vorenthalten können", tobte Montrovant.

"Damit hast du recht, Montrovant", warf Abraham ein, trat vor und beugte sich über den Dunklen. "Wir werden statt dessen dich davon fernhalten. Ich denke, du wirst zu schätzen wissen, was wir für dich vorbereitet haben; vielleicht wirst du besser als jeder andere die Ironie darin verstehen."

Dann trat er zur Seite und gab Montrovant die Sicht frei auf eine Holzkiste von der Länge eines Sarges. Sie war nicht ganz so groß wie die, in der er Abraham eingeschlossen hatte, aber sie sah sehr massiv aus, und es waren Metallbänder der Länge nach und über die Seiten gespannt, die nur darauf warteten, festgemacht zu werden.

Daraufhin wehrte sich Montrovant wild, und die anderen zögerten nicht mehr länger. Abraham ging zu seinen Füßen, Gustav zu seinen

Schultern, und er wurde angehoben und schnell zur Kiste getragen, während er sich in ihrem Griff wand, und dann ohne viel Aufhebens in der Kiste versenkt. Er spannte seine Muskeln an, wobei er laut schrie und seine Haut aufriß, Knochen brach und seine Zähne zusammenbiß, als er vergeblich gegen den ihn bindenden Stahl ankämpfte. Der Schmerz machte seine Gedanken für einen hellen Moment der Agonie klarer, und das wurde sein letzter Anblick, das Bild, das sich in seinem Kopf festsetzte; die vier, die auf ihn nieder starrten. In jedes Gesicht war ein anderer Ausdruck eingegraben.

Kodesh, der wie immer grinste, zusah und das Spiel der Gefühle auf Montrovants Gesicht und den Gedanken an das Schicksal des Dunklen genoß. Gustav, dessen Augen immer noch wütend waren, beobachtete ihn mürrisch. Abraham, der zwischen den Erinnerungen an seine eigene kurze Gefangenschaft und die drohende Vernichtung und einem befriedigten Racheläche1n hin- und hergerissen war. Das Mädchen – Montrovant kannte nicht einmal ihren Namen, aber sie sah ihn als einzige der Gruppe mit den Anzeichen echter Emotionen an.

Dann kannte Montrovant nur noch Dunkelheit, als der Deckel auf seinen Platz geschoben wurde, und er wehrte sich noch stärker, als er hörte, wie die Metallbänder fest um den Holzdeckel geschlossen wurden und die Bolzen an ihren Platz gepreßt und knirschend festgeschraubt wurden. Sein Verstand versank langsam in der Dunkelheit, und er schrie. Wieder und wieder, lauter, noch lauter, bis es schien, als müßten die Kiste und die Welt außerhalb allein durch die Kraft seiner Stimme zerfallen und wegbröckeln. Es gab keine Antworten, und die Bolzen wurden schnell und endgültig festgemacht.

Außerhalb der Kiste waren die Schreie nur leise, gedämpfte Echos, die man schnell wieder vergessen konnte. Als Gustavs Männer das Schloß der Kiste verriegelten und sie in die untere Ebene schafften, um sie auf einen Wagen zu verladen, wandten sich die anderen ab, um sich zu einem Tisch nahe der Wand zu bewegen. Kodesh saß an einem Ende, Gustav am anderen, und Abraham zog einen Stuhl für Fleurette herbei, damit sie ihn am äußeren Rand Gesellschaft leisten konnte.

Am Anfang waren alle still und in ihren eigenen Gedanken versunken. Dann sprach schließlich Abraham:

"Wir werden morgen abend bei Sonnenuntergang verschwinden. Ich will zu Bischof Santorini und nach Rom zurückkehren, bevor zu viele

Tage und Nächte vergangen sind. Ich muß eine Festung beziehen, und eine Menge Fragen müssen beantwortet werden, bevor ich weiß, wie ich dort stehe. Ich bin nicht allzu glücklich darüber, von Noirceuil gejagt worden zu sein, und Lacroix ist jetzt auf seinem Weg zurück, genauso wie Montrovants Männer. Es wird auf allen Seiten eine Menge Fragen geben, und viel zu wenige Antworten."

"Sie werden glücklich genug sein, dich zu sehen, wenn du ihnen die Nachricht unserer neuen Position und diese Kiste bringst. Ich glaube zu wissen, daß es sehr tiefe Schatzkammern in den Kellern des Vatikans gibt. Montrovant wird in der nahen Zukunft nicht nach einem Gral suchen, und es wird obendrein auch noch ein ganz schönes Bravourstück für Bischof Santorini sein."

Abraham nickte nur. "Diese Kiste wird nie mehr das Licht eines weiteren Tags sehen, außer die Kirche fällt. Wenn das passiert", fügte er achselzuckend hinzu, "wird sie wahrscheinlich gestohlen oder verbrannt, zusammen mit all den anderen Geheimnissen, die die Kirche versteckt."

Kodesh lachte daraufhin wieder, und es war ein bißchen mehr echte Fröhlichkeit in diesem Geräusch. "Nun, *das* wäre ein Schauspiel, das ich nicht verpassen möchte. Ich wünschte nur, daß, wenn das passiert, Santos in irgendeiner Art dabei wäre, um es mitzuerleben. Erinnert mich in einer Nacht, wenn ich euch wieder besuche, daß ich euch die Geschichte erzähle, wie Montrovant und ich uns getroffen haben."

Fleurette sah und hörte ihm mit trübem Blick zu. Schließlich wandte sie sich zu ihrem Erzeuger um und betrachtete Abraham aufmerksam. "Ich werde mit dir gehen, weil mir keine andere Wahl bleibt."

Abraham versteifte sich bei ihren Worten. "Ist das der einzig Grund, Fleurette? Ich habe getan, was ich getan habe, um dich vor Noirceuil und Lacroix zu schützen. Ich habe nicht darüber nachgedacht, was es bedeuten würde, bis ich dich hielt und bemerkte, daß ich das einzige Wesen im Leben und im Tod verlieren würde, das sich einen Moment Zeit genommen hat, sich dafür zu interessieren, was mit mir passiert ist. Es tut mir sehr leid."

Sie betrachtete ihn ruhig, reglos. Schließlich sprach sie wieder. "Mir tut es nicht leid. Zumindest noch nicht. Ich hatte früher nichts, und das ist der Grund, warum ich alles so leicht zurücklassen konnte. Ich werde nicht so schnell entscheiden, daß ich es hasse oder daß ich dich hasse. Zuviel ist geschehen, und nicht alles davon war schlecht." Dabei wurde ihr Gesichtsausdruck etwas weicher. "Ich wollte Abenteuer, und die hast du mir gegebenen, und zwar eine Menge davon."

Gustav stand auf, seiner Stimme fehlte jede Emotion. "Ich habe viel zu tun. Die Schatzkammern müssen gereinigt und repariert werden, ehe Rom es sich in den Kopf setzt, jemanden zu schicken, um die Sicherheit zu überprüfen. Die Artefakte müssen wieder verpackt und neu inventarisiert werden. Es wird Zeit brauchen, aber das war noch nie ein Problem für mich."

"Du hast deine Geheimnisse immer gut bewacht, Gustav", sagte Kli Kodesh leise. "Selbst Santos war in dieser Hinsicht nicht besser, und er war viel mächtiger."

Gustav ging und blickte nicht zurück. Die anderen verfielen in Schweigen und trennten sich dann langsam, als der Morgen sich näherte.

DAVID NIALL WILSON

EPILOG

Tief innerhalb der Schatzkammer, die kurzfristig versiegelt worden war, lag eine Flasche zerschellt und vergessen an einer Steinwand. Eine Seite des Glases war zerbrochen, so daß eine kleine Öffnung entstanden war. Und die Flasche war leer.